DESEO

AF274454

BARBARA DUNLOP

VIVIENDO AL LÍMITE

Editado por Harlequin Ibérica.
Una división de HarperCollins Ibérica, S.A.
Avenida de Burgos, 8B - Planta 18
28036 Madrid

© 2024 Harlequin Ibérica, una división de HarperCollins Ibérica, S.A.
N.º 536 - 25.3.24

© 2005 Barbara Dunlop
Viviendo al límite
Título original: Flying High

© 2011 Barbara Dunlop
Legalmente casados
Título original: The CEO's Accidental Bride
Publicadas originalmente por Harlequin Enterprises, Ltd.
Estos títulos fueron publicados originalmente en español en 2007 y 2011

I.S.B.N.: 978-84-1180-668-8
Depósito legal: M-1102-2024
Impreso en España por: BLACK PRINT
Fecha impresión para Argentina: 21.9.24
Distribuidor exclusivo para España: LOGISTA
Distribuidor para México: Distibuidora Intermex, S.A. de C.V.
Distribuidores para Argentina: Interior, DGP, S.A. Alvarado 2118.
Cap. Fed./Buenos Aires y Gran Buenos Aires, VACCARO HNOS.

MIXTO
Papel procedente de
fuentes responsables
FSC® C159065

Capítulo Uno

Si Striker Reeves tuviera el menor interés en una charla y una seria reprimenda, le habría dicho que sí a la preciosa morena con pantalón de cuero negro que se acercó a su mesa la noche anterior en Carnaby's.

Pero no lo tenía.

Y no lo hizo.

Y estaba empezando a ser demasiado viejo para aquello.

Su padre, Jackson Reeves-DuCarter, se inclinó hacia delante, apoyando la mano en el sillón de cuero.

—Y luego me enteré de que cinco... cinco de mis ejecutivos se han visto obligados a quedarse un día entero en París sin hacer nada. Por tu culpa.

Striker apretó los dientes. Sólo la presencia de su madre en el comedor, al otro lado de la puerta, evitó que le dijera a su padre que dejaba su trabajo como piloto en Reeves-DuCarter Internacional.

En lugar de eso contó hasta diez.

–Si no te importa, yo fui el único que cumplió el horario.

–El horario está sujeto a cambios. Para eso tenemos un avión privado, por eso no volamos en aviones comerciales.

–Pues entonces quizá deberías contratar un equipo entero de pilotos, así siempre habría alguno dispuesto las veinticuatro horas.

–No tendría ningún sentido tener una flota de pilotos cuando tú te llevas el avión.

Striker volvió a contar hasta diez. Su padre podía dedicar su vida entera a la empresa familiar, pero él no era un robot. Era un hombre de carne y hueso.

–Yo también tengo derecho a vivir.

Jackson hizo un gesto con la mano.

–¿A eso lo llamas vivir? Yo lo llamo estar siempre de juerga. Y estoy empezando a cansarme de que uses mi avión para irte por ahí a buscar mujeres.

–No voy a buscar mujeres… tenía una cita. Y el avión es de la empresa, no tuyo.

–La próxima vez, llévate tu diez por ciento a Londres y deja mi sesenta por ciento en la pista, donde debe estar.

–Si vas a ponerte puntilloso, sólo lo usé un diez por ciento del tiempo –sonrió Striker.

A su padre, evidentemente, no le hizo gracia la broma.

–Si vas a ponerte puntilloso… ¿cuándo nos vas a presentar a tu novia?

Striker se irguió. Jeanette no tenía pensado ir a Seattle. Y, la verdad, ni siquiera recordaba su apellido.

La había conocido en una discoteca, en París. Como muchas mujeres, se había quedado impresionada por el hecho de que fuese piloto. Y cuando le preguntó si la llevaría a algún sitio en su avión, él pensó: ¿por qué no? La llevaría a dar una vuelta a Londres… y a ver qué pasaba.

Desgraciadamente, cuando volvieron a París Striker ya había utilizado todas sus horas de vuelo para aquel día. Y cuando el grupo de ejecutivos quiso marcharse, Striker no podía pilotar.

–Ya me lo imaginaba –suspiró su padre, sacudiendo la cabeza–. Has perdido el control de tu vida, Striker.

–¿Porque me divierto?

–Diviértete en tus días libres. Cuando estás trabajando, estás trabajando.

De nuevo, Striker empezó a contar silenciosamente hasta diez, pero Jackson no le dejó llegar ni a dos.

–Estás castigado durante un mes.

–¿Qué?

–He contratado a otro piloto.

–Eso es ridículo –replicó Striker. Y humillante y totalmente absurdo. Él era un adulto, no un crío. Y no estaba de meritorio en la empresa–.

¿También quieres que escriba cien veces «no volveré a hacerlo»?

–Se me ha pasado por la cabeza, sí.

–Tengo treinta y dos años…

–Algunos días, me resulta imposible creerlo.

–No puedes hacerme esto.

–Acabo de hacerlo.

Striker abrió la boca para protestar, pero volvió a cerrarla. Su padre era el presidente de Reeves-DuCarter Internacional y él no era más que un empleado y un accionista menor. Discutir no lo llevaría a ningún sitio.

Pero sí podía hacer una cosa. Algo que debería haber hecho mucho tiempo atrás.

Sin decir una palabra, se dirigió a la puerta. Redactaría una carta de renuncia en menos de media hora.

¿Castigarlo? De eso nada. Su padre podía ser el poderoso presidente de la empresa, pero él no era un niño. Había miles de aviones y cientos de empresas de aviación. Mucho trabajo para un buen piloto.

De modo que entró, decidido, en el comedor, donde su madre estaba colocando los cubiertos. En el centro de la mesa, un jarrón oriental con rosas blancas y capullos de cerezo artísticamente colocados. Los platos eran de la mejor porcelana inglesa.

Iba a decirle que no se quedaba a cenar… lo de que se iba de la empresa se lo contaría más tarde. No tenía sentido darle un disgusto ahora. Además, no estaba seguro de poder decírselo a la cara.

Ella se volvió al oírlo entrar.

—Cariño, ¿puedes bajar a la bodega un momento?

—Lo siento, mamá, pero no voy…

—Tyler y Jenna vienen a cenar y necesitamos otra botella de vino.

—Mamá, papá y yo acabamos de tener otra...

—Striker, ya sabes que no tiene ningún sentido hablar con tu padre a esta hora del día. Ve a buscarme una botella de vino, por favor. Además, hace siglos que no ves a tu hermano.

Por su expresión, Striker intuyó que sabía algo.

¿Habría oído la discusión? ¿Le habría confiado su padre algo sobre el «castigo»? Su madre tenía que saber que él no soportaría algo así.

—Jacques ha hecho salmón en salsa de eneldo esta noche. Tu plato favorito.

Salmón en salsa de eneldo podría haber calmado a Striker cuando tenía doce años, pero Jacques ya no podía sobornarlo.

—Mamá…

—Y como postre tenemos mousse de chocolate blanco.

—Mamá, de verdad…

—No seas bobo —lo interrumpió ella—. Sé un buen chico y baja a buscar el vino.

Striker vaciló, frustrado. Pero después de un momento se tragó lo que iba a decir. ¿Cómo demonios iba a dejar su trabajo si ni siquiera era capaz de decirle a su madre que no pensaba cenar con ellos?

Si dejaba la empresa familiar, la pobre se llevaría un disgusto tremendo.

Él lo sabía bien.

Siempre lo había sabido.

Su madre había sufrido mucho por su hermano Tyler, que había decidido abrir un negocio propio. Y ahora, cuando el hermano menor volvió al redil, se sentía feliz porque estaban todos juntos otra vez.

Si se iba ahora, destrozaría la felicidad de su madre. ¿Qué clase de hombre haría eso?

Erin O'Connell no podía creer que su jefe le estuviera haciendo eso a ella.

—¿Esto es a lo que tú llamas mi gran oportunidad?

—Te estoy pidiendo que coquetees con él, no que te acuestes con él —explicó Patrick Aster, cerrando la puerta de la sala de juntas.

—¿Y para que coquetee con Allan Baldwin la empresa me compra un vestuario de diseño?

Erin se sentía como una prostituta. Sí, llevaba meses intentando que Patrick le diera la oportunidad de negociar con algunos de los proveedores más importantes de Joyerías Elle, con base en Nueva York, pero no así, no a costa de su ética.

Patrick se acercó a la mesa donde tenían la cafetera y se sirvió una taza de café.

—Estamos hablando de Allan Baldwin. Allan, el rey de los diamantes Baldwin. ¿Tú sabes la oportunidad que te estoy ofreciendo?

Erin cruzó los brazos sobre la blusa de color crema.

—¿Y cómo se supone que voy a conseguir reconocimiento y respeto en la empresa coqueteando con un cliente?

Patrick levantó la taza y se volvió hacia ella.

—Si consigues la cuenta de Baldwin, el consejo de administración te besará los pies.

—Pero todo el mundo pensará que me he acostado con él.

—No.

—Sí.

—Bueno, aunque lo pensaran, les daría igual.

—No me conoces en absoluto, ¿verdad? —replicó Erin.

Patrick sonrió.

—Claro que te conozco. Eres inteligente, comprometida, trabajadora… y estás hambrienta de éxito.

Muy bien. Sí la conocía. Llevaba cuatro años siendo compradora regional para Joyerías Elle y se moría por conseguir un ascenso. Pero ella tenía sus límites y tenía su orgullo. No pensaba usar su género, su atractivo físico y su cuerpo para conseguir un contrato.

Patrick suspiró, con un exagerado gesto de paciencia.

–Lo único que tienes que hacer es ir a Seattle, alquilar una avioneta para llegar a la isla Blue Earth, acudir a la exposición de arte en Pelican Cove, para la que te he conseguido una invitación, y encontrarte accidentalmente con Allan Baldwin.

–¿Para ofrecerle que firme un contrato con nosotros?

Patrick le hizo un guiño.

–Eso es. Haz lo que haga falta, cariño –Erin abrió la boca, indignada–. Lo digo de broma, mujer. Siempre se hace así. Te lo encuentras por casualidad, charlas con él, haces que se sienta cómodo contigo antes de hablar de negocios...

–No.

La puerta de la sala de juntas se abrió entonces y la gemóloga de Joyerías Elle, Julie Green, asomó la cabeza.

–Puedes llevarte a Julie.

–¿Llevarse a Julie dónde? –preguntó ella, entrando en la sala y cerrando la puerta.

–A Seattle –contestó Patrick–. Al hotel Mendenhal Resort, en la isla Blue Earth, con todos los gastos pagados.

–¿Al Mendenhal? –repitió Julie, abriendo muchos los ojos.

–La empresa incluso pagará un vestuario nuevo de Pucci… para las dos.

Julie se volvió hacia Erin, su corta melenita rubia dando saltos de alegría.

–Sí. Llévate a Julie. Por favor.

–No te emociones. Patrick quiere que me acueste con un cliente.

Julie miró a Patrick y luego volvió a mirarla a ella. En voz baja, dijo la palabra: Pucci.

–Eso no está bien –dijo en voz alta.

Erin levantó los ojos al cielo.

–¿Has visto su colección de verano? –preguntó Julie entonces–. Yo no tendría que acostarme con él, ¿verdad? ¿Quién es él, por cierto?

–Allan Baldwin –respondió Erin.

–¿Allan Baldwin, Allan Baldwin?

No le sorprendía nada que lo conociera. Allan Baldwin había revolucionado la industria de los diamantes. Después de encontrar una mina al norte de Canadá, algo completamente inesperado, decidió tallar una microscópica ballena en cada diamante… y ese detalle había despertado la atención del público y las revistas especializadas, convirtiéndose desde entonces en el proveedor de diamantes más chic del mercado. Ahora, todos los compradores del mundo querían las gemas de Allan. Incluido Joyerías Elle.

–Allan Baldwin –le confirmó Patrick.

Julie hizo una mueca.

–Bueno, la verdad es que está buenísimo. Si yo tuviera que acostarme con él…

–¿Qué esté bueno es lo único que necesitas para tirar tus principios por la ventana? –le espetó Erin.

–No, claro que no. Que esté bueno y que tenga una mina de diamantes.

Patrick soltó una risita.

Erin sacudió la cabeza.

–¿No has visto su foto en el *Empresarios* de este mes? –preguntó Julie.

Erin había visto la fotografía. Y sí, Allan era definitivamente un hombre muy guapo.

Aunque eso daba igual. La propuesta de Patrick era completamente ridícula.

–Yo soy una compradora de gemas profesional, no una golfa.

–Los hombres hacen esas cosas todo el tiempo –protestó Patrick–. Díselo, Jules.

–Los hombres hacen esas cosas todo el tiempo.

–¿Qué hombres? –preguntó Erin.

–Jason Wolensky, por ejemplo –contestó su jefe.

Erin lo miró, guiñando los ojos. Jason Wolensky era uno de los compradores más importantes de la empresa.

–Y Charles Timothy –siguió Patrick–. Los dos lo intentaron con Allan Baldwin, pero fracasaron.

Julie le dio un codazo.

–Ya te dije que tantas horas en el gimnasio, tarde o temprano, servirían de algo.

–¿O sea, que voy a conseguir mi gran oportunidad en la empresa gracias a que estoy en buena forma? –preguntó Erin, irónica.

–No, gracias a tu estupendo trasero –contestó Julie, con toda tranquilidad.

Erin no estaba dispuesta a aceptarlo. Durante su infancia, en un diminuto apartamento en el Bronx, no había tenido mucho, pero contaba con la sabiduría de su madre. Su madre siempre le había dicho que trabajando y perseverando se conseguía todo en la vida. Nunca había dicho nada de tener buenos glúteos.

Patrick dio un paso adelante.

–Erin, Jason lo intentó. Charles lo intentó. Créeme, utilizaron todo lo que pudieron. Si Allan fuera homosexual, habrían usado sus glúteos.

–Allan no es homosexual –protestó Julie.

–No te estoy pidiendo que te acuestes con él. Sólo que vayas a Seattle y hables con ese hombre. Charla con él, ríete con él, síguele la corriente. Luego ofrécele nuestro mejor precio y a ver qué pasa.

Erin vaciló. A pesar de las palabras de su jefe, aquello no sonaba nada bien.

–Puedo garantizar que si lo consigues, llevarías el departamento de compras de la empresa.

Muy bien. Eso la animaba un poco. Quizá su

ética y su sentido de la moral tenían un precio después de todo.

–Hay una oficina vacía en la planta novena –insistió Patrick.

Erin sintió que su resolución flaqueaba. Desde luego, no se acostaría con ese hombre… quizá ni siquiera tendría que tontear… reírse un poco con alguien no era tontear.

Y compraría un vestido que le tapase el trasero.

–Eres una profesional –dijo Patrick–. Y ahora, sal ahí y haz todo lo que puedas para conseguir esa cuenta.

Julie la tomó del brazo.

–Y llévate a Julie contigo.

Striker abrió la tapa del depósito de aceite de su avioneta Cessna y se secó el sudor de la frente con el antebrazo. Las palabras de su padre no dejaban de dar vueltas en su cabeza.

Luego había visto la mirada de su madre, su expresión esperanzada y vulnerable… y supo que tendría que encontrar la forma de solucionar el asunto, como fuera. No sabía cómo iba a hacerlo, pero dejar la empresa no era una opción.

Haciendo un esfuerzo por concentrarse en algo, cualquier cosa, para no pensar en su desastrosa vida profesional, se había pasado el día buscando repuestos para sus tres avionetas. Buscar repuestos de decomiso le parecía una buena forma de ventilar su frustración. Podía no ser capaz de dejar su trabajo, pero no tenía por qué quedarse en tierra.

Su Tiger Moth y su Thunderjet estaban en un hangar en Sea Tac. Tardaría meses, quizá años antes de poder volar con ellas. Pero la Cessna estaba en buenas condiciones. Quizá esa misma semana, saldría con ella a dar una vueltecita.

La brisa fresca del Pacífico hacía que las olas golpearan rítmicamente contra el muelle del hangar. Striker apartó la tapa del depósito y se metió bajo la avioneta con una llave inglesa.

—¿Perdone? —oyó entonces una voz femenina.

Striker vio un par de piernas, un estupendo par de piernas, unas sandalias de tacón y el bajo de una falda corta.

En circunstancias normales, habría estado más que interesado en esas piernas y en esa voz, por no hablar del segundo par de piernas que había detrás. Pero aquéllas no eran circunstancias normales.

Aun así, salió de debajo de la avioneta, limpiándose las manos con un paño.

—¿Sí?

Los cuerpos y las caras de las dos chicas desde luego iban a juego con las piernas. La que estaba más cerca le recordaba a una que conoció en Australia. Tenía el pelo rubio oscuro, por encima de los hombros, misteriosos ojos castaños y algunas pecas en la nariz que el maquillaje no podía disimular. Llevaba una falda blanca con una cremallera por delante. Y la blusa malva de seda le dijo que tenía estilo y confianza en sí misma. Era guapa y un poco altiva, la clase de chica que no ha sufrido mucho en la vida. Aunque, en aquel momento, parecía fastidiada por algo.

La otra parecía divertida, en cambio. A Striker le gustó eso. Su pelo corto, rubio también pero más claro, se movía con la brisa. Tenía los ojos azules y una sonrisa en los labios.

Striker volvió a mirar a la primera.

–¿Quería algo?

Ella se colocó el bolso al hombro, apartándose el pelo de la cara con la otra mano.

–La oficina estaba cerrada.

–¿La oficina?

Ella señaló el edificio de Charters Beluga.

–Habíamos alquilado una avioneta para las cinco.

–Son las seis y media –dijo Striker.

–¿Es usted el piloto?

–Soy piloto, pero no el suyo.

Ella se puso una mano en la cadera.

Ah, sí. Aquélla era una mujer que siempre se salía con la suya.

–Nuestro avión llegó con retraso de Nueva York. Pero tenemos que ir a la isla Blue Earth.

–Podrían llamar a Beluga mañana –sugirió Striker.

—Tenemos que llegar allí esta noche –insistió ella.

—Lo siento, pero no puedo ayudarla.

—¿Por qué no? Está usted aquí, es piloto, tiene una avioneta. Dejamos un mensaje en el contestador de la agencia en cuanto llegamos al aeropuerto…. No creo que a nadie le importe que nos lleve usted.

Striker admiró su tenacidad. Pero no cambió de opinión.

—No son ustedes mis clientes.

Ella dio un paso adelante, seductora.

Ah, genial. Iba a usar sus armas de mujer.

—Seguro que a su jefe le agradará que nos haya ayudado. Pensará que es usted un empleado modelo.

—Evidentemente, no conoce usted a mi jefe –murmuró Striker. Llevar a dos chicas guapas en su avioneta no le haría la más mínima gracia a Jackson Reeves-DuCarter.

—Pero no es culpa nuestra que hayamos llegado tarde.

—Yo no digo que lo sea. Pero es que yo no trabajo para Charters Beluga.

—¿Y para quién trabaja?

—¿Hoy? Para nadie.

—Genial. Le pagaré para que nos lleve a la isla Blue Earth. En efectivo.

Striker señaló el motor de la avioneta.

—Estoy cambiando el aceite.

–¿Cuánto tardará en hacerlo?

–No pienso ir a la isla.

Ella lo miró a los ojos y pestañeó, dos veces.

–¿Cuánto? –preguntó.

Striker se guardó el paño en el bolsillo trasero del pantalón.

–Más de lo que tiene.

–Dígame una cantidad.

–Mire, es usted una chica muy guapa…

–¿Qué tiene eso que ver?

–Seguro que está acostumbrada a que todos los hombres caigan rendidos a sus pies…

–Yo no estoy acostumbrada a nada. Mis planes han salido mal por culpa de un retraso y necesito una avioneta. Y estoy dispuesta a pagar lo que me pida por llegar a la isla a las siete.

–No estoy en venta, lo siento. Además, me queda por lo menos una hora de trabajo.

Ella respiró profundamente, el gesto haciendo que la blusa se hinchara… por la zona de los pulmones.

Sí.

Ella nunca había usado sus encantos para nada.

Seguro.

–¿Cuándo podría llevarnos?

–No pienso ir a la isla.

–Si pensara ir… ¿a qué hora podríamos llegar?

Striker sabía que no debería contestar a esa pregunta. Sabía que estaba siendo manipulado por alguien que tenía práctica. Pero sus ojos eran tan cálidos, sus labios tan suaves. Era preciosa. Y, a pesar de sus protestas, él no era de piedra.

—En una hora y media.

—Eso es demasiado.

—Da igual, porque no pienso llevarlas.

Ella hizo un puchero, mirando alrededor.

—¿Hay algún sitio por aquí donde podamos cambiarnos?

—¿Cómo?

—Si no piensa llevarnos a la isla hasta las ocho, tendremos que ir vestidas desde aquí.

Striker la miró, atónito. No tenía tiempo para aquella chica tan obstinada.

—Le he dicho que no.

—Ya sé que me ha dicho que no —murmuró ella, agachándose para abrir la cremallera del portatrajes.

Por curiosidad, Striker la miró por el rabillo del ojo mientras volvía a meterse bajo la avioneta.

Y, asombrado, vio que la chica sacaba un vestido negro y procedía a… quitarse la blusa. Un hombre tendría que estar hecho de piedra para no reaccionar ante eso.

—¿Llevas un espejo, Julie?

—Sí, claro —contestó su amiga, abriendo su portatrajes para sacar otro vestido negro—. Yo también voy a cambiarme.

Striker miró alrededor para comprobar que sólo estaba él viendo el espectáculo.

–Señoritas…

–Erin O'Connell. Y ella es Julie Green.

–Striker Reeves –murmuró él, por costumbre.

Erin empezó a quitarse la falda.

–Te doy mil dólares si nos llevas a la isla.

Striker sacudió la cabeza, disgustado consigo mismo. Qué facilón era.

Capítulo Dos

Erin miró su reloj y luego guiñó los ojos para observar la cadena de islas en la distancia.

—¿No puedes volar un poco más rápido?

—Esto es una avioneta, no un jet —replicó Striker.

La avioneta volvió a pasar por una turbulencia, haciéndola saltar en el asiento. Se le clavaba el cinturón en el hombro y, seguramente, le estaría arrugando el vestido.

—Dijiste que llegaríamos allí a las ocho.

—Lo que dije es que no iba a llevaros. Y no debería haberlo hecho.

—¿A qué hora crees que llegaremos?

Él la miró, con una sonrisa en los labios.

—No pienso decir nada para que luego me lo eches en cara.

—Sólo quiero saber más o menos cuándo estaremos allí —replicó Erin. Si no estaban en la isla a las nueve, todo habría terminado.

—No lo sé.

—¿A las ocho y media?

–Ahora son las ocho y cuarto.

–¿A las nueve?

–Quizá.

Julie se inclinó hacia delante, mostrándole una revista.

–Éste es el último artículo que han publicado sobre él. Es el partidazo del siglo.

–Las nueve como tope –insistió Erin.

–Pero tenéis que ir del aeropuerto a la fiesta.

–¿Y cuánto tardaremos? –preguntó ella, angustiada.

Striker se encogió de hombros.

–¿Cinco minutos, una hora? Seguro que puedes decirme por lo menos eso.

–Tendréis que pedir un taxi… no sé, media hora o cuarenta minutos.

Erin cerró los ojos. Estaba muerta.

–Tiene una fortuna estimada en miles de millones –siguió Julie.

Erin miró la revista, con desgana. ¿Para qué iba a servirle esa información?

Striker dejó de mirar al horizonte y miró la revista que Julie tenía en la mano. Había demasiada vibración en la cabina como para leer el titular, pero se preguntaba de quién estarían hablando.

¿Miles de millones? ¿El partidazo del siglo? ¿Estarían buscando un marido rico? Quizá tenían tanta prisa por llegar a la isla porque el príncipe azul se convertiría en calabaza a las doce en punto.

Él había conocido a muchas mujeres que veían su cuenta corriente y sus aviones con mucha más claridad que a él. Y la isla Blue Earth era una zona residencial sólo para millonarios. Erin y Julie no serían las primeras en intentar conquistar a alguno de sus residentes.

—Dice que este año piensa ampliar el mercado de la empresa con esmeraldas —murmuró Julie entonces.

—No vamos a llegar a la fiesta —suspiró Erin.

—No te preocupes, lo veremos de una forma o de otra.

—¿Cómo? ¿Qué vamos a hacer, perseguirlo por toda la isla?

—No seas tan derrotista. Ese hombre tiene esmeraldas.

—Sí, ya.

—Si ha acertado con la veta y las gemas son de buena calidad, podría hacer una segunda fortuna. Sólo por eso, yo soy capaz de perseguirlo en patines.

—No tienes vergüenza —dijo Erin.

Striker volvió a mirar el horizonte. ¿Vetas? ¿Gemas de buena calidad? Si esas chicas estaban buscando un marido rico, desde luego habían hecho los deberes.

—Ninguna. Si son gemas de primera, soy suya de por vida —dijo Julie.

Striker tuvo que sonreír. Y él pensando que un avión era una buena estrategia para ligar… Por lo visto, eso no podía compararse con los diamantes y las esmeraldas.

Erin cerró la revista y Striker vio en la portada la fotografía del hombre del que estaban hablando.

–Es Allan Baldwin –dijo, sorprendido. Allan y él se conocían de toda la vida, aunque últimamente se habían visto poco. La última vez, en una cena benéfica, en Navidad–. Antes solía vestir de forma más informal.

–¿Lo conoces? –exclamó Erin.

–Sí.

–¿Conoces a este hombre? –insistió ella.

–Sí.

Erin miró entonces sus botas de trabajo, los vaqueros manchados de grasa y la camiseta. Su evidente desdén lo hizo sentir como un bicho bajo el microscopio.

De modo que aquella chica juzgaba por las apariencias…

–¿De verdad conoces a Allan Baldwin?

–¿Es que hablo en chino? Fuimos juntos al instituto.

–Ah, fuisteis juntos al instituto –murmuró ella.

Eso sí que era insultante. Como si él no pudiera tener trato con Allan ahora que eran adultos. Aparentemente, valía para sacarlas de un apuro, pero debería saber cuál era su sitio en el mundo.

Menuda sorpresa se llevaría si viera un extracto de su cuenta corriente.

Aunque él no pensaba decirle nada. No le apetecía entrar en su lista de posibles maridos. Si descubría que el diez por ciento de Reeves-DuCarter Internacional lo había hecho multimillonario, seguramente dibujaría una diana en su pecho.

Julie se inclinó hacia delante.

–Erin, él podría ayudarnos.

Erin volvió a mirarlo de arriba abajo con una desconcertante expresión calculadora. Y esta vez, Striker se sintió como un filete en una carnicería.

–¿Estás pensando lo que yo estoy pensando? –sonrió Julie.

–¿Cómo de bien conoces a Allan Baldwin? –preguntó Erin.

Striker no se lo podía creer. Antes lo despreciaba y ahora pensaba utilizarlo para llegar a Allan.

–Venga ya…

–Podemos arreglarlo un poco. Afeitarlo y comprarle un traje decente –dijo Julie entonces.

¿Arreglarlo? ¿Afeitarle? Ninguna de sus amigas se había quejado nunca de su aspecto. Y, a insistencia de su madre, tenía docenas de trajes de chaqueta en el armario. Y más de un esmoquin.

Aquellas chicas se sentirían mortificadas si supieran con quién estaban hablando.

–No tienes que volver a Seattle inmediatamente, ¿verdad? –preguntó Erin.

Ah, ya, pensó, irónico. Ella era la que nunca usaba sus encantos para nada. Podría escribir un libro sobre cómo hacer que un hombree cambiase de opinión sencillamente con un pestañeo. Pero él no pensaba perder su tiempo presentándoles a Allan.

–Puede que esto os sorprenda, pero tengo cosas que hacer.

–Podemos pagarte –insistió ella.

–No es una cuestión de dinero.

–Pero bien que has aceptado los mil dólares –le recordó Erin.

Striker apretó los dientes antes de decir algo que pudiera lamentar. Como, por ejemplo, que habían sido esos ojazos y no los mil dólares lo que lo había decidido.

–Te pondremos en nómina –insistió.

¿En nómina? ¿Tan organizadas estaban las buscadoras de maridos ricos?

–Y te compraremos ropa –añadió Julie–. Nosotras vamos de Pucci, pero yo creo que tú eres más un Versace.

Striker odiaba a Versace.

–¿Crees que podrías ponerte en contacto con Allan Baldwin después de tantos años? –preguntó Erin, siempre directa al grano–. Quiero decir, sin levantar sospechas.

–A ver si me explico con claridad: no pienso presentaros a Allan.

Erin se volvió hacia Julie.

–Allan podría pensar que Striker busca su dinero.

–¿Perdón?

–Por eso tenemos que vestirlo apropiadamente –insistió Julie.

–Y no será nada fácil darle un aspecto adecuado.

–¿Perdón? –repitió Striker, incrédulo.

Las dos dejaron de hablar y lo miraron.

–Estoy aquí, por si no os habéis dado cuenta.

–Perdona –sonrió Julie.

–¿Qué parte de la palabra «no» no entendéis?

Erin lo miró, muy concentrada.

–Sé que esto puede ser un poco incómodo –dijo, poniendo una mano sobre su hombro–. Pero te prometo que no será difícil.

–Desde luego que no. Sería lo más fácil del mundo. Pero pienso dejaros en el aeropuerto y luego me vuelvo a Seattle.

–No puedes hacernos eso.

–¿Qué no?

–¿Te sientes intimidado por el dinero de Allan? Pues no lo estés. Podemos ayudarte a dar una buena impresión. Te diremos lo que debes decir, lo que debes hacer, qué tenedor debes usar…

¿Iban a darle lecciones de etiqueta? Striker había cenado en un restaurante de cinco tenedores en París el jueves y nadie se había quejado de sus modales.

—No me siento en absoluto intimidado por su dinero.

Erin sonrió y, en sus ojos castaños, vio un brillo de aprobación.

—Estupendo —dijo, apretando su hombro. De nuevo, sin utilizar sus encantos para convencerlo.

—Creo recordar que he dicho que no.

—¿Por qué ibas a hacer eso?

—Porque tengo otras cosas que hacer.

—Seguro que pueden esperar.

—Pero si ni siquiera sabes qué tengo que hacer.

El calor de su mano parecía atravesar la camiseta y su resolución empezaba a flaquear.

—Me parece que no lo entiendes —dijo Erin en voz baja—. Esto es terriblemente importante para nosotras.

Allí estaba, inclinándose para hablarle al oído, usando todos los trucos para convencer a un hombre, haciéndolo pensar en cosas en las que no debería pensar.

—Creí que habías dicho que no usabas tus encantos para salirte con la tuya.

Ella parpadeó, sorprendida.

—¿Quién está usando sus encantos? Estoy intentando razonar contigo.

—Estás coqueteando conmigo.

Y estaba funcionando.

—Estoy siendo simpática. Es muy diferente.

—Me estás tocando.

–Estoy tocando tu hombro. Si estuviera coqueteando contigo, tocaría tu cuello o tu pelo.

Daba igual. Era como si lo estuviera tocando en esos sitios. Sus palabras iban directamente a… donde no deberían ir.

–Te estoy haciendo una propuesta de trabajo.

–Y yo te digo que no.

–Entonces, apelaré a tu bondad natural.

–Carezco de bondad natural.

–Tenemos tres dormitorios en el bungalow. Frente al mar. Podemos ver juntos la puesta de sol.

La mente de Striker no pasó de las palabras «dormitorio» y «bungalow». Siempre le habían gustado las promesas que las mujeres no podían cumplir. Debía de ser por eso por lo que siempre estaba llevándolas a dar una vuelta en su avión… en el avión privado de su padre.

–Muy bien. Os doy veinticuatro horas.

–Cuarenta y ocho –dijo Erin.

–De eso nada.

Erin no podía creer que hubiera tenido que «coquetear» con Striker para llegar a la isla. Sí, necesitaban su ayuda con urgencia, pero la verdad era que prácticamente se había echado en sus brazos.

Y ni siquiera sabía que fuera capaz de usar ese tono de «por favor, acuéstate conmigo» para conseguir algo. Patrick había puesto un ascenso delante de sus ojos y, de inmediato, se había convertido en una fresca.

Era indigno. Y no pensaba volver a hacerlo. Aunque no tendría que hacerlo. Ahora que Striker estaba a bordo, las cosas irían mejor.

En cuanto el taxi se detuvo delante del hotel, Julie saltó del coche para ver el mar.

–¡Qué bonito!

El sol se estaba poniendo, tiñendo el cielo de un hermoso color rosado y las olas que llegaban a la playa parecían tener crestas de plata.

Julie se quitó las sandalias y salió corriendo.

Sin decir una palabra, Striker empezó a sacar las bolsas de viaje del capó. Había ido en silencio durante todo el camino y Erin sabía que estaba molesto. Pero, al fin y al cabo, había aceptado ayudarlas. Nadie le había puesto una pistola en la cabeza.

Después de pasar por recepción para registrarse y recoger la llave del bungalow, Erin abrió la puerta y se apartó para que Striker entrase con las bolsas.

–¿Dónde quieres que duerma el gigoló? –preguntó, irónico.

–Tú no eres un gigoló –protestó ella, aunque esa palabra conjuraba una imagen muy interesante.

Pero no. Striker no era su tipo. Además, ella sólo estaba allí para conocer a Allan Baldwin. No había otros servicios incluidos.

–Tú pagas la habitación.

–Tengo una buena razón para ello.

–Sí, que soy un mantenido.

–Anda ya.

–Muy bien. ¿Cómo me llamarías tú?

–Un… asesor –contestó Erin.

Striker sonrió.

–Eso suena mucho más digno.

–¿Verdad que sí?

–Bueno, a ver, para comprobar que el asesor sabe lo que tiene que hacer: ¿cuál de las dos intenta pescar a Allan?

–Yo.

–Ah, claro, no me sorprende.

–Yo soy la jefa del proyecto. Julie está aquí como asesora técnica.

Al menos ésa era la excusa de Patrick para enviar a Julie a Seattle. Aunque la verdad era que no había diamantes que estudiar. Y aunque los hubiera, no sería necesario. La reputación de los diamantes de Allan Baldwin estaba más que establecida.

–Asesora técnica –repitió Striker.

–Eso es. Aunque no me va a hacer falta –sonrió Erin, mirando alrededor.

Era un bungalow precioso, justo enfrente de la playa. Con un porche lleno de plantas, un lucernario en el techo del salón y una enorme chimenea. Si una mujer iba a despedirse de sus principios, aquél era un buen sitio para empezar.

–Debo decir que eres muy sincera sobre tus planes.

–Tú me has preguntado. Además, ahora estás en nómina. Pero no vamos a contárselo a Allan de inmediato, claro. Para eso te hemos contratado.

–Claro, claro. Que él supiera lo que estáis tramando sería un problema.

–No facilitaría las cosas, desde luego –dijo Erin, tomando su bolsa de viaje.

–No, no, por favor. No quiero que te salgan callos –suspiró Striker, quitándosela de las manos.

–¿Qué?

–Los diamantes no te quedarían bien –dijo él, tomando la otra bolsa y dirigiéndose a la escalera.

Erin se quedó mirándolo, sorprendida. Ella iba a comprar diamantes, no a ponérselos.

–O a lo mejor te gustan más las esmeraldas –dijo Striker, sin volverse.

–Francamente, me gustaría tener las dos cosas –suspiró ella, siguiéndolo por la escalera.

–Ah, una auténtica mercenaria.

–¿Qué? Soy una profesional.

–No lo dudo en absoluto –replicó él, sarcástico.

Quizá había sido un error involucrar a un hombre como Striker en aquello, por muy valioso que fuera.

–¿Te molesta que me interesen los diamantes de Allan?

–No eres la primera en intentarlo.

–¿Ah, no? –Erin llegó al final de la escalera. ¿Habrían ido otros compradores a la isla? ¿Los habría llevado el propio Striker?

–Pues claro que no.

Los tres dormitorios, muy lujosos, tenían cuarto de baño. El del medio era ligeramente más pequeño y los dos de los lados tenían una terraza.

–Me quedo con el del medio –dijo, soltando las bolsas de viaje–. Como soy un simple empleado…

–¿Striker?

–¿Sí?

El brillo de sus ojos azules la hizo vacilar. «Concéntrate», se dijo a sí misma. Tenía que saber. ¿Cómo se dirigieron a Allan los otros compradores? ¿Cómo reaccionó él? ¿Qué errores cometieron?

No. Eso sería demasiado descarado.

–Dime.

–No, sólo…

–Sé que vas a pedirme algo, así que hazlo ya. A menos que antes quieras tocarme otra vez.

–No –dijo Erin, dando un paso atrás–. No quiero tocarte.

Los ojos de Striker brillaron ante esa declaración y, cuando sonrió, Erin comprobó que tenía un hoyito en la mejilla. Entonces se dio cuenta de que debajo de la grasa había un hombre muy guapo. Aunque eso le daba igual. Su atractivo era irrelevante.

–¿Quieres tontear conmigo otra vez, Erin?

—Yo no he tonteado contigo.

—Sí lo has hecho. Pero da igual, como quieras.

—Oye, Striker, antes has dicho que otras personas han intentado que Allan Baldwin les firmara un contrato. ¿Sabes cómo…?

—¿Un contrato?

—Sí.

—¿Así es como lo llamas?

—¿Cómo lo llamarías tú?

Striker sacudió la cabeza.

—Da igual, déjalo.

—¿Qué? ¿Qué he hecho ahora?

—Quizá no sea asunto mío. Después de todo, he aceptado ayudaros. Pero ¿no te parece que llamarlo contrato es un poco mercenario?

¿Mercenario?

—Es un contrato a cambio de diamantes.

—Y yo pensando que lo había visto todo…

—Oye, que se hace todo el tiempo. No hay nada ilegal o inmoral en…

—Sobre eso podríamos discutir durante horas —la interrumpió él.

—No es que vayamos a engañarle. Allan podrá considerar el asunto antes de decidirse.

—¿Y eso no te parece increíblemente calculador?

—No, lo considero algo prudente y profesional.

O, al menos Patrick lo consideraba así. Y como Patrick era su jefe y ella necesitaba desesperadamente un ascenso, eso era lo que iba a hacer.

Striker levantó los ojos al cielo.

–¿Qué? ¿Cómo sugieres que lo haga?

–¿Qué tal si antes conoces un poco a la persona, como todo el mundo? Le conoces, él te conoce a ti… quizá te enamores.

Erin sintió como si el suelo se hubiera abierto bajo sus pies.

–¿Enamorarme?

–Sí, ya sabes. A la manera tradicional.

–¿Estás sugiriendo que trate de enamorar a mis clientes para que firmen un contrato?

–¿Clientes? Mira, no quiero ofenderte, pero llamarlos clientes te hace parecer una prostituta.

Erin abrió la boca, pero de ella no salió ningún sonido.

–¿Qué? –exclamó unos segundos después.

–Quieres casarte con un hombre sólo por dinero…

–Yo no voy a casarme con nadie.

–Ah, no, es verdad. Vas a firmar «un contrato».

Erin lo miró entonces, guiñando los ojos.

–Striker.

–¿Sí?

–¿Qué crees que he venido a hacer aquí?

Él se pasó una mano por la cara.

–Intentar que Allan Baldwin se case contigo.

–Oh, no.

–¿Qué?

–Voy a intentar que Allan Baldwin *me venda* diamantes, no me que me los regale.

Striker arrugó el ceño.

—¿Que te los venda?

—Soy compradora de diamantes para una empresa de joyería de Nueva York.

—¿Qué?

—Lo que has oído.

—Ah, bueno, en ese caso… mi opinión sobre ti acaba de subir muchos puntos.

—Vaya, gracias.

—De nada.

—¿Y cuántos puntos hay que subir para que dejes de pensar que soy una golfa?

Capítulo Tres

En Asher's, en la calle principal de Pelican Cove, Striker observó la expresión dudosa de Erin mientras se probaba una chaqueta de color verde con botones dorados y hombreras tipo años ochenta... con un pantalón azul marino.

El conjunto era horrible, pero su objetivo era asustar a Erin.

Se lo merecía.

Aunque no estuviera intentando pescar un marido rico, seguía planeando enredar a Allan. Y Striker pensó que, al menos, merecía tener que trabajarse un poquito la presentación. Además, hacer como que no sabía lo que era un buen traje era su pequeña venganza.

¿No lo había convencido para que fuese a la isla? Pues allí estaba. Y pensaba disfrutar de lo lindo haciendo el papel de Eliza Doolittle mientras Erin hacía de profesor Higgins.

–Ah, esto es lo que yo llamo un traje elegante.

El dependiente lo miró con expresión de auténtico horror mientras Erin dejaba escapar un gemido de angustia.

–¿No preferiría usted probarse un Hillsboro? Sólo por comparar –dijo el joven.

–¿Lo tiene en color marrón?

El vendedor arrugó la frente.

–No, me temo que no.

–Pero el gris está muy bien –intervino Erin–. Deberías probártelo.

Striker arrugó el ceño, como si se lo estuviera pensando. En realidad, Hillsboro era uno de sus diseñadores favoritos. Aunque su madre solía protestar si compraba trajes que no fueran hechos a medida.

–La corbata granate iría muy bien –dijo el dependiente.

–¿Seguro que no le gusta este conjunto? –preguntó Striker.

–No… en fin, creo que el otro le quedaría mejor.

–Sí, seguro que sí.

–Muy bien –Striker entró en el probador, disimulando una risita. La chaqueta verde y el pantalón azul eran absolutamente espantosos, pero lo estaba pasando en grande.

Tendría que comprar el Hillsboro, sí. Dejaría de hacerse el tonto con la ropa, pero estaba deseando impresionarla con sus «maneras medievales» en la mesa. Y tenía planeado repasar todo su repertorio de chistes de mal gusto.

Striker salió del probador y abrió los brazos, dándose una vueltecita.

–¡Ése te queda perfecto! –exclamó Erin, con una sonrisa en los labios.

Striker intentó ignorar la sonrisa y el calorcito que sintió por dentro. Era como el perro de Pavlov cuando se refería a las mujeres guapas.

–¿Seguro? Yo creo que quedaría mejor en marrón.

El dependiente se puso detrás y le estiró la chaqueta.

–Éste le queda muy bien.

–No sé, me siento…

–Es perfecto.

–Nos lo llevamos –dijo Erin.

–También necesito un par de vaqueros.

–No, lo siento, pero aquí no tenemos pantalones vaqueros –dijo el dependiente, muy serio.

–Nos llevamos el traje –repitió Erin–. Y dos camisas, los zapatos marrones de ante y la corbata.

–¿Dónde podemos comprar vaqueros? –insistió Striker.

–Creo que en Garment Barn, en la Avenida, hay una tienda que los vende.

–¿Qué tal unos chinos de color caqui? –sugirió Erin.

–Perfectos para el día –contestó el dependiente–. Vuelvo enseguida.

–Prefiero un chándal –protestó Striker.

–No, hazme caso. Yo soy una experta en imagen.

–¿Qué tiene de malo un chándal?

–Que pareces una patata.

–Yo tengo abdominales de acero –dijo él, levantándose la camisa para mostrarle el estómago plano–. ¿Quieres tocar?

–¿Quieres dejar de hacer el tonto? No pienso tocarte los abdominales.

–¿Por qué?

–Porque no.

–La oferta sigue en pie.

–No.

–Tú te lo pierdes. Bueno, hablemos de ropa.

–No vas a comprar un chándal.

–Me pondré lo que tú quieras cuando tú quieras.

–Ah, por fin has recuperado el sentido común.

–A cambio –dijo Striker entonces– yo elegiré un vestido para ti.

–No –contestó Erin.

–Ése es el trato. O lo tomas o lo dejas.

–Tú no puedes hacer tratos. Estás en nomina y te pago yo.

–Si me despido, no.

–No me harías eso.

–Un vestido –dijo Striker, que lo estaba pasando bomba–. Yo lo elijo, tú te lo pones. Pero no te preocupes, no te obligaré a ponértelo en público. Sólo para mí.

Erin contuvo el aliento.

Striker la miró de arriba abajo entonces.

–Supongo que te habrás depilado.

Ella masculló algo ininteligible y Striker se preguntó si habría ido demasiado lejos. Y entonces decidió que, de perdidos al río.

–Estarías guapísima con un vestido de satén rojo.

–No pienso…

–Con tanta tela como un bañador –prometió él, haciendo la promesa de los boy scouts.

El dependiente volvió con los pantalones.

–Creo que necesitamos un jersey de cachemir que vaya a juego con esto –suspiró Erin.

–Por supuesto, señorita.

–¿Eso es un sí? –sonrió Striker.

Después de un largo y frustrante día de compras con Striker, el rey de los macarras, Erin suspiró de alivio al llegar al bungalow. Después de abrir la puerta de la terraza y respirar el aire del mar, abrió su móvil para llamar a Patrick.

Había tres horas de diferencia, de modo que en Nueva York serían las siete de la tarde, pero sabía que su jefe aún estaría en la oficina.

Podía oír a Striker moviéndose en su habitación, colocando la ropa que habían comprado, seguramente. Era imposible que un ser humano tuviese tan mal gusto. Pensar que quería conocer a Allan Baldwin por su dinero… era insultante.

Y luego se le había ocurrido aquella estupidez sobre el vestidito de satén. Como si fuera a ponerse algo sexy para él. ¡Ja!

Se había negado a entrar en la lencería, aterrada de las plumas y los encajes rojos que querría comprarle aquel compendio de mal gusto. En lugar de eso, cruzó la calle para tomar un café. No tenía la menor intención de cumplir el trato.

Aun así, una mirada a la bolsa que había sobre su cama la hizo sentir un escalofrío. Y la idea de quedarse en ropa interior delante de él… la hizo sentir otro escalofrío.

No se sentía atraída por Striker. Para nada.

Sí, bueno, el chico era guapo y tenía una pinta de cavernícola que podría interesarle a algunas chicas. Pero a ella no. Ella no podía olvidar su mal gusto y sus chistes malos.

¿Qué le dice el sombrero a la corbata?

Yo voy en cabeza; tú te has quedado colgada.

Aggggg.

—¿Sí?

—Patrick, soy Erin.

—Erin, ¿qué tal la fiesta? ¿Has convencido a Allan Baldwin?

—Pues… en fin, la buena noticia es que estamos en la isla.

—Pues claro que estáis en la isla.

—Pero no fue fácil llegar hasta aquí.

—¿Hay una mala noticia entonces? —preguntó su jefe.

—Nos hemos perdido la fiesta.

–¿Qué?

–El avión aterrizó con una hora de retraso y luego tuvimos que esperar una hora para conseguir una avioneta.

–Muy bien, muy bien, ¿tenéis un plan B?

–Sí, bueno, hemos conocido a un… amigo de Allan –contestó Erin.

–Estupendo. ¿Os lo va a presentar? No quiero meterte prisa, Erin, pero Charles va diciendo por ahí que quiere intentarlo de nuevo…

–¿Qué quiere intentar? Yo estoy aquí, ¿no? Charles sabe que me has encargado esta misión a mí.

–Sí, bueno… no exactamente.

–¿Qué?

–He pensado que sería mejor sorprender al Consejo de Administración cuando el asunto ya esté firmado.

–Dime que es una broma.

–No.

–Patrick…

–Tengo que irme, Erin. Buena suerte.

Y después de eso, cortó la comunicación.

Erin se quitó el vestido y se dejó caer sobre la cama. ¿Patrick estaba arriesgando tanto su puesto de trabajo como el suyo propio? No le había dicho nada al Consejo de Administración, de modo que lo mejor sería volver a Nueva York con el contrato en la mano.

Entonces sonó un golpecito en la puerta.

–¿Erin? Soy Julie.

–Entra –suspiro ella

Julie entró. Pero Striker estaba a su lado, con una sonrisa en los labios. Erin saltó de la cama, cubriéndose como pudo con las manos. Por supuesto, Julie la había visto en bragas muchas veces, pero Striker al menos podría cerrar los ojos o algo… Aquel hombre no era sólo un macarra, era un sinvergüenza.

–¿Se puede saber qué haces aquí, Striker? –exclamó, poniéndose el albornoz.

–Nada, pero me has alegrado el día. Gracias.

Erin tomó la bolsa de la lencería y se la tiró a la cara.

–Bueno, pues ya has visto todo lo que tenías que ver.

–De eso nada. Aunque esto confirma que yo tenía razón.

–Estás muy guapa, Erin –rió Julie–. Ya te dije que el gimnasio haría maravillas por tu trasero.

Erin se dijo a sí misma que Striker no era más que un piloto de segunda clase. ¿Por qué iba a importarle la opinión de un hombre que compraba chaquetas de color aguacate?

Aunque la mirase como si fuera un delicioso bocadillo. Aunque el calor de su mirada la hiciese sentir como un delicioso bocadillo.

Su opinión no significaba nada. Nada.

Además, Julie tenía razón. Su trasero estaba estupendamente bien. Y su conjunto de braguitas y sujetador azul era monísimo.

–¿Qué queréis?

–Hemos venido para diseñar una estrategia –dijo Julie, sentándose en la cama–. ¿Has visto qué guapo está con ese pantalón y ese jersey?

–Pues claro, los he comprado yo –replicó ella, airada–. Pero aún tenemos muchas cosas que hacer. Aún no está listo.

–¿Qué más tengo que aprender? ¿Piensas obligarme a hablar con acento británico o algo así?

–Quiero enseñarte a no ser grosero y sarcástico y a no andar como si fueras un campeón de lucha libre. Por ejemplo.

–¿Has visto muchas peleas de lucha libre?

–No.

–Pues yo sí.

–No me sorprende.

–Y no andan como yo.

–¡Pero si entras en una habitación como si estuvieras a punto de colocar una bandera!

–Pues yo creo que es muy sexy –dijo Julie.

Erin la fulminó con la mirada.

–Dudo que a Allan Baldwin le parezca sexy.

–¿Te parezco sexy?

–Yo no he dicho eso.

–Pero lo has dado a entender.

–De eso nada. ¿Podemos concentrarnos en la estrategia?

–Para eso estamos aquí –sonrió Striker–. ¿Qué tal si le digo que he venido con un par de amigas y que vamos a pasarnos por su casa?

–No me parece buena idea –dijo Erin.

–¿Por qué no? Es lo más normal. Y casi es la verdad.

–Pensará que quieres algo.

–Aparte de que es verdad, quiero algo y voy a conseguirlo, ¿por qué iba a pensar Allan eso?

–Venga, por favor, el tipo encuentra una mina de diamantes y, de repente, tú apareces en su casa. Sospechará enseguida, y si sospecha de ti, sospechará de nosotras.

–Allan no es suspicaz.

–¿Y eso lo sabes porque fuisteis juntos al instituto?

Striker no contestó.

–Tenemos que hacerle creer que no buscas nada… Tenemos que hacerle creer que tienes dinero.

–¿Por qué iba a pensar que no lo tengo?

–No te ofendas, Striker, pero yo sé que no lo tienes sólo con mirarte.

–¿Ah, sí?

–Sí.

–Sólo con mirarme, ¿eh?

Erin lo miró de arriba abajo. Bueno, con aquel pantalón y el jersey de cachemir tenía un aspecto bastante decente. Mientras mantuviera la boca cerrada, claro.

–No es sólo la ropa, es… el pelo. Cómo te sientas, cómo hablas. En fin, todo.

–¿En serio?

–Sí.

–¿Estás diciendo que Allan enseguida sabrá que quiero sacarle pasta?

–Exactamente.

–No te ofendas, Erin, pero eres tú quien quiere sacarle pasta.

–No, yo quiero que firme un contrato con mi empresa, que es muy diferente –replicó ella. Striker la miró, escéptico–. Es un contrato que nos beneficiará a los dos –añadió, irritada.

–¿Tú crees que Allan se va a creer eso?

–Pues claro.

–Sigo pensando que debería llamarlo.

–No, aún no.

–¿Aún tienes que arreglarme?

–Eso es.

–Muy bien guapa. En ese caso, soy todo tuyo. Cámbiame, transfórmame, arréglame. Pero yo creo que esto funcionaría mejor si aparecieras delante de él sin ese albornoz.

Julie soltó una carcajada, y Erin se abrochó el cinturón como si le fuera la vida en ello.

Capítulo Cuatro

Stephen Reeves-DuCarter, representante de Reeves-DuCarter Internacional, jamás se habría quedado mirando fijamente a una mujer a la que hubiese pillado en ropa interior. Pero el piloto y cavernícola Striker sí lo haría. ¿Quién habría podido imaginar que tener poca clase sería tan divertido?

Mientras observaba a Erin moviéndose por la cocina, recordaba su imagen con aquel conjunto de ropa interior azul el día anterior... Era una chica más bien criticona, pero menudo cuerpazo.

–Intentaré conseguir una cita para las diez –estaba diciendo, con el teléfono en la mano.

Habían terminado de desayunar diez minutos antes y Julie se había ido a la playa.

–Un tipo que se llama Philippe no me va a cortar el pelo –protestó Striker–. Me lo corto yo solo.

Mentira, claro. Su madre lo había llevado a las mejores peluquerías desde los cinco años, insistiendo en lo importante que era dar una buena impresión.

–No vas a cortarte el pelo tú solo –suspiró Erin–. ¿Hola? Buenos días, quiero una cita para esta mañana, si es posible. ¿No puede ser hasta el jueves? Pero… sí, entiendo. Gracias.

–¿Me lo voy a cortar yo solito? –sonrió Striker.

–No, de eso nada. Quítate el jersey.

–Sí, señora –contestó él–. Supongo que no hay muchas posibilidades de que lo hagamos en la mesa de la cocina, pero me lo quito de todas maneras.

–No pienso hacer nada contigo en la mesa de la cocina.

–Ya me lo imaginaba.

–Voy a cortarte el pelo yo misma.

–Estás desesperada, ¿verdad?

–Me pagué la universidad trabajando como peluquera, así que no hay ningún problema. Mójate el pelo mientras voy a buscar unas tijeras.

¿Se había pagado la universidad trabajando como peluquera? Striker, de repente, se sintió culpable. La había creído una niña mimada.

–¿Cómo voy a pensar como un hombre rico si tú me cortas el pelo con unas tijeras de cocina? –bromeó–. Yo creo que necesito un servicio completo.

–Sí, seguro.

–No, de verdad, esto es como el método de interpretación para los actores. Tengo que sumergirme en el papel de un hombre rico… ¿has traído champú?

–No pienso lavarte el pelo.

–Pues entonces no me lo cortas.

–No te pongas idiota. No puedes ir a ver a Allan con esa pinta de… refugiado.

–¿Ahora soy idiota?

–Sí.

–A ver, vamos a repasar esto: he dejado que me traigas hasta aquí, he dejado mi trabajo por vosotras, he dejado que me compres ropa, he dejado que me insultes, incluso voy a dejar que me cortes el pelo. Y lo único que pido a cambio es que me lo laves tú misma. ¿Eso es mucho pedir?

Erin abrió la boca y volvió a cerrarla.

–Muy bien, voy a buscar el champú.

Mientras salía de la cocina, Striker la miró, atónito. ¿Había ganado?

Unos minutos después, Erin volvía con un bote de champú y unas tijeras en la mano.

–Pon la silla de espaldas al fregadero. Y echa la cabeza hacia atrás.

Striker hizo lo que le pedía y cerró los ojos. Unos segundos después, estaba completamente relajado. Era muy agradable sentir el roce de sus dedos en el cuero cabelludo. Y el champú olía a lima.

–Así que eras peluquera.

–Sí.

–¿Y te gustaba?

–Sí, casi siempre.

–¿Qué era lo que te gustaba de ser peluquera?

–Conocer gente.

–¿Los conocías mientras les cortabas el pelo?

—Los peluqueros y los camareros son como confesores. No te puedes ni imaginar las cosas que cuenta la gente.

—¿La gente te confesaba cosas?

—Sí.

—¿Algo interesante?

—Escándalos, líos sexuales, consejos para invertir en bolsa, ya sabes.

—Cuéntame lo de los líos sexuales.

—Lo siento, es secreto profesional.

—Venga, estás retirada.

—Da igual.

—Puedes cambiar los nombres. Ellos nunca se enterarán.

—Bueno, vale —sonrió Erin—. Durante el primer año conocí a una mujer que se llamaba… Thelma. Tenía una aventura con el chico que le limpiaba la piscina. Me estuvo contando los detalles íntimos de la relación durante meses…

—¿Detalles íntimos? Cuenta, cuenta.

—Por lo visto, era un chico guapísimo. Pero todo terminó cuando se cambió el color del pelo. Su marido se negaba a que siguiera tiñéndoselo de rojo. Según él, la culpa de la aventura la tenía el color del pelo. Yo creo que fue culpa mía que se divorciaran.

—¿Y eso?

Erin seguía frotando suavemente su cuero cabelludo y Striker tuvo que tragar saliva.

—Porque unos meses después le di reflejos dorados.

–No tienes vergüenza.

–Y entonces tuvo otra aventura. Yo siempre pensé que el marido estaba loco, pero puede que tuviera razón.

–Sí, claro, esa mujer tenía aventuras por los reflejos –dijo Striker, irónico.

–Nunca se sabe.

–¿Has pensado alguna vez teñirte el pelo de rojo?

–¿Quieres que te aclare el pelo con agua fría?

–Mira que eres mala.

–Eso te pasa por coquetear conmigo.

–No estaba coqueteando, estaba siendo simpático.

–Ya.

–Oye, que no te estoy tocando. Tú, por otro lado...

–Esto se ha terminado –dijo Erin, abriendo el grifo.

–No tienes corazón.

–Desde luego que no –Erin le aclaró el pelo y luego se lo secó con una toalla. Durante todo el proceso, Striker no pudo evitar poner cara de tonto–. Bueno, vamos a cortarlo.

–¿Seguro que sabes lo que haces?

–Claro que sí. En unos minutos te habré cortado todo lo que sobra.

–Por favor, no digas eso mientras tienes un objeto cortante en las manos.

Erin tuvo que disimular una sonrisa.

–Ése es otro ejemplo del tipo de broma que no debes hacer delante de Allan.

–Pero a ti te ha gustado.

–Ha sido un momento de debilidad –suspiró ella.

Mientras le pasaba los dedos por el pelo, Striker tuvo que tragar saliva. Cada vez que lo tocaba se volvía más sensible. Y estaba empezando a pasarlo realmente mal.

–¿Qué le dice la alfombra al suelo?

–No, por favor, que tengo unas tijeras en la mano.

–No, no es eso. «No te muevas, te tengo cubierto».

–Por favor, Striker, corta el rollo.

–Bueno, bueno, sólo era una broma.

Y no había conseguido enfriarlo en absoluto. El roce de los dedos de Erin en su pelo lo estaba poniendo malo. Y cuando empujó su cabeza hacia delante para cortar la parte de detrás tuvo que cruzar las piernas.

Menudo problema.

–No te muevas o te dejaré una calva.

Striker se imaginaba a sí mismo diciéndole cosas al oído. Imaginaba a Erin reaccionando, besándolo.

Podía pasar. Al fin y al cabo, era una mujer. Desde Los Ángeles a Singapur, a todas las mujeres les gustaba que un hombre les dijera cosas bonitas al oído.

Y entonces ocurrió algo terrible. Erin se colocó delante de él. Delante de él. Sentado como estaba, su pecho quedaba a la altura de sus ojos...

¿Esa chica sabía lo que estaba haciendo?

Tenía que saber cómo reaccionaría un hombre. Si de verdad fuera el cavernícola que ella creía...

Striker lo pensó.

¿Por qué no?

Desde luego, sería comportarse como ella esperaba que lo hiciera.

La besaría y, al menos, sabría cómo era. Erin le daría una bofetada, naturalmente. Y él juraría no volver a intentarlo.

Fin de la historia.

De modo que Striker la tomó por la cintura y la sentó sobre sus rodillas.

—¿Se puede saber qué...?

—Yo he dejado que me cortases el pelo. Ahora me toca a mí pasarlo bien.

Erin estaba excitada. Seriamente excitada. Eso era lo que pasaba por tontear con un hombre. Una buena razón para dejar de hacerlo.

Pasar los dedos por el pelo de Striker la había excitado sin remedio, no sabía por qué. Y ahora estaba sentada sobre sus muslos, unos muslos durísimos. Llevaba el torso desnudo, sus pectorales y sus bíceps sólidos como piedras... Se había afeitado y, sin sombra de barba, tenía un aspecto casi aristocrático. Nada que ver con el tipo que contaba chistes malos.

Sus ojos eran azules y tenía una diminuta cicatriz sobre la ceja derecha...

Sin poder evitarlo, Erin levantó una mano para tocarla.

—Una pelea en un bar —dijo Striker.

Ella asintió, recordándose a sí misma qué clase de hombre era Striker Reeves. Una pelea en un bar, claro. Era de esperar. Y, sin embargo...

«Bésame».

No podía dejar de pensar eso. Y, como si él lo hubiera oído, la envolvió en sus brazos, aplastándola contra su torso. Erin abrió la boca, invitándolo, y su lengua se enredó con la de ella. El asombroso beso siguió y siguió hasta que, de repente, Erin se apartó unos milímetros para respirar.

—¡Ay!

Erin miró su hombro y vio que había un hilillo de sangre. ¡Lo había cortado con las tijeras en medio del ataque de pasión!

—Oh, no, no, lo siento... te he clavado las tijeras.

—Lo sé. Me las estabas clavando, pero he aguantado lo que he podido.

—Ay, por favor. ¿Te he estado clavando las tijeras todo el tiempo?

—Sí, pero es que me gustaba tanto besarte...

Ella lo miró, incrédula. ¿Tenía unas tijeras clavadas en el hombro y no había dicho nada?

A toda prisa, se levantó para buscar un paño.

–No sabes cuánto lo siento, Striker. De verdad. No me he dado ni cuenta…

–No pasa nada.

–Tengo que ponerte una venda o algo…

–De verdad, no es nada.

–Pero estás sangrando.

–Menos mal que me he quitado el jersey, ¿no?

Erin arrugó el ceño. ¿De verdad pensaba que sólo le importaba el jersey?

–Erin, era una broma.

–¿Crees que habrá que darte puntos?

–No, qué va. Ya casi no sangra. ¿Qué tal me ha quedado el pelo?

–¿El pelo? ¿Quieres que vaya a buscar un espejo?

–Puedo andar.

–No sabes cómo lo siento, en serio.

–No te preocupes. Sólo es un cortecito de nada –sonrió él, levantándose.

–Pero…

Striker tomó su cara entre las manos.

–Es sólo un corte sin importancia. Además, ha merecido la pena.

Erin sintió que se le doblaban las rodillas. Aquello era lo más sexy que alguien le había dicho nunca. Y se lo había dicho Striker.

La puerta del bungalow se abrió entonces y Julie apareció con un pareo y el pelo sujeto en una coleta. Ya empezaba a estar bronceada.

–No es que me importase quedarme aquí unos

días más, ¿pero habéis llamado a Allan? –preguntó, abriendo la nevera para sacar una botella de agua–. Ah, te ha quedado muy bien el pelo. ¿Qué más cosas te va a hacer Erin?

–Francamente, estoy deseando saberlo –contestó él.

Erin, avergonzaba por el beso y por el corte, tomó la guía telefónica.

–Sí, llamar a Allan es buena idea.

Se había distraído por un momento. Pero si Charles estaba dispuesto a conseguir el contrato, tenía que ponerse en marcha.

–Lo que tú digas, jefa –murmuró Striker.

Debía sentirse orgulloso de sí mismo. Había actuado como un cavernícola y ella había respondido. No sabía cómo iba a vivir consigo misma a partir de aquel momento.

Erin dio un paso atrás mientras le daba el número de teléfono.

–Allan Baldwin, por favor –dijo Striker–. De parte de Striker Reeves.

Mientras hablaba, Erin se concentró en sus labios, tragando saliva. Bueno, debía calmarse, no era para ponerse tan nerviosa. Tampoco había sido un beso tan apasionado.

¿O sí? La verdad era que no lo recordaba bien, como si hubiera estado en trance.

–Hola, Allan, ¿qué tal?

Pero había sido un beso poderoso. Eso no podía negarlo.

–Tienes razón, hace siglos. Estoy aquí, en la isla.

Pero Striker no era su tipo. No podía serlo.

–Con un par de amigas –siguió diciendo él, al teléfono–. Habíamos pensado pasarnos por tu casa esta noche.

Erin se quedó inmóvil.

–¿Sí? Ah, estupendo.

Erin contuvo el aliento.

–A las siete, genial. Nos vemos allí.

–¿Ha dicho que sí? –exclamó Julie.

–Nos ha invitado a cenar.

Erin sintió como si una piedra cayera en medio de su estómago. Striker con el tenedor equivocado, bebiendo vino de la copa de agua. Quizá poniéndose la servilleta en el cuello y usando un palillo...

–¿Seguro que podrás hacerlo?

–Ningún problema. Llevo zampando toda mi vida –contestó él.

¿Zampando?

–Creo que es hora de tomar medidas drásticas.

Capítulo Cinco

Por «medidas drásticas», descubrió Striker, Erin quería decir lecciones de etiqueta. Se había pasado la tarde diciéndole cómo usar los cubiertos y él se había pasado la tarde fingiendo que prestaba atención.

Pero la realidad era que no podía dejar de pensar en el beso.

Ahora, con su nuevo traje y sintiéndose satisfecho consigo mismo, sonrió mientras la observaba avanzar por el camino que llevaba a la casa de Allan, con Julie a su lado.

La había besado. Y ella le había devuelto el beso.

No le había dado una bofetada. Ni mucho menos.

Quizá debería sentirse culpable por no decirle la verdad, pero estaba demasiado ocupado disfrutando al pensar que ella le había devuelto el beso. Aunque no sabía que era rico, aunque nunca había visto su avión privado, aunque actuase como si no tuviera el menor interés por él.

Era muy divertida. Y guapísima.

Especialmente por detrás.

Julie había vuelto a ponerse el vestido negro, pero Erin llevaba un vestido de seda color rosa palo con escote en uve. Aunque no podía verle el escote porque lo llevaba tapado con una especie de chal, la tela del vestido se pegaba a sus curvas... y qué curvas. Sus hombros desnudos eran brillantes, sedosos, sus brazos largos y delgados y su pelo brillante parecía acariciar su espalda.

Striker estaba viendo mil sitios donde le gustaría besarla.

Bueno, una vez que la desarmara, pensó, moviendo el hombro.

Subieron los escalones de una enorme casa de estilo colonial y llamaron al timbre. Striker había esperado que un mayordomo abriese la puerta, pero fue el propio Allan quien los recibió.

—¡Striker! Cuánto me alegro de volver a verte.

Él apretó su mano.

—Uno tiene que tomarse vacaciones alguna vez.

—¿No prefieres irte a Londres?

—No, me han dicho que esta isla es lo mejor del mundo.

Allan miró a Julie.

—Pues has oído bien.

—Te presento a Julie Green y a Erin O'Connell. Son *amigas* mías.

—Encantado de conoceros —sonrió Allan—. Pasad, por favor.

El vestíbulo, con un techo altísimo, se abría a un salón enorme. Aunque Striker había estado en muchas mansiones, se quedó impresionado con aquélla.

Era abierta y espaciosa, con paredes de cristal que daban a un acantilado en un lado y a un enorme jardín con piscina en el otro.

—¿Sois de Seattle?

—No, de Nueva York –contestó Erin.

—Ah. ¿Striker os trajo a la isla?

Erin asintió con la cabeza.

La sonrisa de Allan se volvió…

Oh, no, Striker no había pensado en eso. ¿Allan creía que las había llevado para… pasar un buen rato?

Aunque Erin y Julie no eran la clase de chicas con las que solía salir. De hecho, Allan debía estar impresionado. Pero Erin no.

—Son amigas mías –insistió, poniendo énfasis en la palabra.

—Sí, sí, claro –sonrió Allan, que no parecía haber entendido. Y Striker no sabía si reír o llorar. Aquello podía ser una complicación–. ¿Alguien quiere beber algo? ¿Un cóctel, un martini, una copa de vino?

—Vino, por favor.

—¿Blanco o tinto?

—Lo que tú tomes –sonrió Julie.

Allan hizo un gesto hacia el pasillo.

—¿Quieres venir conmigo a la bodega? Así me ayudas a elegir el vino.

—Sí, claro.

—¿Hay alguien más interesado en ver la casa?

Erin iba a decir que sí, pero Striker puso una mano en su brazo.

—No, os esperamos aquí.

Cuando desaparecieron, Erin se volvió hacia él.

—¿Por qué has hecho eso?

—Tenemos que hablar.

—¿De qué?

—Tenemos que… inventarnos una historia —dijo Striker.

—Ya tenemos una historia.

—Pero no es suficientemente buena.

—¿Y ahora me lo dices?

—No se me había ocurrido…

—¿Qué?

—Tenemos que fingir que somos amigos de verdad, que nos conocemos desde hace tiempo.

—¿Por qué?

—Pues… verás, es que yo tengo cierta reputación…

—¿Y?

—En el instituto… en fin, yo tenía fama de conquistador.

—¿Y por eso no puedo bajar a la bodega con Allan?

Striker se aclaró la garganta.

—En el instituto ligaba con chicas porque tenía un Mustang. Y luego, de mayor, con la avioneta…

–Y…

–Pues que ligaba con ellas.

–¿Me estás diciendo que eres uno de esos ligones empedernidos?

–Bueno…

Sí. Lo era.

–Algo así.

–¿Y tenemos que hablar de esto ahora precisamente?

–Es que me parece que Allan ha pensado…

Erin lo miró, horrorizada.

–¿Qué nos has traído aquí… en plan parejas?

–Sí. Me temo que sí.

–Ah, perfecto. Sencillamente perfecto.

–Pero creo que puedo solucionarlo.

–¿Cómo? Por favor, te pido ayuda para que Allan no piense que queremos coquetear con él y ahora resulta que…

–Le diremos que nos conocemos desde hace meses. Que somos amigos de verdad.

–¿En lugar de amantes temporales?

–Eso es.

–¿Y tú crees que lo creerá?

–Bueno, al fin y al cabo, no somos amantes, ¿no?

–¡Pues claro que no!

–El único problema es…

–¿El *único* problema?

–Que tú eres muy guapa. No sé si Allan se va a creer que no te he tirado los tejos.

Erin dejó escapar un suspiro

–¿Qué voy a hacer contigo?

–Para empezar, no me lo pongas tan fácil.

–Striker...

–Erin...

–Esta mañana...

–Mira, lo que pasó, pasó. Y no tiene sentido fingir que no pasó nada.

–Sólo fue un beso. No significa nada.

–Si no hubiera significado nada, no sería un problema.

Erin no lo negó. Se quedó mirándolo a los ojos y Striker tuvo que hacer un esfuerzo para no volver a besarla allí mismo.

–Muy bien. ¿Cómo nos conocimos?

–¿Eh?

–La historia que vamos a contarle a Allan.

–Ah, sí, es verdad. Nos conocimos en Nueva York.

–¿Has estado en Nueva York?

–Sí.

–¿Dónde?

–En el River.

–¿Has estado en el River? Pero si es el restaurante más caro...

Striker vaciló.

–Bueno, lo he visto en televisión.

–Ah, bien.

Entonces oyeron la risa de Julie en el pasillo.

–Hemos traído un merlot y un beaujolais –dijo Allan, levantando las dos botellas–. Y el cocinero está haciendo *filet mignon* para cuatro.

Striker era un ligón empedernido. ¿Por qué no la sorprendía?

Le pegaba mucho, claro. Por eso besaba tan bien, tenía experiencia. Desde el instituto. Y ahora que sabía su pequeño secreto, le sería mucho más fácil olvidarse de él.

Cenaron en un comedor con paredes forradas de madera y extraordinaria vajilla de porcelana. El vino era perfecto, la carne en su punto y la panorámica maravillosa. Y ella estaba aprovechando la oportunidad con Allan porque ya no le preocupaba Striker. Sólo era un hombre, uno de ésos que se pasan el fin de semana ligando con unas y con otras sin importarle nada más. Sólo por el hecho de conquistar a una mujer. Era repugnante.

–… y fue entonces cuando conocí a Erin en Nueva York –estaba diciendo en ese momento.

–¿No os habíais conocido el lunes? –preguntó Allan, volviéndose para mirar a Julie.

–Sí, a Julie la conocí el lunes. Erin y yo nos conocimos en Nueva York hace meses. ¿Dónde fue? En ese restaurante cerca del puente de Brooklyn…

–El River.

–Ah, sí, es verdad. Tú pediste pechuga de pato y yo no te pude convencer para que pidieras la *crème brûlée*. Nos presentó Derek.

–Ah, Derek. ¿Cómo están tus hermanos?

–Tyler acaba de casarse –contestó Striker.

–¿En serio?

–En el mes de julio.

–¿Y Derek?

–Derek no está casado. Dudo que lo soporte ninguna mujer.

–Me sorprende que no…

–¿Y tú? –lo interrumpió Striker–. ¿Qué tal va el asunto de los diamantes?

Erin le dio una patada por debajo de la mesa. Había planeado una sorprendente epifanía para después de la cena: «Ah, ¿no me digas que tú eres *ese* Allan Baldwin. Qué sorpresa. Julie y yo trabajamos en el negocio de las joyas».

Pero ¿cómo iba a fingir sorpresa si Striker sacaba el tema de los diamantes mientras estaban cenando?

–Esta semana no son los diamantes lo que me interesa. De hecho, acabo de hablar con el asesor de Green Ice…

–Cuidado, no nos cuentes secretos profesionales –lo interrumpió Striker.

Erin volvió a darle una patada.

–La mina número cuarenta y cuatro tiene unas gemas de gran cualidad –siguió Allan, tomándoselo a broma–. Han encontrado algunas sin defecto alguno… incluso un trapiche.

Julie levantó la cabeza como un perdiguero oliendo una presa.

66

–¿Un trapiche fuera de Colombia?

–¿Qué es un trapiche? –preguntó Striker.

–Una esmeralda con inclusiones en forma de seis nervios –contestó Julie.

Allan asintió con la cabeza.

–¿Cómo es posible que la hayáis encontrado?

–Ha sido una sorpresa para todos… –Allan y Julie se pusieron a hablar sobre la esmeralda y Striker se inclinó hacia Erin.

–Si vuelves a darme una patada, te obligaré a que me des un beso en la pupita.

La imagen hizo que Erin sintiera un escalofrío.

–… veo que sabes mucho sobre esmeraldas –estaba diciendo Allan en ese momento.

Julie tomó un sorbo de vino.

–Sí, bueno, es que me gustan las joyas.

–Está sin cortar. ¿Quieres verla?

Julie se atragantó, y Allan tuvo que darle unos golpecitos en la espalda.

–¿Está aquí?

–En mi caja fuerte.

–¿Quieres casarte conmigo?

Allan sonrió mientras se levantaba de la silla.

–Ésa es una oferta que no me hacen todos los días. Vuelvo enseguida.

En cuanto se marchó, Erin se volvió hacia Striker.

–¿Qué estás haciendo?

–¿Yo? Eres tú la que me está dando una paliza por debajo de la mesa.

–Le has preguntado por los diamantes.

–¿Y?

–Y ahora tendremos que decirle quiénes somos inmediatamente… ¿es que no te das cuenta?

–Pues díselo.

–No puedo.

–¿Por qué?

–Porque ése no era el plan. Apenas lo conocemos. Y ni siquiera sé el precio que puedo ofrecerle por las esmeraldas. Tengo que hablar con mi jefe y…

–¿Chicos? –los interrumpió Julie–. Aunque éste es el mejor momento de mi vida porque no se ve un trapiche todos los días…

–No podéis usar nada de lo que Allan os cuente esta noche –la interrumpió Striker.

–¿Qué? ¿Crees que me dedico al tráfico de secretos profesionales? –le espetó Erin, indignada.

Julie se aclaró la garganta.

–Antes de que vuelva, yo creo que debéis contarme por qué habéis mentido sobre lo de Nueva York.

–Necesito que me deis vuestra palabra –insistió Striker–. No podéis compartir con nadie lo que Allan os cuente esta noche antes de decirle quiénes sois en realidad.

–¿Nueva York? –insistió Julie.

–Quiero que me deis vuestra palabra.

–Muy bien, de acuerdo. Tienes mi palabra. Soy una compradora, no una inversora –suspiró Erin.

–¿Julie?

–Yo también, yo también. ¿Nueva York?

–Mentimos porque Allan cree que Striker nos ha traído aquí… para pasar un buen rato –dijo Erin–. Por lo visto, nuestro Striker tenía cierta reputación en el instituto.

Julie levantó una ceja.

–Ah, eso explica lo de la bodega.

–¿Qué ha pasado en la bodega?

Antes de que Julie pudiera contestar, aunque tenía una sonrisa en los labios que lo decía todo, Allan volvió a aparecer en el comedor con una caja de terciopelo azul.

–Sois los primeros en verla, además del Consejo de Administración. También me han enviado un par de esmeraldas perfectas.

–Mi reino por una lupa –murmuró Julie, alargando la mano para tocar las gemas.

–De verdad, deberías pensar seriamente en buscar un marido rico –bromeó Allan.

Ella lo miró, con una pícara sonrisa en los labios.

–¿Qué crees que estoy haciendo?

Allan sonrió mientras le pasaba la cajita a Striker y Erin.

Erin no era una experta, pero había visto suficientes gemas como para saber lo que debía valer aquello. Los diamantes de Allan eran famosos por su espectacularidad. Y aquellas esmeraldas pondrían el mundo de las joyas patas arriba.

Sabía que debería decirle de inmediato quién era, pero necesitaba tiempo para pensar. No podía desperdiciar aquella increíble oportunidad.

–¿Tomamos café en el jardín?

–Sí, claro.

Mientras Allan y Julie salían al jardín, Striker la tomó del brazo.

–Tienes que decirle quiénes sois.

–Aún no.

–Vais a meteros en un lío.

–Antes tengo que hablar con mi jefe.

–Yo no soy un experto…

–Desde luego que no.

–Pero me parece que para que esto funcione, Allan tiene que confiar en vosotras.

–Y lo hará.

–Pues no se lo estás poniendo fácil.

–En la vida nada es fácil –replicó Erin–. Hay que equilibrar las cosas. Sinceridad total contra intereses estratégicos.

Striker le puso una mano en la cintura.

–En eso tienes toda la razón.

Capítulo Seis

Sinceridad total contra intereses estratégicos.

Striker pensó en esas palabras mientras observaba a Erin moviéndose por la cocina. Habían vuelto al bungalow paseando por la playa y Julie había decidido darse una ducha.

Erin había decidido hacer café.

Striker había decidido mirarla.

Se había quitado el chal que ocultaba el escote y el vestido de seda brillaba bajo la luz de la luna. Iba descalza, moviéndose de un lado a otro sin hacer ruido.

—¿Quieres que te diga algo con total sinceridad?

—Sí, claro.

—Estás preciosa a la luz de la luna.

—Eso ha sonado más como un interés estratégico —sonrió Erin.

—¿Tú crees?

—Sí.

—Muy bien. Dime qué es un interés estratégico.

–Lo que uno busca. El objetivo. Olvidas que tu reputación te precede, Striker.

–Ah, claro. ¿Te he dicho alguna vez que nunca he fracasado?

–Era de imaginar.

–Y hay razones para ello.

–No me digas.

–Soy la máquina del amor –dijo él entonces, como si de verdad fuera uno de esos horribles ligones de discoteca.

–Por favor, dime que esa frase horrenda no funciona con mujeres de verdad.

–No lo sé. No lo había dicho nunca.

–Pues dime alguna que suelas usar.

«¿Quieres dar una vuelta en mi avión?». Por Dios. ¿De verdad había usado esa frase?

–Eres la mujer más guapa que he visto en mi vida.

–No es muy original.

–Pero si la dices con total sinceridad, es un clásico.

–El problema es que sé lo bien que mientes –sonrió Erin.

–Ah, ya. Pero eres la mujer más guapa que he visto en toda mi vida.

–No va a funcionar, Striker.

–¿No?

–No, así que ni lo intentes siquiera.

–Pareces muy segura de ti misma.

–Lo estoy.

–Muy bien, tú ganas –asintió Striker.

–¿Ah, sí?

–¿Decepcionada?

–Sorprendida.

Él le quitó la cafetera de las manos y sirvió dos tazas.

–¿Por qué no nos sentamos? Pareces cansada.

–¿De verdad?

–Sí.

Julie apareció en ese momento envuelta en un albornoz y con una toalla en la cabeza.

–¿Quieres un café, Julie?

–Sí, gracias.

–Bueno, ¿estáis contentas por lo de esta noche? –preguntó Striker.

–Allan ha aceptado cenar aquí mañana –le recordó Erin.

–Y tú has aceptado quedarte un día más –le recordó Julie–. Esto me recuerda las citas dobles en el instituto.

–No es una cita –protestó Erin–. Es una cena de trabajo.

–¿Vas a decírselo a Allan? –preguntó Striker.

–Se lo diré en cuanto tenga oportunidad.

–Pues no esperes mucho.

En lugar de responder, Erin se volvió hacia Julie.

–Tengo que llamar a Patrick mañana a primera hora para hablar de las esmeraldas. Tú tendrás que darle los detalles técnicos.

–Creo que la definición técnica para esas esmeraldas es: «son la leche».

Erin sonrió.

–Intentaré recordarlo.

–¿Azúcar? –preguntó Striker.

–No, yo lo tomo solo –murmuró Erin.

–Ay, ya empiezo a sentirme más civilizada –suspiró Julie–. Por favor, recordadme que no vuelva a caminar por la playa con tacones.

–¿Por qué no has dicho nada? –preguntó Striker–. Podríamos haber llamado a un taxi.

–¿Y perdernos el paseo con Allan? ¿Crees que somos tan blandas? –exclamó Erin.

Julie se inclinó para frotarse los doloridos pies.

–Yo sí.

–¿Te duelen los pies? –preguntó Striker–. Espera, voy a darte un masaje. Hice un curso de reflexología.

–¿En serio?

–Relájate, soy un profesional.

Striker miró a Erin de reojo, esperando verla con cara de envidia.

No tuvo suerte.

–¿Qué vamos a hacer de cena mañana? –preguntó.

–¿Podemos usar el microondas? –preguntó Julie.

–Tenemos que impresionarle, Julie –suspiró Erin.

–¿Qué tal si vamos a un restaurante? –sugirió Striker.

–No, necesitamos estar a solas.

–¿Y si contratamos a un cocinero? –preguntó Julie.

–No hay tiempo.

–Yo sé hacer salmón con salsa de eneldo –se ofreció Striker.

Erin y Julie lo miraron, sorprendidas.

–¿Sabes cocinar?

Bueno, salmón con salsa de eneldo era lo único que sabía hacer, pero a las mujeres les gustaba ver a un hombre en la cocina.

–Me encanta cocinar.

–Y a mí me encanta el salmón con salsa de eneldo –sonrió Julie–. Por cierto, si no hubiera pedido la mano de Allan esta noche, te la pediría a ti ahora mismo.

–¿Tienes por norma no pedir la mano dos veces en una misma noche?

–Trágicamente, sí.

De nuevo, Striker miró a Erin de reojo para ver cuál era su reacción. Nada.

–Voy a traer un cuaderno para apuntar todo lo que tenemos que comprar mañana –dijo, levantándose.

Nada, no le hacía ni caso.

–No estarás intentando seducirme, ¿verdad, Striker? –sonrió Julie cuando Erin desapareció por la escalera.

–¿Por qué no?

–Porque no pareces de ésos a los que les gustan los *ménage á trois*.

–*Excuse moi?*

–Por favor, si te pones de los nervios cada vez que miras a Erin –dijo Julie en voz baja.

–No digas bobadas.

–Oye, que a mí me parece estupendo. Yo creo que a Erin le sentaría bien un revolcón.

Striker levantó las cejas.

–Pero está demasiado obsesionada con el trabajo –siguió Julie.

–¿Ah, sí?

–Yo estoy aquí para pasarlo bien. Ella no habría venido si esto no fuera una oportunidad.

–¿Quiere ascender en la escala profesional?

–Erin quiere que la respeten.

–¿Y tú? ¿Vas a conseguir un ascenso por esto?

–El mío es un trabajo técnico. No estoy en la línea de sucesión.

–¿Y Erin sí?

–Claro –contestó Julie, moviendo los dedos de los pies–. ¿Y tú qué? ¿A qué te dedicas en realidad?

–¿Qué quieres decir?

Julie señaló su corbata.

–Bonito nudo Windsor. Y sabías el mejor año de un beaujolais… y no has tenido ningún problema con los cubiertos.

–Erin es buena profesora.

–¿Y el nudo de la corbata?

Striker miró hacia abajo.

–Lo aprendí… en la universidad.

–Sí, seguro.

Erin apareció entonces en el salón.

–He visto un mercado cerca de la tienda donde hemos comprado el traje. Mañana tendremos que pasarnos por allí.

Striker miró a Julie, preocupado.

Pero ella sonrió, haciendo como que abrochaba una cremallera sobre sus labios.

–Muy bien –Erin levantó la mirada de la lista para observar a Striker, que seguía dándole un masaje a Julie–. Lechuga, maíz, mango y nueces para la ensalada. ¿Qué hace falta para hacer el salmón?

–Salmón –contestó Striker.

–Muy gracioso. ¿Qué más?

Julie bostezó entonces.

–Yo estoy agotada, chicos. Me voy a dormir. ¿Os importa hacer la lista solos?

–Sin problema –contestó Striker.

–No, claro que no –dijo Erin.

–Ahora te toca a ti.

–¿Qué?

–El masaje. ¿No quieres que te dé un masaje en los pies?

–Sí, que te lo dé –sonrió Julie, levantándose–. Serás una mujer nueva, te lo aseguro.

–No…

–O me das el pie o no te diré los ingredientes para el salmón.

–¿Por qué contigo todo es un ultimátum?

–Porque eres una cabezota.

–Buenas noches, niños –se despidió Julie.

–Buenas noches –suspiró Erin, levantando un pie.

–Buenas noches, Julie, que duermas bien –sonrió Striker, masajeando suavemente la planta.

La sensación era tan exquisita, que Erin tuvo que contener un gemido.

–¿El primer ingrediente?

–Mantequilla.

–Bien –murmuró ella, anotándolo en el cuaderno.

–Nata –siguió Striker.

–Lo tengo.

–Eneldo.

A Erin empezaban a temblarle los dedos.

–Vino blanco.

–Mmmm…. ¿has dado masajes como profesional?

–No.

–Pues ganarías una fortuna.

–Te duele la cabeza, ¿verdad?

Le dolía y mucho. ¿Cómo lo sabía?

–Es por el estrés.

Striker siguió masajeando una zona determinada del pie, con más suavidad.

–No te puedes imaginar lo curativa que es la reflexología. ¿Te importa si te muevo?

–¿Eh?

Striker la tomó en brazos.

—¿Qué haces? —exclamó Erin.

—Voy a tumbarte en el sofá del porche y a ponerte un cojín debajo de la cabeza. Así podrás relajarte completamente.

—Pero…

—¿Es que tienes que protestar por todo?

—Bueno, de acuerdo.

Striker la dejó en el sofá del porche.

—¿Puedes ver las estrellas?

—Sí, claro.

—¿Quieres que ponga música?

—No —contestó ella, suspicaz.

Striker siguió masajeando sus pies, despacio, tomándose su tiempo, haciendo que ella creyese estar en el cielo.

—Es importante que mantengas el cuello relajado mientras hago esto.

—Muy bien.

—Deja el cuaderno.

—Muy bien.

No pensaba protestar. Le gustaban demasiado los dedos mágicos de Striker.

Unos minutos después, el dolor de cabeza casi había desaparecido del todo.

—Date la vuelta.

Erin abrió los ojos. Striker estaba prácticamente encima de ella. Y, a la luz de las velas, resultaba un hombre muy atractivo.

—¿Para qué?

–Voy a darte un masaje en el cuello.

–¿Por qué haces esto?

–Date la vuelta. ¿Por qué hago qué?

–Esto… darme un masaje.

–¿Por qué no iba a hacerlo?

–En fin, sé que no soy precisamente agradable contigo…

–Porque estás estresada. Además, espero que seas más amable cuando desaparezca tu dolor de cabeza.

Erin soltó una risita.

–Yo que tú no contaría con ello. Sólo me duele desde hace un par de horas.

–Soy optimista –dijo Striker, presionando los músculos en la base del cráneo.

–Ay.

–Relájate.

–Lo estoy intentando.

–Los músculos que rodean los vasos capilares están muy tensos. Si consigo que te relajes, el dolor se irá.

–¿Además de piloto eres médico?

–No, pero he jugado a los médicos un par de veces.

–¿Un par de veces? Qué modesto.

Striker rió, bajito. Una risa muy masculina, muy tentadora.

–Bueno, cuéntame por qué te dedicas a las joyas.

–Estudié Económicas y Geología.

–¿Y entrar en el negocio de la joyería era lo que querías?

Erin negó con la cabeza.

–Relájate –insistió él.

–Vi un anuncio en el periódico y solicité el puesto.

–¿Así de sencillo?

–Así de sencillo. ¿Quién iba a imaginar que me gustaría tanto?

–¿Y qué es lo que te gusta?

–Todo, viajar, conocer gente interesante, hacer tratos con los vendedores de gemas, ayudar a los diseñadores a hacer creaciones más vanguardistas… ayudo a la gente a celebrar los grandes momentos de su vida.

–Pues parece que has elegido la profesión adecuada.

–Desde luego.

Striker empezó a masajear su nuca, y Erin dejó escapar un gemido.

–¿Te duele?

–Se me pone el cuello tenso cuando estoy mucho tiempo delante del ordenador.

–Ah, claro. ¿Erin?

–¿Sí?

–¿Puedo seguir hacia abajo?

–Sí.

«Claro, por favor, no pares».

Striker apartó las tiras del vestido.

–No te muevas –murmuró, tirando del vestido hacia abajo. Cuando la tela rozó sus pezones, Erin contuvo el aliento.

—¿Bien?

—Sí, sí —contestó ella, casi sin voz.

Su piel era supersensible y, de repente, imaginó las manos de Striker sobre sus pechos...

Él siguió masajeando la zona del cuello y luego empezó a bajar por la espina dorsal. Sus dedos eran firmes y seguros y los músculos de Erin no podían decidirse entre relajarse o entrar en éxtasis.

Ella respiró profundamente, de repente notando el aroma de su colonia por primera vez. Las luces de las velas se movían suavemente con la brisa, bañando el porche con su tenue luz. Los dedos de Striker se movían con firmeza.

Erin no sabía cómo sería el cielo, pero estaba segura de que se parecía mucho a aquello.

El aliento de Striker acariciaba su espalda.

Sus labios irían después.

Estaba segura de que pondría los labios en su espalda.

No podía ser ella la única que estuviera sintiendo *aquello*. Él no podía estar haciéndole *aquello* y no darse cuenta.

Entonces sintió sus manos por encima de sus nalgas y sintió también que la respiración de Striker se hacía más intensa.

¿Sería una señal?

¿Estaría sintiéndolo él también?

Tenía que ser así.

«Bésame, bésame, bésame».

Erin esperó, casi sin respirar. Pero él siguió con el masaje.

Entonces volvió la cabeza y dijo su nombre en voz baja.

—¿Eh?

Striker se detuvo. Sus ojos brillaban de pasión, de un azul oscuro como el mar.

Sin pensar, Erin se dio la vuelta.

Él la miró durante un segundo. Miró primero sus pechos y luego su boca. Y entonces se inclinó y sus labios se apretaron contra los de Erin.

El beso era como lo recordaba, como lo había imaginado. Era todo lo que había querido.

Erin levantó los brazos para enredarlos alrededor de su cuello y él la tomó por la cintura, apretándola contra su torso.

«Mejor», pensó Erin. Eso era exactamente lo que quería. Lo quería apretado contra ella, sobre ella, dentro de ella. Experimentaba una avalancha de deseos que exigían satisfacción inmediata.

Sus besos se hicieron más apasionados, más ardientes. La besaba en los labios, en el cuello, en las mejillas, en los párpados.

—Striker…

—Eres deliciosa —murmuró él, apretando uno de sus pezones entre el índice y el pulgar.

Erin suspiró. Quería más. Necesitaba estar más cerca, necesitaba sentir su piel. Alargó la mano para deshacer el nudo de la corbata…

—¿Striker? —lo llamó. Necesitaba su ayuda.

Capítulo Siete

Striker tiró de la corbata para soltar el nudo y se la quitó por encima de la cabeza. Cayó entre los pechos de Erin y, al ver eso, tuvo que cerrar los ojos.

Luego desabrochó los botones de su camisa, quitándosela a toda velocidad para estar piel contra piel. Tan suave, tan cálida.

Striker la apretó con fuerza, casi aplastándola, besándola cuando la oyó gemir de placer. Mientras la besaba, se decía a sí mismo que debía ir despacio y dejar de actuar como un adolescente. Pero no sirvió de nada.

Por primera vez en su vida, una mujer lo deseaba a él y a él solo. Erin no sabía nada de su dinero, ni de su familia.

Y le habría gustado gritarlo a los cuatro vientos.

–Striker…

–Erin...

–Te deseo.

–Yo también.

–Ahora.

–Ah, sí.

Striker metió la mano bajo el vestido para quitarle las braguitas.

–Erin… –murmuró, incapaz de creer que estaba tumbada a su lado, maravillosa, sexy, increíble.

Metió una mano entre sus piernas, acariciando el interior de sus muslos mientras la miraba a los ojos. Cuando llegó al triángulo de vello entre sus muslos, ella cerró los ojos y sus labios se abrieron en un expresivo suspiro.

–Sí –musitó, levantando las caderas.

Striker sintió una ola de emoción que casi lo ahogaba; algo que no había experimentado nunca. Ni haciendo el amor, ni volando ni haciendo ninguna otra cosa.

Erin era especial, diferente a las demás mujeres que había conocido.

Y él la estaba tratando como…

Striker se detuvo, algo frío y duro instalándose en su pecho.

¿Tratándola como qué? Como había tratado a las demás mujeres.

¿Qué demonios estaba haciendo?

–¿Striker?

–Lo siento mucho, Erin.

–¿Qué? ¿Qué es lo que sientes?

–Esto, lo que estamos haciendo –contestó él–. Tenías razón sobre mí.

–¿Ah, sí? –Erin se bajó el vestido, asombrada.

–Soy un sinvergüenza.

–¿No crees que estás siendo un poco duro contigo mismo?

–Te he seducido, Erin.

–Sí, bueno… pero has tenido un poquito de ayuda.

–No lo entiendes –insistió él, sacudiendo la cabeza–. No ocurrió así como así. Todo esto era calculado, deliberado.

–¿Cómo?

–El café, el masaje, el salmón con salsa de eneldo…

–¿Has mentido sobre el salmón?

–¿Qué? Ah, no, no. Sobre eso no.

–¿Entonces? No te entiendo.

–Erin…

–Striker.

–Yo soy…

–Mira, no sé por qué has cambiado de opinión –lo interrumpió ella–. Pero…

–No he cambiado de opinión. Por Dios, Erin. ¿Crees que no…?

–Has sido tú el que ha parado.

–Me he parado porque no te merezco. ¿No me has oído? Todo esto estaba preparado.

–¿Quieres decir que el masaje no era para quitarme el dolor de cabeza?

–Sí, bueno… –la verdad era que sí había querido quitarle el dolor de cabeza. Pero el motivo principal había sido seducirla.

–Ya veo –dijo Erin. Y el calor de sus ojos desapareció–. Si lo que intentas es hacerme cambiar de opinión…

–No, no es eso. Estoy intentando decirte que soy un golfo. Un golfo encantador.

–Ah, eso está muy bien.

–Lo siento.

–Si no estabas interesado, ¿por qué te has molestado en seducirme?

Striker se inclinó para tomar la corbata del suelo. ¿Por qué? Porque era preciosa. Porque era un reto. ¿Porque carecía de ética?

Había miles de razones.

–Porque me gustas mucho.

–Ah, eso tiene sentido. ¿Vas a decirme por qué has parado o no?

–Porque me gustas más de lo que pensaba.

–Ya.

–Erin, yo…

–Olvídalo –lo interrumpió ella–. ¿Vas a quedarte para la cena de mañana o no?

Striker la miró a los ojos. Muy bien, había cambiado de tema. «Cállate de una vez y deja de hacerla sentir incómoda».

–Sí, claro.

Marcharse de la isla sólo aumentaría su interminable lista de pecados.

***

Erin esperó hasta que oyó que Striker cerraba la puerta del dormitorio antes de dejarse caer de nuevo en el sofá. No era el mejor momento para su ego, no.

El dolor de cabeza había desaparecido por completo, pero seguía excitada… y furiosa. ¿Por qué había parado? ¿No le gustaba? Irritada, se levantó de un salto y fue a la cocina para tomar una copa y una botella de coñac. Se daría un baño de espuma y tomaría un par de copas para controlar sus inseguridades.

No tenía que levantarse temprano. Podía llamar a Patrick a la hora que fuera y tenían todo el día para planear la cena con Allan.

Además, su ego necesitaba atención después de… de aquella escenita.

Pero cuando llegó al segundo piso, la puerta del dormitorio de Julie se abrió.

–¿Erin?

–¿Sí?

–¿Estás sola? –le preguntó Julie en voz baja.

–Sí.

–¿Vas a su habitación?

Erin negó con la cabeza.

–¿Qué ha pasado? –preguntó Julie, cerrando la puerta.

–Es un poco embarazoso…

–Ah, qué bien –sonrió su amiga y compañera, tomándola del brazo para bajar al salón–. Cuéntamelo todo… espera, voy a buscar una copa para mí.

Con resignación, Erin se dejó caer en el sofá.

–Venga, canta.

–Pero debes prometer que no te vas a reír.

–¿Por qué iba a reírme?

–Y tampoco puedo darte pena.

Julie se sirvió una copa de coñac.

–Ah, esto suena cada vez mejor. Habla, mujer.

–¿Te acuerdas del masaje que te ha dado en los pies?

–¡Que si me acuerdo! –dijo Julie, con una sonrisa soñadora.

–Bueno, pues el masaje en los pies se convirtió en un masaje en el cuello, en la espalda… y luego en un beso.

–Eso no suena embarazoso.

–Y luego se apartó.

–¿Cómo que se apartó?

–Que se apartó.

–¿Le dijiste que no? –Julie la miró, guiñando los ojos. Erin negó con la cabeza–. ¿Estás segura?

–Creo recordar que mis palabras exactas fueron: «Striker, te deseo. Ahora».

–Sí, es un poco difícil malinterpretar eso –murmuró Julie, tomándose el coñac de un trago y poniéndole el vaso delante para que le sirviera más.

–Desde luego.

–Pero yo habría jurado que le gustabas.

–Pues parece que no.

–¿Te ha dicho por qué? ¿Es un fanático religioso o algo así?

–No. Dijo que yo le gustaba mucho.

–Ahhh. Eso no tiene ningún sentido.

–Pero creo que se refería a «gustar» en el sentido de «respetar».

–¿Qué? ¿Cree que las «buenas chicas» no se acuestan con hombres?

–Ésa es la única explicación que se me ocurre. Estoy segura de que le gustaba besarme, de verdad –dijo Erin, incorporándose–. Debería haber una ley contra los hombres que excitan a una mujer y luego la dejan a dos velas.

–Si tú has pensado que le gustaba, entonces es que le gustaba –sentenció Julie–. A lo mejor es un poco antiguo para esas cosas.

–O a lo mejor no le gusto lo suficiente.

–Qué va. Cuando estaba dándome el masaje en los pies, lo hacía para excitarte a ti.

Las palabras de Julie y el coñac hicieron que Erin se sintiera un poco mejor.

–¿Tú crees?

–Claro que sí. No sé qué le pasa a ese hombre, pero no es que no le gustes.

Julie era tan buena amiga.

–Gracias.

–¿Y qué piensas hacer?

–¿Qué quieres decir?

–Te sigue gustando, ¿no?

Erin tomó otro trago de coñac en lugar de contestar.

–Venga ya, estamos solas, puedes decirlo.

–Bueno, pues sí, me gusta. Y a mí no me gusta cualquier hombre.

–Ya lo sé –murmuró Julie, levantando los ojos al cielo.

–¿Qué pasa?

–Trabajas demasiado, Erin. No sales lo suficiente. Pero ésa es otra conversación. ¿Qué piensas hacer con respecto a Striker?

Ella se encogió de hombros.

–¿Qué puedo hacer?

–Dale la vuelta a la situación. Eres tú quien va a darle un masaje la próxima vez.

Erin parpadeó, sin entender.

–No creo que haya una próxima vez.

–Hablo metafóricamente. Sedúcelo tú.

–¿No te parece un poco…?

–Por favor, Erin, estamos en el siglo XXI. A las mujeres les gusta el sexo tanto como a los hombres.

–¿Y si no le gusto?

Julie levantó su copa.

–Erin, si lo haces bien, ese pobre hombre no sabrá ni por dónde le viene el aire.

***

Striker estaba tumbado en la cama, despierto, viendo cómo el despertador de la mesilla iba marcando las horas. Estaba a punto de amanecer y no había podido pegar ojo. ¿Cómo se le había ocurrido intentar seducir a Erin?

Aquello no era un cóctel ni una discoteca. Era un viaje de trabajo. Erin lo había contratado para que la ayudase, no para que se propasara con ella.

No podía acostarse con cualquier mujer que le pareciese guapa y seductora. Aunque en el pasado eso era justamente lo que había hecho.

Él lo llamaba «citas».

Su padre lo llamaba «ir con mujeres».

Y, por primera vez en su vida, Striker se preguntó cuál de los dos tendría razón…

En ese momento sonó su móvil.

—¿Sí?

—¿Te importaría explicarme qué demonios haces en Blue Earth?

—¿Derek?

—Sí, soy Derek. ¿Te acuerdas de mí, tu hermano? El que está aquí intentando arreglar lo que tú has estropeado.

—¿Qué he hecho ahora?

—¿Crees que mamá no se ha llevado un disgusto después de la discusión que tuviste con papá?

—¿Cómo sabías que estaba aquí, por cierto?

—Nuestro hermano pequeño era detective privado, ¿no te acuerdas? Puedes correr, pero te encontraremos.

—Yo no he salido corriendo. He traído a… unas clientes a la isla.

—Mamá dice que has dejado la empresa.

—No es verdad.

—Ah, bueno.

—¿Eso era lo que querías saber?

—Lo que quiero saber es por qué discutes con él.

No había duda de que Derek se refería a su padre.

—Ya sabes que es imposible no discutir con él.

—Sí, pero contigo siempre es por lo mismo, Striker. Que vayas por ahí con unas y con otras lo pone enfermo.

—Era una cita, no… —Striker no terminó la frase—. ¿Cuándo has tenido tú que pedir permiso para salir con una chica?

—Cuando sales con una chica, hermanito, normalmente sabes algo de ella. Por ejemplo, su apellido. Y la primera cita suele terminar con un beso… no empieza en una habitación de hotel.

—¿Ahora te me vas a poner moralista?

Derek no era precisamente un monaguillo.

—Mira, pensé que dejarías de portarte como un crío…

—Pero bueno… ¿desde cuándo eres el clon de papá?

—Mira a tu alrededor, Striker. ¿Te sientes orgulloso de tu vida?

–Tengo edad para tomar mis propias decisiones –replicó él, aunque ya no estaba tan seguro.

–Lo mejor es que pienses de verdad lo que estás haciendo y qué quieres hacer con tu vida.

En lugar de pensar lo que estaba haciendo con su vida, Striker decidió colgar el teléfono. Seguía pensando dejar la empresa de su padre y poner cierta distancia entre los dos. Era la única opción. Su padre y él no se llevaban bien. Y si ahora también tenía que pelearse con Derek...

El problema era que, aunque dejase la empresa, dándole un terrible disgusto a su madre, eso no resolvería sus sentimientos por Erin. Y tampoco resolvería su sentimiento de culpa por las otras mujeres. Lo juzgase Derek o no, tenía que cambiar ciertas cosas.

–¡Maldita sea! –exclamó, tomando el teléfono para llamar a su hermano–. ¿Derek?

–¿Sí?

–Oye, perdona.

–¿Qué?

Evidentemente, Derek esperaba que hubieran resuelto la situación como siempre: un par de días sin hablar para tratarse luego como si nada hubiera pasado.

–Me has oído –respondió Striker, paseando por la habitación–. Además, tampoco es que yo salga con niñas de quince años. Esas mujeres sabían perfectamente lo que hacían. Algunas de ellas dieron el primer paso.

–¿Te encuentras bien?

–No.

–¿Qué te pasa?

¿Qué le pasaba? Un millón de cosas le pasaban. Y no sabía por dónde empezar.

–Anoche empecé a preguntarme qué habría pasado si hubiéramos tenido una hermana.

–¿Una hermana? –repitió Derek.

–Sí, una hermana, una hermana. Como un hermano, pero en chica.

–¿Striker?

–¿Sí?

–A ti te pasa algo.

–No, escúchame. No sé, me pregunté qué sentiría si algún tipo le hiciera lo que yo le he hecho a tantas chicas…

–No lo sé, depende de lo que les hayas hecho. ¿Estamos hablando de llamar a un abogado?

–No, hombre. Ya sabes: sí, sí, me gustas mucho… para no volver a llamarlas nunca más. Mantener relaciones sexuales sin pensarlo dos veces.

–¿Qué te pasa, Striker? ¿Te ha ocurrido algo?

–Es que…

–Has conocido a una chica. ¿Cómo se llama?

–Erin.

–Ah.

–No, nada de «ah». Ni siquiera me he acostado con ella.

–¿De verdad?

–Acabamos de conocernos –le explicó Striker. Aunque, nada más decirlo, se dio cuenta de lo ridículo que sonaba.

–Pero te sientes atraído por ella –dijo Derek.

–Cualquier hombre se sentiría atraído por ella. Es preciosa.

–¿Alguien que, por fin, te ha dicho que no?

–No, no es eso.

–Pero pensé que…

–He sido yo el que ha dicho que no.

–¿Tú?

–¿Te sorprende?

–Tanto, que he tenido que sentarme.

–Qué gracioso.

–¿Crees que podrás aguantar mucho tiempo?

–¿Eh?

–Si a esa chica le gustas, y a ti también te gusta pero no quieres acostarte con ella, será mejor que te alejes, ¿no? Striker, por favor, ya sabes cómo eres.

–No puedo irme.

–¿Por qué?

–Esta noche tengo que ir a una cena con ella, su amiga Julie y Allan Baldwin.

–¿Vas a salir con ella? ¿No crees que eso…?

–No es una cita, es una cena de negocios. Trabajan para una empresa de joyería de Nueva York y están interesadas en los diamantes de Allan. Lo que pasa es que Allan no lo sabe todavía…

–¿Le has tendido una trampa?

–¡No, por Dios! Esta noche van a proponerle un contrato.

–Entonces aléjate de ella hasta la cena.

–Pero es que nos alojamos en el mismo bungalow.

–Mira, Striker, estoy intentando ayudarte. Pero no me lo pones nada fácil.

–Sí, ya lo sé.

–Bueno, ¿cómo es esa chica?

Striker lo pensó un momento: ¿mandona? No, no quería decirle eso a su hermano. ¿Sexy? Eso era evidente. ¿Decidida, organizada, divertida, vulnerable?

–¿Striker?

–Es... complicada.

–Ah, eso me lo aclara todo. ¿Sabes una cosa? Creo que deberías hablar con Tyler.

–¿Con Tyler? ¿Por qué?

–Porque Tyler ya ha tenido que lidiar con una mujer complicada.

–¿Quién?

–Jenna.

–No seas absurdo, es su mujer.

–Piénsalo, Striker. Te estás enamorando y podrías acabar como él...

–Muchas gracias por el consejo, Derek. Creo que la próxima vez llamaré a Tyler.

Mientras cerraba el teléfono, Striker oyó la carcajada de su hermano.

Enamorarse de Erin, qué tontería.

Sencillamente, estaba intentando ordenar su vida. Le gustaba, desde luego. Y la respetaba. Pero su problema era la atracción física que sentía por ella. Nada más que eso. Él se sentía atraído por mujeres todo el tiempo.

Aunque lo más prudente sería alejarse de ella todo lo posible. Striker sacó del armario una camiseta y un pantalón corto para evitar la tentación.

Correría un rato por la playa y encontraría algo en lo que ocuparse durante las próximas... doce horas.

Capítulo Ocho

Cuando Erin despertó, el dolor de cabeza había vuelto. Podría ser por el disgusto de que Striker la hubiera rechazado. O quizá, debía admitir, debido al coñac.

Entonces sonó un golpecito en la puerta.

–¿Sí?

–Soy Julie.

–¿Vienes sola?

–Sí. Y traigo café.

–Ah, entra, por favor –suspiró Erin. Al ver entrar a su amiga con una taza de café, un zumo de naranja y una aspirina, cerró los ojos–. ¿Quieres casarte conmigo, Julie?

–Sí, claro. Bueno, eso si Allan me dice que no.

–¿Quieres decir que no soy mejor que un hombre guapo que posee una mina de diamantes?

–Me temo que no. ¿Qué tal has dormido?

–Fatal –suspiró Erin–. Tengo resaca y mi ego está por los suelos.

–Ah, me alegra saber que tienes un montón de energía para la fase dos.

–¿Qué fase dos?

–Ya sabes, la parte en la que vuelves loco a Striker.

–¿Yo he aceptado eso?

–Sí, alrededor de las tres de la mañana.

–Debía de estar borracha.

–No. Pensabas con toda claridad.

–Entonces, ¿por qué no me acuerdo?

–Sí te acuerdas, pero te lo niegas a ti misma.

–¿Y por qué sí recuerdo la parte humillante? Julie sacudió la cabeza.

–No sé lo que pasó, pero estoy segura de que a Striker le gustas. Además, tienes que acordarte de eso para pasar a la fase dos.

–Mira que eres mala.

–Por eso me quieres, porque te obligo a hacer las cosas que realmente quieres hacer. Soy como tu alter ego alocado –Julie se inclinó hacia delante–. Oye, a lo mejor eres esquizofrénica. A lo mejor yo ni siquiera existo.

–Entonces, ¿quién ha hecho el café?

Julie asintió con la cabeza.

–¿Lo ves? Por eso tú eres la más racional de las dos. Bueno, volvamos a Striker. ¿Qué podemos hacer para que se fije en ti?

–Bueno, ayer insistió en comprarme un conjuntito…

–¿Qué? ¿Qué conjuntito? ¿Dónde está?

–Ahí, en una bolsa. Pero ni siquiera la he abierto. Lo compró él mismo, así que imagínate.

Julie abrió la bolsa y sacó un paquetito envuelto en papel de seda color malva. Para abrirlo había que romper un sello dorado.

–Ah, qué mono.

–No te fíes. Seguro que lo que hay dentro nos va a matar del susto.

Julie sacó una camisola de piel de ángel color melocotón. Tenía unas tiras muy finas y el escote bordado, con unas braguitas a juego.

–Es precioso. Si te ve con esto puesto se desmayará –dijo Julie.

–No puedo hacer eso.

–Mujer, no tienes que pasearte con esto por toda la casa. Haz que *parezca un accidente.*

–Él ya me ha visto *accidentalmente* en ropa interior –le recordó Erin–. Y era un conjunto divino, además.

Julie soltó una risita.

–Sí, pero Striker no te había comprado ese conjunto. Éste sí. Hazme caso, la fase dos pasa porque te pongas esto.

Entonces sonó el teléfono.

–¿Sí?

–¿Erin?

–¿Sí?

–Soy Allan.

–Buenos días, Allan –contestó ella, haciéndole gestos a Julie.

–Estaba pensando… ¿se ha levantado Julie?

–Sí, está aquí mismo. Espera, te la paso.

Julie, que había empezado a dar saltos, tuvo que hacer un esfuerzo para controlarse antes de contestar.

–Hola, Allan... sí, muy bien. Yo también, sí.

Erin dobló el conjunto de ropa interior para volver a meterlo en la bolsa.

–Sí, claro, esta mañana no tengo nada que hacer... en una hora, de acuerdo. Nos vemos entonces.

–¿Qué? –preguntó Erin cuando colgó.

–Dice que él traerá el vino esta noche.

–Ah, qué bien.

–La verdad, estoy empezando a sentirme culpable por no haberle dicho la verdad.

–No te preocupes, se la diremos esta noche... Por cierto, ¿has quedado con él dentro una hora?

–Sí, bueno, verás...

–¿Te ha invitado a salir esta mañana?

–Me ha preguntado si quería ir a su casa para elegir el vino. ¿Te importa?

Erin tuvo que sonreír. Que Julie hablase con Allan antes de la cena serviría para afianzar la relación.

–Claro que no. Tú encárgate de suavizarlo para esta noche, cuando Striker prepare su salmón al eneldo.

–Striker se ha ido.

–¿Cómo?

–Creo que se fue alrededor de las siete.

–Ah... ¿se ha ido de la isla?

–No, no, creo que salió a correr.

Erin sintió que la invadía la tristeza, aunque no sabía por qué. Tenía un millón de cosas que hacer ese día y Striker sólo era una nota a pie de página en toda la operación.

Decidida, guardó la bolsa en el armario.

Striker había corrido unos doce kilómetros cuando se dio cuenta de que no lo había pensado bien. Estaba sediento y agotado… y ahora tenía que hacer los otros doce kilómetros de vuelta. Y sólo llevaba un dólar en el bolsillo del pantalón.

Si hubiera llevado su tarjeta de crédito podría haber reservado habitación en algún hotel, comprar algo de ropa…

¿Pero cómo le explicaría eso a Erin y Julie?

Aunque Erin seguramente ni le dirigiría la palabra.

Su padre se partiría de risa si supiera en qué situación estaba.

Si hubiese alguna justicia en el mundo, Allan firmaría el contrato con Elle y Erin se olvidaría de él para siempre.

Suspirando, se dejó caer sobre un banco en el paseo marítimo y se quitó las zapatillas para sacarles la arena. Hizo lo propio con los calcetines y luego volvió a ponérselos.

Estaba a unos metros de la calle principal y podía ver una tienda de alimentación desde allí. Seguramente podría comprar una botella de agua, pensó. Mientras se dirigía hacia la tienda, algo de un rojo brillante llamó su atención. Era un enorme garaje con la puerta abierta, al lado de una casa de aspecto modesto, bajo un montón de cedros.

Striker dio un paso adelante, la sed olvidada por completo.

No podía ser…

Esperó que pasara un coche y luego cruzó la calle, trotando.

No estaba loco. Allí estaba, una BA Swallow de color rojo, las alas plateadas casi tocando las paredes del garaje. Un hombre de pelo blanco con una llave inglesa en la mano estaba intentando arreglar el motor.

–¿Hola?

El hombre se volvió. Era alto y robusto, con bigote.

–Hola.

–Bonita avioneta.

El hombre sonrió.

–Sí, desde luego que sí –dijo, limpiándose las manos con un paño.

–¿Es suya?

–De mi hijo y mía. Me llamo Roger Cameron.

Striker estrechó su mano.

–Striker Reeves. ¿Hace mucho que la tiene?

–Casi veinte años. Si quieres, puedes echarle un vistazo.

–Yo tengo una Cessna, una Tiger Moth y un Thunderjet, pero nada como esto.

–¿Eres piloto?

–Sí. Y mecánico, cuando tengo tiempo. ¿Quiere que le eche una mano?

–¿Por qué no? Mi hijo no está interesado en la avioneta…

–¿Y eso?

–Así es la vida. Yo había pensado que la arreglaríamos juntos, que volaríamos juntos… pero no ha sido así.

–Una pena porque es una preciosidad.

–Ya, pero… –el hombre lo miró sin poder disimular un gesto de tristeza–. En fin, no quiero aburrirte con mis penas.

–Puede contármelas –sonrió Striker–. En serio.

–Mi hijo está en Las Vegas… donde solía trabajar yo cuando era joven. Y sólo le interesan los casinos, el juego, el dinero…

–Ah, ya veo.

–Voy a contarte un secreto. No es que los hijos tomen un camino diferente al tuyo lo que preocupa a un padre, sino ver que cometen los mismos errores que uno ha cometido.

Striker asintió con la cabeza, pensativo.

–Bueno, venga, ¿nos ponemos a trabajar? No consigo arreglar esa correa por mucho que lo intento. La he cambiado siete veces y nada.

–Vamos a echarle un vistazo…

Cuando empezaba a atardecer, la mujer de Roger asomó la cabeza en el garaje para decirle que era la hora de la cena.

¿La hora de la cena? Striker miró su reloj… ¡la cena con Allan!

A toda prisa, le dio las gracias a Roger y a su mujer por su hospitalidad y prometió volver a pasar por allí al día siguiente. Y luego salió corriendo, tomando el atajo por el pueblo.

Capítulo Nueve

Erin estaba intentando controlar un inminente ataque de ansiedad mientras miraba el salmón que había sobre la encimera de la cocina. Un salmón que *ella* no sabía cocinar.

¿Dónde estaba Striker? ¿Dónde se habría metido?

Había pasado de estar ligeramente preocupada a estar furiosa. Si iba a dejarla plantada, al menos podría haberla avisado.

Sí, bien, de acuerdo, no le gustaba lo suficiente. ¿Y qué? ¿Qué pensaba, que iba a atacarlo mientras dormía?

Entonces oyó que se abría la puerta y corrió al salón… para encontrarse con un Striker empapado de sudor y cubierto de grasa.

Julie lo miraba, boquiabierta.

—Allan llegará en quince minutos —le recordó Erin—. ¿Dónde has estado?

—Me entretuve —contestó él.

—Venga, tienes que ir a ducharte. Julie, si llega Allan, entretenlo, por favor.

–Sin problema.

–Ponte el traje gris. Te he planchado la otra camisa y la corbata está colgada en el armario. Tienes cinco minutos para darte una ducha y luego quiero que te seques el pelo, te vistas y bajes a la cocina… ¡el salmón está sin hacer!

–Muy bien.

–No puedo creer que seas tan irresponsable…

–Déjame en paz, Erin. He venido corriendo doce kilómetros para echarte una mano –replicó Striker.

–¿Y por qué llegas tan tarde?

–Y no me gusta que me den órdenes.

–A mí tampoco me gusta darlas, pero habíamos quedado en que harías el salmón, y apareces tarde y cubierto de grasa. Además, te recuerdo que eres mi empleado.

Habían llegado a su habitación, y Striker entró en el cuarto de baño y abrió el grifo de la ducha.

–Ya no.

–¿Cómo que no?

–Que dimito –contestó él.

–No puedes dimitir ahora. Tienes que hacer el salmón.

–Dimito de forma retroactiva.

–¿Qué?

–Esto ha sido una tontería desde el principio, Erin. No debería estar aquí. No me necesitáis para nada. Te pagaré por el traje y la parte que me corresponde de la habitación…

–¡No puedes hacer eso! ¡Allan está a punto de llegar!

–¡Erin, tenemos que alejarnos el uno del otro!

No, aún no. No podía irse. Ella no estaba preparada.

–¿Vas a abandonarme sin cumplir tu contrato? ¿Antes de hacer el salmón? ¿Antes de que me ponga el conjunto que compraste para mí?

Sí, eso último era para intentar manipularlo. Pero ¿qué otra cosa podía hacer?

–Especialmente antes de… hacer el salmón –dijo él.

Había hecho un chiste. En medio de aquella discusión, Striker Reeves había hecho un chiste. Quizá aún había alguna posibilidad.

–Pues me queda muy bien.

–¿El salmón?

–No, la camisola. Deberías verme con ella puesta.

–No, no debería.

–¿Por qué?

–Porque me da miedo.

–¿De qué?

–De mí mismo.

Muy bien, Erin no entendía nada.

–Pero yo no tengo miedo de ti –dijo, acercándose un poco más.

–Pues deberías tenerlo.

–¿Por qué?

–Porque soy una mala persona.

Erin tuvo que sonreír. Striker Reeves podía ser un cavernícola y tener muy mal gusto para la ropa, pero no era una mala persona.

–¿Y qué te hace pensar que yo estoy interesada en tu sentido de la ética?

Striker no dijo una palabra.

–Lo que me interesa es tu cuerpo, no tu alma.

Entonces sonó el timbre.

–¿Estás segura?

–Totalmente.

Striker se quitó la camiseta.

Iba a meterse en la ducha. No iba a marcharse. El corazón de Erin dio un saltito de alegría.

–Quítate el vestido –dijo él entonces.

–¿Qué?

–Ya me has oído. Quítate el vestido.

–¿Ahora mismo?

–No me ducho a menos que tú te duches conmigo.

–¿Otro ultimátum?

–O lo tomas o lo dejas.

Erin lo tomó.

Seguramente era la locura más grande que había hecho en toda su vida y seguramente lo lamentaría después. Pero en aquel momento, sólo esperaba que Julie pudiese entretener a Allan.

Erin se dio la vuelta y se levantó el pelo con las dos manos para que Striker pudiera desabrochar la cremallera del vestido. Cuando lo hizo, rozándola con los nudillos, Erin sintió un escalofrío.

—Lo siento —dijo Striker, mientras rozaba su espalda con los labios.

—¿Qué es lo que sientes?

—Todo lo que he hecho y todo lo que voy a hacer… todo lo que pueda herirte.

—No me estás hiriendo, Striker.

—No soy una buena persona —insistió él, tirando el vestido al suelo.

—Eso ya lo has dicho —sonrió Erin, volviéndose.

—Sólo intento advertirte —dijo Striker, acariciando sus pechos.

—Ya estoy advertida.

—Sólo para dejar las cosas claras —insistió él, tomándola por la cintura para buscar sus labios.

—Están bien claras.

Sus labios se encontraron y una satisfactoria ola de placer recorrió el cuerpo de Erin, que le echó los brazos al cuello.

Striker alargó la mano para cerrar la puerta del baño y luego se bajó pantalón y calzoncillos a la vez. Mientras la besaba, poniendo toda la pasión que sentía en aquel beso, con una mano le bajaba las braguitas.

—Striker…

—Erin…

Sin dejar de besarla, Striker la levantó para sentarla en la encimera. Era un contraste frío con el calor de su cuerpo. El agua de la ducha golpeaba la mampara de cristal y el vapor llenaba el cuarto de baño.

–¿Erin?

–¿Sí? –murmuró ella, con los ojos cerrados.

–Te juro que esto no me había pasado antes –dijo Striker, tomando su cara entre las manos.

–Eres un mentiroso –sonrió ella–. Sigue así.

–Pero…

–Calla. No tienes que confesarte –dijo Erin, inclinándose un poco para buscar sus labios–. Y no tienes que mentirme. No tienes que…

–¿Qué quieres que haga?

El corazón de Erin empezó a latir a toda velocidad. Ella no era particularmente lanzada en lo que se refería al sexo, pero mientras miraba los ojos azules de Striker supo que había pasado el momento de ser tímida.

De modo que tomó su mano y la puso sobre uno de sus pechos.

Él rozó el pezón con el índice y ella cerró los ojos, echando la cabeza hacia atrás.

Striker inclinó la cabeza para besar sus pechos, sin dejar de acariciarla, haciendo que se le pusiera la piel de gallina, despertando un incendio entre sus piernas.

–¿Qué más?

Animada por el deseo que, evidentemente, ambos sentían, Erin tomó su otra mano y la colocó entre sus piernas.

Podía oír su respiración entrecortada mientras la acariciaba entre los muslos. La acariciaba, la abría, la penetraba con un dedo. Sabía muy bien lo que estaba haciendo, y a Erin no le importaba por qué.

Pensó entonces que quizá debería preguntarle qué quería él.

Pero no sabía si se atrevería.

Entonces se dio cuenta de que era o todo o nada. Ese momento mágico no volvería a repetirse nunca.

–¿Y tú? ¿Qué quieres que haga?

–Tócame.

–¿Dónde?

–Donde quieras.

Ella negó con la cabeza.

–Si no me lo dices, no te toco.

–¿Un ultimátum, Erin?

–Es mi turno.

–Muy bien –Striker se inclinó para hablarle al oído y le explicó en términos gráficos dónde, cómo y con qué parte de su cuerpo quería que lo tocase. Y luego le dio más detalles. Y luego le dijo cómo le haría sentir eso.

Erin estuvo a punto de derretirse.

–Ahora –murmuró–. Ahora mismo.

Sólo pararon un momento para sacar un preservativo del armarito y enseguida estuvo dentro de ella, diciéndole una y otra vez cómo le gustaba y lo maravillosa que era.

El vapor empapaba sus cuerpos. Erin movió la mano, pero resbaló en el cristal de la mampara, aunque consiguió agarrarse a un toallero.

Striker seguía moviéndose, cada vez más rápido, hasta que pensó que iba a ponerse a gritar.

Erin apretó los dientes, oyendo su propia respiración, conteniendo las emociones que querían escapar de su garganta.

–Déjate ir –dijo él, con voz ronca.

Ella negó con la cabeza.

–Sí. Déjate ir.

–Julie... Allan...

–No te oirán.

Erin volvió a negar con la cabeza, y Striker empujó con más fuerza. Tanta, que tuvo que agarrarse a sus hombros, clavándole las uñas sin querer.

–Hazlo –insistió Striker.

No podía hacerlo. Ella no era de las que gritaban.

–Eres tan preciosa. Eres como el satén... como el satén húmedo –murmuró él, metiendo una mano entre sus cuerpos. Cuando la tocó, estuvo a punto de saltar de la encimera.

–Déjate ir, cariño.

Iba a gritar. El grito estaba naciendo dentro de ella y no tenía ningún sitio adonde ir. Striker empujaba y la acariciaba con un dedo... Le decía cosas al oído, palabras de ánimo, palabras seductoras que no podría repetir en voz alta.

Y, de repente, estaba ahí, un grito ahogado que hizo eco en su cerebro mientras se convulsionaba y el mundo se hundía a su alrededor.

Striker dijo su nombre una y otra vez, apretando sus muslos, besando su cuello, sus ojos, su boca.

Después de unos minutos, cuando lograron llevar aire a sus pulmones, él apartó el pelo de su cara.

—¿Estás bien?

Erin intentó formar una palabra, pero no era capaz y tuvo que contentarse con asentir.

—Cariño... no te miento cuando digo que nunca había hecho esto antes.

Striker sabía que debería sentirse culpable. O, al menos, arrepentido. Desde luego, no debería estar canturreando mientras se pasaba el peine por el pelo mojado.

Había fracasado miserablemente. Se había prometido a sí mismo que no iba a tocarla. Era la prueba de que aún le quedaba algo de conciencia.

Aparentemente, no era así.

Aparentemente, no tenía redención.

Aparentemente, su padre estaba en lo cierto.

Una pena que no pudiera dejar de sonreír como un idiota.

Estaba deseando volver a verla, incluso con Julie y Allan como carabinas. Quería verla, mirarla, oírla hablar, respirar el aroma de su perfume.

Rápidamente, se puso la chaqueta y se dirigió a la puerta del dormitorio. Después de su «ducha», Erin había ido a su cuarto para arreglarse el pelo y el maquillaje. Esperaba que no tardase mucho.

Striker fue trotando escaleras abajo y, cuando entró en el salón, encontró a Julie y a Allan charlando, en el sofá. A juzgar por lo absortos que estaban, dudaba que se hubieran percatado de su ausencia.

Eso estaba bien.

—Hola.

Allan y Julie levantaron la cabeza, sorprendidos. Julie se había puesto colorada y Striker se preguntó de qué habrían estado hablando.

Vaya, vaya, vaya.

—Tengo órdenes de preparar el salmón. ¿Alguien quiere una copa?

—Hemos abierto una botella de cavernet —dijo Allan—. ¿Quieres una copa?

—Yo mismo me la sirvo, no te preocupes.

—¿Necesitas ayuda? —preguntó Julie.

Striker negó con la cabeza.

—El chef Striker trabaja solo. Vosotros… seguid con lo que estuvierais haciendo.

Los ojos de Allan brillaron de agradecimiento.

Julie volvió a ponerse colorada.

De modo que había interrumpido algo importante. Qué curioso.

Alguien había hecho una ensalada y había una barra de pan sobre la encimera. De modo que sólo quedaba el salmón. Estupendo.

Mientras colocaba los filetes en una bandeja,

la puerta de la cocina se abrió. Erin, Julie y Allan se reunieron con él.

–Erin no quería que te sintieras solo –explicó Allan.

–¿Puedo hacer algo? –preguntó ella, acercándose–. ¿Han sospechado algo? –le preguntó al oído.

–Nada. Ni se han dado cuenta. Yo creo que se gustan.

Erin miró por encima del hombro y comprobó que Allan y Julie estaban riéndose de algo, como si ellos dos no estuvieran allí. Como si estuvieran solos en el mundo.

Striker acarició sus labios y ella se apartó, haciéndole un gesto de advertencia. Pero estaba tan guapa… Llevaba un vestido negro, corto, y unos pendientes largos que le daban un aire muy exótico.

–Estás guapísima.

–Calla.

–No es un secreto. Ellos también pueden verlo.

Erin le dio un codazo en las costillas.

Le encantaba tenerla cerca. Le habría gustado abrazarla, besarla, decirle tonterías al oído.

–Erin…

–Preocúpate del salmón.

–Te deseo otra vez, Erin.

–Pues no lo hagas.

–No puedo evitarlo.

–Quiero decir que no hables de ello. Ahora mismo no.

–¿Cuándo entonces?

–Más tarde.

–¿De verdad?

–De verdad.

Striker, con los nervios, estuvo a punto de tirar un filete de salmón al suelo.

–¿Quieres una copa de vino? –le preguntó Erin.

–Sí, genial.

¡Genial, genial, genial!

–Esto ya está casi listo.

–La mesa está puesta –anunció ella.

La cena transcurrió sin problema alguno. Hablaron de política, de cine, de cotilleos, de todo. Cuando terminaron con el helado de chocolate, Erin se levantó de la silla.

–Ah, casi se me olvida, Allan. He pensado que podrías estar interesado en esto –sonrió, ofreciéndole un catálogo–. Mi jefe me lo dio antes de salir de Nueva York. Es un avance de los nuevos diseños de Joyerías Elle para este año.

–¿Trabajas en Elle?

–Sí, Julie y yo trabajamos en las oficinas de Nueva York. ¿No te lo dijimos anoche?

Allan negó con la cabeza. Y luego miró a Julie, que parecía muy concentrada en su helado.

–Pensaba que te lo habíamos dicho –insistió Erin.

–Yo también –sonrió Striker, nervioso.

Allan lo miró con expresión suspicaz, preguntándose por qué demonios estaba mintiendo.

–Quizá lo mencionasteis, no sé.

–Sí, ya me parecía a mí –asintió Striker.

–¿Por qué no llevamos los platos a la cocina? –sugirió Julie.

Aliviada, Erin asintió con la cabeza.

–Echa un vistazo al catálogo. Pero puedes llevártelo a casa, si quieres.

Las dos mujeres llevaron los platos a la cocina, y Allan tiró su servilleta sobre la mesa.

–¿Desde cuándo sabías que me estaban tendiendo una trampa?

–A lo mejor sólo es una coincidencia –aventuró Striker.

–Sí, seguro. Dos bombones que trabajan para Elle aparecen contigo en la isla… y es una coincidencia.

–Erin es compradora y Julie es gemóloga. Son auténticas, no hay ninguna trampa.

–¿Qué ha pasado? ¿Cómo te han convencido?

–No me han convencido de nada…

–¿Te llevas un porcentaje?

–¡Pues claro que no!

–Entonces, ¿saben algo sobre ti que tú no quieres que se sepa?

–Mira, es una historia muy larga…

–¿Una de tus típicas historias?

–No, no es eso –suspiró Striker.

–Debo admitir que son una mejora –dijo Allan

entonces–. Los dos últimos tipos que me mandaron los de Elle eran horribles.

–¿O sea, que sólo tenían que enviar a una chica guapa para convencerte?

Su amigo soltó una carcajada.

–Eso es. Lo que no entiendo es qué tienes tú que ver con todo esto.

Striker se encogió de hombros.

–Tú eres mayorcito y sabes cuidar de ti mismo. ¿Cuándo fue la última vez que tomaste una decisión profesional influenciado por una cara bonita?

–Nunca –sonrió Allan–. Claro, que debo admitir que estoy disfrutando con sus intentos. Hazme un favor, no les digas que lo sé.

Striker vaciló.

–¿Por qué? ¿Qué piensas hacer?

–Tomar otra copa de vino con dos chicas guapas.

–¿Y el contrato?

Allan se encogió de hombros.

–Me lo pensaré muy bien, como hago con todos los contratos que firmo.

Capítulo Diez

Striker se estaba quedando sin tiempo. Debía ir a la reunión del consejo de administración de Reeves-DuCarter al día siguiente y Erin estaba a punto de ofrecerle el contrato a Allan. Fuera cual fuera el resultado, sus vidas estaban a punto de separarse. Ella vivía en Nueva York; él, en Seattle.

Intentaba no ponerse nervioso mientras esperaba que Julie se fuera a dormir para entrar en el dormitorio de Erin y compartir con ella las pocas horas que les quedaban.

Pero cuando abrió la puerta de la habitación, no sabía qué esperar. Ella podría estar dormida... al fin y al cabo, no habían hecho planes concretos.

—¿Erin?

Estaba de pie, al lado de la cama, encendiendo una vela. A la luz de la luna tenía un aspecto casi mágico.

—Hola.

—Te he echado de menos.

—Pero si sólo ha pasado una hora —rió ella.

—Da igual. Te he echado de menos. ¿Quieres que salgamos a la terraza?

—Como quieras —sonrió Erin.

—Ven, siéntate aquí, encima de mí. Vamos a mirar las estrellas.

—Sí, desde aquí se ven de maravilla… desde Seattle no es tan fácil.

Los dos se quedaron en silencio un momento.

—Derek, Tyler y yo dormíamos en el porche de nuestra casa de verano, durante las vacaciones. Y el cielo era igual que éste. Enorme, misterioso, infinito.

—Yo solía pedir deseos cuando miraba las estrellas.

—¿Y qué pedías?

—Dinero sobre todo. De pequeña vivía en el Bronx y mi familia no tenía nada. Aunque a veces pedía juguetes o vestidos o caramelos.

A Striker se le encogió el corazón. Y él la había creído una niña mimada… Erin se había criado en el Bronx. Él tenía una casa en la playa con montones de habitaciones mientras ella soñaba con caramelos…

—¿Y ahora, que pedirías?

—¿Esta semana? Que Allan firmase el contrato.

Muy bien, Striker haría todo lo posible porque lo consiguiera.

—¿En este momento? Nada —siguió Erin.

—Pero tienes todas esas estrellas. Es una pena desperdiciarlas.

–¿Qué pedirías tú?

–¿Ahora mismo? Que el tiempo se detuviera.

Erin dejó escapar un suspiro.

–Sí, eso estaría bien.

–Mira –dijo Striker, señalando el cielo–. Una estrella fugaz. ¿Quieres que pidamos un deseo?

–Podríamos, pero creo que es un satélite.

Él soltó una carcajada.

–Piensa un deseo, algo importante –dijo Erin entonces.

–Paz en el mundo.

–Eso es muy fácil. Algo más pequeño. Algo para ti.

–¿Para mí? Paz en mi familia.

–¿Ah, sí?

–Sí.

–¿Hay problemas en tu familia?

–Hay problemas en todas las familias. Mi padre y yo no nos llevamos bien y eso disgusta mucho a mi madre.

–¿Por qué?

–Porque no le gusta vernos discutir.

Erin le dio un codazo.

–¿Por qué discutes con tu padre?

–Porque quiere que haga las cosas a su manera.

–Y tú quieres hacer las cosas a tu manera, claro. Pobrecito tu padre.

–Si lo conocieras, no dirías eso.

–Striker, sólo te conozco hace dos días y me da pena cualquiera que tenga que enfrentarse contigo.

–Pero si has hecho conmigo lo que has querido… –rió él–. ¿Por qué no me hablas de tu familia?

–Me temo que no hay mucho que contar. No conocí a mi padre y mi madre murió el año que terminé el instituto. Por eso tuve que pagarme la carrera trabajando como peluquera.

–Ah, ya. Lo siento.

–Bueno, eso fue hace diez años.

Striker la besó en la frente, preguntándose quién cuidaría de ella. ¿Tendría amigos íntimos? ¿Con quién pasaría las Navidades? ¿Quién la atendería cuando estuviese enferma?

De repente, se le hizo un nudo en la garganta. Sentía el deseo de llevarse a Erin a su casa y presentársela a todo el mundo. Su madre podría cuidar de ella…

Pero sabía que eso era imposible. Aquéllos eran momentos robados y eso era todo lo que tenían. Striker miró al cielo, deseando que el tiempo se detuviera.

Pero no fue así.

Cuando Erin despertó, la habitación estaba en completo silencio. Y sin abrir los ojos supo que Striker se había ido de su cama. Había sentido, casi de forma inconsciente, sus brazos alrededor durante toda la noche y ahora sólo había un vacío.

Abrió los ojos y parpadeó al notar el sol entrando por la ventana. Intentando no deprimirse, se volvió hacia el otro lado.

Su corazón empezó a latir con fuerza.

Había una rosa roja sobre la almohada, donde antes había estado su cabeza... y una nota.

Erin se sentó de golpe, echándose el pelo hacia atrás. Podría soportarlo si le decía que se había ido de la isla.

La noche anterior había sido algo mágico y, durante unas horas, se había permitido a sí misma creer que podría haber algo más para ellos dos. Pero a la fría luz del día, se dio cuenta de que esos pensamientos eran muy peligrosos.

Striker era Striker. Ella conocía su pasado y su reputación. No podía soñar con algo más que una historia de un fin de semana. Él se iría aquel día y no había nada que hacer.

Nerviosa, desdobló el papel:

Erin,

Estabas tan profundamente dormida y tan preciosa que no he tenido valor para despertarte. Pero hay algo que debía hacer. Ven a verme al número 17 de la calle Mayor. Date prisa. Te echo de menos.

Striker

Una parte de ella deseaba apretar la nota contra su corazón. La otra desearía dejar de actuar como si Striker fuera su novio.

No tenían una relación. Sólo era un fin de semana. De hecho, habría sido mucho mejor si la nota dijera: *Muchas gracias por todo. Ya nos veremos, nena.*

Esa vena romántica la ponía nerviosa. No quería desear cosas que no podía tener. Pero debía admitir que, como historia de fin de semana, había sido estupenda. Era lógico que Striker no se atase a nadie.

De modo que se levantó de la cama y, sin tocar la rosa, entró en el cuarto de baño. Mientras se duchaba, se decía a sí misma que no tenía que verlo. Que Striker le hubiera pedido que se reuniera con él no significaba que tuviese que ir corriendo a buscarlo.

Podía quedarse en el bungalow, hacer su vida, mostrarle que ella sabía poner las cosas en perspectiva. Quizá ni siquiera volvería al bungalow, pensó.

Bueno, tendría que ir a recoger sus cosas. Pero eso podía hacerlo en diez minutos. Se despediría de él de forma sofisticada, como si hiciera aquello todos los fines de semana, le diría que lo había pasado bien y adiós.

Podía hacerlo.

***

127

Erin se decía a sí misma que era la curiosidad lo que la había llevado al número 17 de la calle Mayor. No era una criatura patética intentando aprovechar cada segundo que tuviera con Striker.

Además, de verdad sentía curiosidad. ¿Qué podía haber encontrado allí?

Pero cuando llegó al número 17 vio una avioneta roja y a Striker trabajando en ella, sudando y con las manos manchadas de grasa. Y su corazón se puso a dar saltos. Estaba empezando a sentir debilidad por aquel hombre.

–Hola, cariño. Llevo un rato esperándote –la saludó, inclinándose para darle un beso en los labios.

Erin parpadeó. Había cometido un error yendo allí.

–¿Has dormido bien?

–Sí, sí… ¿se puede saber qué es esto?

–La he comprado –contestó Striker.

–¿Qué?

–Bueno, en realidad he comprado la mitad.

–¿De qué estás hablando?

Un hombre mayor apareció entonces en el garaje.

–Molly ya se está gastando el dinero –dijo, riendo–. Está al teléfono ahora mismo, comprando un billete para ir a visitar a Ben. Ah, hola, perdone, no la había visto.

–Roger, te presento a mi amiga Erin O'Connell –dijo Striker, apretando su hombro.

–Hola, Erin.

–Encantada –murmuró ella.

–Bueno, tengo que dejaros. Voy a comprobar que Molly no me deja en la ruina.

–Yo me marcho, Roger. Luego pasaré por aquí para despedirme.

–Ah, muy bien. Entonces hasta luego. Adiós, Erin.

–Adiós, señor Cameron –murmuró ella–. Striker, ¿cómo vas a pagar esta avioneta?

–Con una tarjeta de crédito.

–¿Seguro que tienes dinero?

–No te preocupes por eso.

–Striker…

–Erin, por favor, que no soy pobre.

Bueno, quizá no, pero una cosa era no ser pobre y otra comprar una avioneta así, de repente.

–¿Quieres que vayamos a dar una vuelta por el pueblo?

«Dile que estás ocupada. Dile que tienes que volver al bungalow».

–Había pensado que podríamos dar una vuelta por el parque o tomar un café.

Erin intentó decir que no con la cabeza, pero su cabeza no quería cooperar.

–Muy bien. ¿Cuándo tienes que marcharte?

–En unas tres horas. ¿Quieres que comamos juntos? ¿Vamos a la playa? ¿Nos sentamos en un parque para besarnos un rato?

Muy bien. Tres horas. Podía aguantar tres horas con una sonrisa en los labios. Daba igual donde fueran mientras se mostrase alegre y despreocupada.

—¿Qué tal si hacemos windsurf? —sugirió Striker.

—¿Windsurf?

—¿Lo has probado alguna vez? Podemos alquilar las tablas. Hace un día estupendo.

—No creo…

—Venga, te encantará.

—¿Estás intentando matarme?

Ésa sería una buena forma de terminar su relación. Nada de incómodas llamadas de teléfono. Nada que le recordase que había conocido a una chica ese fin de semana. Aunque Erin no tenía intención de ponerse en contacto con él, claro.

—No, tonta. Sólo quiero que lo pasemos bien.

—Pero no llevo bañador.

—Puedes hacerlo en pantalón corto. Venga, vive un poco. Julie dice que trabajas demasiado.

—¿Quién dice eso?

—Julie.

—Te lo estás inventando.

—No, de eso nada.

—Pues Julie no sabe lo que dice.

—Sí lo sabe, es tu compañera. Ven a hacer windsurf conmigo. Te convertiré en una mujer nueva.

—¿Qué pasa con la antigua?

Striker se detuvo de repente. Sus ojos se habían oscurecido, y Erin sintió que se le encogía el estómago.

—Absolutamente nada.

No lo decía en serio, pensó Erin. Le decía esas cosas a las mujeres todos los días. Y si quería conservar la cabeza y el corazón, lo mejor sería no hacerle caso.

Pero Striker sonrió de nuevo y su corazón empezó a dar saltos.

Oh, no, no, no. Volar sobre las olas a cien kilómetros por hora seguramente era la mejor manera de pasar el tiempo que le quedaba con él.

Al menos Striker no estaría mirándola a los ojos. O tocándola. O diciendo cosas que hacían que le temblasen las rodillas.

Sí, ahora que lo pensaba, hacer windsurf era lo más seguro.

Capítulo Once

Lo habían pasado de maravilla haciendo wind-surf, aunque Erin no sabía si sería capaz de recuperar el movimiento de los brazos algún día. Era increíble la fuerza que había que ejercer para sujetarse al palo de la vela.

Cuando entraron en el bungalow, Julie estaba al pie de la escalera, con expresión seria.

—Hola, Julie.

—Hola.

—¿Dónde te has metido esta mañana?

Julie señaló la bolsa de viaje, su bolsa de viaje, en el suelo.

—He pensado que lo mejor sería marcharme.

Erin y Striker se miraron, y él se preguntó si se sentiría molesta porque la habían dejado sola.

—Sólo tienes que presentarle el borrador del contrato a Allan. Ya no me necesitas para nada. Y la verdad es que estoy un poco aburrida.

—¿Aburrida? Julie, no conozco a nadie a quien le guste más tomar el sol. Y has conocido a uno de los grandes proveedores de diamantes y esmeraldas del mundo. ¿Cómo que estás aburrida?

—Sí, bueno, no es tan interesante como parece.

—¿Que no es tan interesante?

En lugar de contestar, Julie se volvió hacia Striker.

—¿Puedes llevarme a Seattle?

Él vaciló, mirando de una a otra.

—¿Se puede saber qué te pasa? –preguntó Erin.

—Nada –contestó Julie.

—Por favor… mientes fatal.

—No es cierto.

—Sí lo es. ¿Vas a contarme qué te pasa o no?

—No.

—¿Te has peleado con Allan?

—No me he peleado con él.

—Entonces… ¡Dios mío, Julie!

Striker miraba de una a otra sin entender nada.

—No importa –dijo ella, apartando la mirada.

—No me lo puedo creer –murmuró Erin.

Julie se puso las manos en las caderas.

—Pues sí, no puedo acostarme con un hombre y mentirle al mismo tiempo. Sorpresa, sorpresa, hasta Julie Green tiene su ética.

Striker se quedó helado.

¿Allan se había acostado con Julie?

¿Por qué se acostaría con ella?

–No me sorprende que tengas ética… y no le estás mintiendo.

–¿Ah, no? ¿Y cómo lo llamas tú entonces?

Erin vaciló.

–Muy bien. Entonces, soy yo quien le está mintiendo.

–No, tú sabes que no es así. Así que me voy.

–Pero si hay algo entre él y tú…

–No puede haber nada entre Allan y yo. Él es un millonario y yo sólo soy… una tramposa.

–¡No eres una tramposa! Yo puedo hablar con él. Explicarle lo que ha pasado.

–No, no cambies de planes. Hay mucho en juego para ti. Striker, por favor… –Julie se pasó una mano por la cara–. Perdonad, yo...

Y salió corriendo escaleras arriba.

–¡Yo hablaré con él! –gritó Erin.

–¡No!

–Pero a lo mejor…

–¡No! –gritó Julie, antes de encerrarse en su habitación.

–Ah, qué desastre –suspiró Erin–. Mi jefe estaba tan seguro de que esto iba a funcionar… pero cada vez es más complicado.

Y ella no sabía ni la mitad. Striker estaba a punto de complicarlo todo aún más.

–¿Erin?

–¿Sí?

–Allan lo sabe.

–¿Allan sabe qué?

–Sabe que Julie y tú buscabais un contrato.

Erin se quedó inmóvil.

–¿Se lo contaste?

–No, no se lo conté. Pero en cuanto supo que trabajabais para Elle, sumó dos y dos…

–¿Tú sabías que él lo sabía?

–Sí.

–¿Y no nos lo dijiste?

–Pensé que no era cosa mía.

–¿Que no era cosa tuya? Tú eres un miembro del equipo. Te pagamos por ayudarnos…

Y también era amigo de Allan.

–Dejé de ser miembro del equipo, no sé si te acuerdas.

–Ah, o sea, que entonces no pasa nada –dijo ella, irónica.

–No, claro que no. Allan…

–¿Allan qué? Ahora es él quien nos ha engañado. Quien ha engañado a mi amiga Julie para que se acostase con él. ¿Quién se cree que es ese cerdo? –exclamó Erin–. No voy a dejar que se ría de mi amiga… ¡y pienso decírselo a la cara!

–Erin, no puedes tirar tu carrera por la ventana. Deja el asunto del contrato si quieres, pero…

–¡De eso nada!

–Erin, por favor…

–Patrick se había equivocado. Los negocios

son los negocios y la amistad es la amistad. No sé cómo he podido pensar que ambas cosas pudieran mezclarse.

—Espera hasta que te calmes un poco.

—¡Estoy muy calmada!

Si aquello era estar calmada, Striker no sabía qué podía esperar cuando estuviese furiosa.

—Deja que yo hable con él.

—¿Y qué vas a hacer tú, don Juan? ¿Vas a echarle en cara que se haya reído de Julie?

—Erin, yo…

—Olvídalo. No necesito tu ayuda. Es mi empresa, mi trabajo. Es cosa mía.

—¿Y qué vas a hacer, darle una paliza?

Erin no sonrió. Y eso era preocupante.

—Erin, tienes que ser profesional.

—Debería haberlo sido desde el principio. Dejé que mi jefe me convenciera para venir aquí con un vestidito y una sonrisa... pensé que eso valdría para firmar un contrato, aunque yo sabía que no era así. Patrick se equivocó y yo me equivoqué por hacerle caso.

Había una pasión en sus palabras que Striker no podía por menos que admirar. Erin O'Connell tenía principios.

—Piénsalo antes de hacer nada.

—¿Es que no has oído una sola palabra de lo que he dicho?

Entonces alguien llamó a la puerta del bungalow.

Erin se volvió, sorprendida.

Pero cuando se asomó y vio por el cristal de la puerta que era Allan, la sorpresa se convirtió en ira. Iba a abrir, pero Striker la detuvo.

–Espera –dijo, en tono de advertencia.

–Suéltame.

–No.

–Soy tu jefa.

–No lo eres. Ayer presenté mi dimisión.

Allan volvió a llamar.

–Os estoy viendo por el cristal.

–Por favor, cálmate –le rogó Striker–. Intenta tranquilizarte.

–Estoy absolutamente tranquila –contestó Erin, antes de abrir la puerta–. ¡Allan Baldwin, no sé quién demonios te crees que eres!

–¡Erin!

–¡Pero nadie trata así a mi amiga Julie!

Allan parpadeó, sorprendido.

–¿Cómo?

–Allan…

–¡No te metas en esto, Striker! Que tengas dinero e influencias no significa que puedas tratar a una mujer…

–¿Dónde está Julie?

Erin se cruzó de brazos.

–No vas a volver a verla.

–Tengo que verla –dijo Allan.

–No, lo siento.

La expresión de Allan dejaba claro que la apartaría a la fuerza si era necesario.

–Tendrías que empujarme a mí también –dijo Striker entonces.

–¿Julie está enfadada conmigo? –suspiró Allan entonces.

–¿Por qué iba a estar enfadada? ¿Sólo porque hayas pensado que el sexo era parte del trato?

–¿Qué trato?

–No te hagas el tonto conmigo, ya sé que lo sabes –replicó Erin, clavándole un dedo en la pechera de la camisa–. Julie estaba aquí como gemóloga, no como…

–¿Julie te ha dicho eso? ¿Te ha dicho que yo la obligué a algo?

–No, no ha dicho eso exactamente, pero…

Erin repasó su conversación con Julie. En realidad, sólo había dicho que se sentía culpable por no decirle la verdad a Allan.

–Voy a verla –dijo él entonces.

–Pero…

–Está muy disgustada –le advirtió Striker.

–Pues no sé por qué –dijo Allan, confuso–. Nosotros… fue algo… por el amor de Dios, tengo que hablar con ella.

–¿Qué vas a decirle?

–Lo que tengo que decirle es absolutamente personal. Si no os importa.

–No, pero subiré contigo.

–¿Qué?

–No pienso dejarte a solas con ella.

–Bueno, tú mismo. Pero te vas a sentir como un idiota –le advirtió Allan.

Cuando Allan empezó a subir la escalera, Erin sujetó a Striker del brazo.

–Espera.

–¿Qué?

–¿Tú habías pensado que Allan obligó a Julie a acostarse con él?

–¡No! Allan no le dijo que sabía lo del contrato. ¿Cómo iba a obligarla a acostarse con él si no sabía nada del contrato?

La puerta del dormitorio de Julie se abrió y los dos miraron hacia arriba. Vieron que Allan le decía algo… aunque no pudieron oírlo. Y luego le vieron sacar una cajita del bolsillo y clavar una rodilla en el suelo.

Erin abrió la boca, atónita. No parecía que estuviese obligándola a nada. Y tenía la horrible impresión de que había destrozado su carrera… para siempre.

Allan abrió la cajita de terciopelo y Julie abrió los ojos como platos cuando le puso el anillo en el dedo. Luego cayó de rodillas a su lado y lo abrazó con todas sus fuerzas.

Allan Baldwin sonreía como un maníaco.

–Tenía razón –murmuró Striker–. Me habría sentido como un idiota.

–¡Erin! –la llamó Julie desde arriba, mostrándole el dedo–. ¡Veintinueve quilates, blanco azulado sin un solo defecto, corte princesa! Y lleva dos esmeraldas. Creo que Allan me quiere de verdad.

Erin no podía dejar de sonreír.

¿Que su carrera se había ido al garete? ¿Que había insultado al prometido de su mejor amiga?

Al menos, Julie era feliz.

Allan tomó su mano para bajar la escalera y Julie corrió hacia ella para mostrarle el increíble diamante, tan grande como el de Elizabeth Taylor, con lágrimas en los ojos. Las piedras eran maravillosas, con un brillo y una transparencia inigualables.

Erin abrazó a Julie. Sólo podía sentirse feliz por ella.

–Bueno, ahora vamos a echarle un vistazo a ese contrato –dijo Allan entonces.

Erin se apartó, estupefacta.

–Pero…

Striker le dio un codazo.

–Dale el contrato, cariño.

Erin no entendía nada.

–Pero yo te he acusado de obligar a Julie…

–Erin…

–Lo sé –sonrió Allan, apretando la mano de su prometida–. Cuando te enfadas eres como un pequeño pit bull.

Erin no sabía cómo responder a eso.

—Eres exactamente el tipo de persona que quiero en mi equipo. Así que hazme una oferta. Vamos a terminar con esta negociación de una vez para poder celebrar nuestro compromiso como Dios manda.

Capítulo Doce

Las olas acariciaban sus pies mientras paseaban por la playa. Allan había firmado el contrato y todos estaban felices. Todos menos Striker.

Ver a Allan y a Julie juntos lo hacía sentir... raro, como si le faltase algo. Había pensado que acostarse con Erin sería suficiente. Con ella había roto su récord de permanencia con una mujer. Y eso no decía nada bueno de él.

La verdad era que, por primera vez en su vida, quería intimidad, quería compañía, quería una relación de verdad. Quería una novia. Pero no cualquier novia.

Striker se detuvo y tomó a Erin por los hombros. El viento movía el pelo alrededor de su cara y nunca le había parecido más bonita.

—¿Qué va a pasar con nosotros?

—¿Qué va a pasar con nosotros? —repitió ella.

—¿Crees que también puede haber un final feliz para nosotros, Erin?

Ella apartó la mirada.

–Lo hemos pasado bien, Striker. Pero ha llegado la hora de terminar con esta fantasía.

–Pero…

–Vivimos en mundos diferentes.

–Allan y Julie también viven en mundos diferentes.

–Eso es otra cosa.

–¿Por qué?

–Porque Julie quiere vivir en el mundo de Allan.

–Y tú no quieres vivir en el mío. ¿Es eso?

–No me hagas esto, Striker. Yo no puedo…

–¿Qué no haga qué? ¿Invitarte a compartir mi vida?

–Aunque fueras…

–¿Aunque fuera qué?

–Mira, yo vivo en Manhattan, tú tienes una avioneta en Seattle. ¿Qué haríamos para vernos? ¿Qué esperas de mí?

–Supongo que… que ser lo suficientemente importante como para que quieras cambiar de mundo.

–Striker…

Él sacudió la cabeza. Podría contarle la verdad. Podría decirle que era rico y quizá entonces ella diría que sí. Podría decirle que sus mundos no eran tan diferentes.

Pero no pensaba hacerlo.

Striker alargó la mano para acariciar su cara por última vez.

–Adiós, Erin.

Ella asintió con la cabeza. Le temblaban los labios y no podía disimular. Por un segundo, Striker pensó que iba a besarlo.

Pero no lo hizo.

Dio un paso atrás y el momento se rompió.

Aquél era el adiós definitivo.

Erin miraba el paisaje desde la ventana de su nuevo despacho, preguntándose por enésima vez si Striker habría hablado en serio. Y luego, por enésima vez, diciéndose a sí misma que era ridículo.

No, Striker Reeves era un adolescente de treinta años, uno de esos hombres que nunca sientan la cabeza. Y era absurdo hacerse ilusiones.

Había tomado la decisión correcta.

Patrick entró entonces en su despacho.

—¿Cómo está hoy mi compradora favorita?

—Bien —contestó ella, intentando sonreír—. Un poco cansada.

—Pues anímate porque te vas a Birmania.

¿A Birmania? ¿Ella?

—¿Rubíes?

—Eso es —sonrió Patrick—. Iba a ir Charles, pero lo necesitan en Rusia, y tú eres la siguiente en la lista. Primera clase, hotel de cinco estrellas… a todo lujo.

Ir a Birmania a comprar rubíes. Era un sueño hecho realidad. O lo habría sido una semana antes. Ya no.

¿Y si Striker hablaba en serio?, volvió a preguntarse. No, no, no, se dijo a sí misma. ¿Qué habría sido de su vida si le hubiera dicho que sí? ¿Se gastarían todo el dinero en comprar avionetas decrépitas? ¿Y si tenían hijos y debían criarlos en un apartamento de una sola habitación? ¿Quería que sus hijos pasaran por lo que había pasado ella de pequeña?

No, definitivamente no.

Además, Striker no hablaba en serio.

Si volvía a Seattle, haría el más completo de los ridículos.

Erin encendió el ordenador para terminar un informe que debería haber terminado dos días antes. Pero las cifras le parecían borrosas...

Si no volvía a Seattle, no lo sabría nunca.

¿Merecería la pena?

—¿Erin? —la llamó su secretaria—. ¿Quieres que reserve el billete para Birmania?

Erin miró a la joven en silencio. ¿Merecería la pena cambiar de vida por Striker Reeves?

—¿Erin?

—Dame un par de días. Tengo que hacer una cosa muy importante.

Striker estaba frente el escritorio de su padre, de pie, mirándolo directamente a los ojos.

—Papá, he venido para decirte que he estado pensando mucho estos días.

—Espero que no hayas venido para convencerme de que te deje pilotar el jet.

—No, he venido para decirte que tenías razón.

—¿Cómo?

—Tenías razón sobre mí.

—¿En qué sentido?

—He sido un irresponsable hasta ahora. Me he portado como un crío.

Su padre levantó una ceja.

—Pensé que no querías convencerme para que volviera a dejarte pilotar el avión.

—No es eso.

Jackson lo apuntó con su bolígrafo.

—¿Entonces qué quieres?

—Lo digo en serio, papá.

—Striker, hijo mío, tú eres un maestro diciendo las cosas que la gente quiere oír. Lo haces con las mujeres, lo haces con tu madre. Y ahora lo estás intentando conmigo.

—Pero…

—No puedo creer que, de repente, hayas tenido una revelación y estés dispuesto a cambiar de vida.

Striker apretó los dientes. Estaba capitulando. Estaba diciéndole que tenía razón. ¿Por qué tenía que discutir?

—Lo digo en serio —repitió—. Nada de juergas, nada de mujeres, nada de hacer el tonto mientras estoy de servicio.

—¿Y cuál es la trampa?

—No hay trampa.

Jackson arqueó las cejas.

—Bueno, tengo que pedirte un pequeño favor.

—¿Qué favor?

—Necesito que me prestes el jet para impresionar a una mujer.

Su padre cerró los ojos.

—Lo que me temía.

—Ésta te gustará, te lo prometo.

—No te creo.

—Papá, puedo ver a tus nietos en sus ojos.

Jackson se quedó inmóvil.

—¿*Ese* tipo de mujer?

—Ese tipo de mujer. Se llama Erin O'Connell y vive en Nueva York. Y tengo que darle muchas explicaciones.

—Y necesitas mi avión para hacerlo.

—Sí.

—Prométeme que la traerás a casa.

—Mañana.

Jackson sonrió, orgulloso de su hijo por primera vez en mucho tiempo.

Erin corría por el aeropuerto de Seattle, con el móvil pegado a la oreja. Tenía que encontrar a Striker, pero no sabía si estaría donde lo encontró la primera vez.

Había salido de Nueva York con tanta prisa,

que no pudo hablar con los de Charter Beluga.

Cuando pasaba por delante de una pared de cristal del aeropuerto vio a un hombre y su corazón dio un vuelco.

Striker.

Allí, en el aeropuerto de Seattle.

Nerviosa, se acercó a la pared de cristal y empezó a golpearla con la palma de la mano. Varias personas se volvieron para mirarla, pero Striker no estaba prestando atención. Erin volvió a golpear con más fuerza... y él se volvió.

Por fin.

Al verla, sonrió de oreja a oreja, y Erin supo que se alegraba de verla. Que se alegraba de verdad.

Striker se acercó a la pared, puso la mano sobre la suya y le indicó con la otra hacia dónde debía ir. Erin corrió con todas sus fuerzas, sonriendo como una tonta.

–¿Qué haces aquí? –exclamó él, cuando se encontraron.

–He vuelto

–¿Para que? –sonrió Striker, abrazándola.

–¿Lo decías en serio? ¿Lo de compartir nuestra vida?

–Sí, claro. Yo...

–Entonces me quedo. No sé qué voy a hacer, no sé qué vamos a hacer, pero... espero que no quieras comprar muchas avionetas porque son carísimas y...

–¿Erin?

–¿Sí?

–Antes de seguir, ¿puedo enseñarte algo?

–Sí, claro. ¿Qué estabas haciendo aquí, por cierto?

Striker le quitó la bolsa de viaje y se la puso al hombro.

–Viajas con poco equipaje, ¿no?

Erin se mordió los labios.

–Es que no estaba segura...

–Pero yo sí lo estoy –sonrió él, pasándole un brazo por la cintura–. Seguramente éste es el peor sitio del mundo para decir esto, pero te quiero, Erin.

–Yo también te quiero. De verdad.

–Menuda historia para contarle a nuestros nietos, ¿eh?

–¿Nietos?

–Bueno, yo esperaba que quisieras tener hijos.

–Sí, sí, claro.

–Y le he prometido a mis padres que les daríamos nietos.

–¿Le has hablado a tus padres de mí?

–Claro que sí. Están deseando conocerte –sonrió Striker, introduciendo su tarjeta magnética para abrir una puerta de metal–. Les vas a encantar.

–¿Dónde vamos? –preguntó Erin, mirando alrededor.

–No te preocupes, soy piloto.

–Ya, pero…

–Hola, Striker –lo saludó un guardia de seguridad.

–Hola, Bert.

–¿Lo conoces?

–Sí, claro. Conozco a todo el mundo en el aeropuerto.

–Pero pensé que sólo pilotabas la avioneta.

–Piloto muchas cosas –sonrió él, moviendo las cejas.

Bajaron por una escalera y poco después salieron a la pista, donde Striker señaló un brillante jet privado.

–¿Qué te parece?

–¿Qué?

–El avión. Es mío.

–¿Qué?

–Bueno, diez por ciento del avión es mío. El resto es de mi padre.

–¿Cómo?

–Mi padre es el presidente de Reeves-DuCarter Internacional y yo soy uno de los socios de la empresa.

–¿La empresa Reeves-DuCarter? ¿La famosa Reeves-DuCarter?

–Eso es.

–¿Eres hijo de Jackson Reeves-DuCarter?

—Claro —sonrió Striker.

—Pero...

—Iba ahora mismo a Nueva York para hablar contigo, por eso estaba en el aeropuerto. Iba a pedirte perdón por no haberte contado la verdad y a decirte que mi mundo y el tuyo no son diferentes.

Ella parpadeó, atónita.

—¿Estás diciéndome que eres rico?

—Sí, casi tanto como Allan.

A Erin se le doblaron las rodillas. Y ella dándole consejos sobre moda. Diciéndole qué tenedor debía usar...

—¿Erin?

—¿Por qué?

—¿Eh?

—¿Por qué me hiciste creer que no tenías dinero, que no sabías elegir un traje?

—Sí, en fin, estaba haciendo un personaje. Tú me creías un vagabundo y yo decidí seguirte la corriente. Era tan divertido —sonrió Striker.

—¿Le dijiste a Allan que yo estaba buscando un contrato?

—No, no le dije nada. Nunca te he mentido, Erin. Sólo te dejé creer lo que tú querías creer. Pero todo eso da igual. Te quiero, cariño. Te quiero con toda mi alma.

—¿Ibas a ir a Nueva York de verdad?

—Sí, ahora mismo. Pero podemos ir cuando tú digas.

—¿Ahora mismo?

—Ahora mismo. Pero tenemos que estar de vuelta mañana. Le he prometido a mi padre que te llevaría a casa. Tengo que presentarles a mi prometida.

Epílogo

El hermano pequeño de Striker, Tyler, silbaba mientras tomaba una cerveza, tumbado en el césped del jardín.

—Ahora entiendo que fueras tan incoherente —sonrió, mirando a Erin.

—¿De qué estás hablando? —preguntó Striker.

Derek salió de la casa para reunirse con ellos en ese momento.

—Derek me dijo que cuando habló contigo por teléfono sólo decías tonterías.

—Derek es un lunático.

—Derek no es un lunático —protestó el interesado—. Es mayor y más sabio que vosotros. Por eso sigue soltero.

—Sí, bueno —rió Tyler—. Pues Jenna ha invitado a Candice para que te haga compañía.

—¿Qué? ¿Tengo que soportarla todos los días en la oficina y ahora también va a invadir mis fines de semana?

—Jenna ha pensado que podría ayudar con los planes de boda.

–Ya, seguro.

–¿Quién es Candice? –preguntó Striker.

–Nuestra decoradora –suspiró Derek.

–Pensé que Jenna era vuestra decoradora.

–Es una especie de doctor Jekyll y Mr. Hyde. Jenna es la decoradora buena y Candice es la decoradora maligna y demoníaca.

–Pórtate bien con ella –le advirtió Tyler.

–¿Quién, yo?

Striker se levantó, mirando a Erin con cara de tonto.

–Es demasiado buena para ti –suspiró su hermano.

–¿A que sí?

Striker se dirigió hacia el grupo de mujeres.

–Yo había pensado que la boda podría celebrarse en la iglesia de San Pablo –estaba diciendo su madre.

–Y yo estoy preocupada por el catering –suspiró Jenna–. Falta poco para septiembre y…

–Podríamos organizar un gran banquete aquí mismo. Si hace buen tiempo, ni siquiera habría que poner carpa –la interrumpió Candice.

–No sé… –empezó a decir Erin. Pero nadie le hacía caso.

–Una pena que no podamos organizar el banquete en El Faro.

–¿No sería maravilloso poder celebrar la boda aquí? –sonrió su madre.

El corazón de Striker se llenó de orgullo. Erin estaba siendo tan paciente con ellas.

Sonriendo, se acercó por detrás y abrazó a su novia, llevándosela aparte.

—¿Va todo bien?

—Sí, sí…

—Sé que mi familia puede ser un poquito abrumadora.

—No, qué va. Me encanta. Yo nunca había tenido esto antes.

Striker parpadeó.

—¿No te importa que organicen ellas la boda?

Erin sonrió de oreja a oreja.

—Podría casarme en un estadio de fútbol si eso es lo que quieren.

—No lo digas muy alto.

—Mientras tú seas el novio, todo lo demás me da igual.

—¿Seguro?

La voz de su madre se alzó sobre las demás:

—Yo creo que una falda estilo princesa es mucho mejor. ¿Qué tal un escote barco?

—¡Ah, tengo el diseñador perfecto para ti, Erin! —exclamó Candice—. ¡Vas a estar divina!

Ella parpadeó rápidamente.

—Voy a tener hermanos y hermanas, Striker.

Él miró alrededor.

—No te entusiasmes demasiado. Ya irás conociéndolos.

—Los adoro, cariño.

–¿Sí? Pues será mejor que me adores más a mí.

–Siempre –suspiró Erin.

Striker se inclinó para besarla.

–¡Erin! ¿Qué te parecen las lilas? –grito Jenna.

–¡Me encantan!

–Y tú me encantas a mí –susurró Striker.

DESEO

BARBARA DUNLOP

LEGALMENTE CASADOS

Capítulo Uno

Zach Harper era la última persona a la que Kaitlin Saville esperaba ver frente a su puerta. Aquel hombre alto, moreno y de ojos feroces era la razón por la que estaba haciendo la maleta, la razón por la que dejaba su apartamento de alquiler. Él era la persona por la que se veía obligada a abandonar Nueva York. De frente a él, cruzó los brazos sobre su camiseta de los Mets, polvorienta y vieja. Sólo podía esperar que sus ojos rojos no la delataran. Con un poco de suerte ya no tendría marcas de lágrimas sobre las mejillas.

–Tenemos un problema –dijo Zach en un tono tenso. Su expresión seguía siendo impasible y con la mano izquierda sostenía un pequeño maletín de cuero negro.

Llevaba un exquisito traje de firma y una impecable camisa blanca, combinados con una corbata roja de seda de la mejor calidad y unos gemelos de oro macizo. Como de costumbre, llevaba el pelo recién cortado y estaba recién afeitado. Sus zapatos, tan pulidos que parecían espejos, debían de costar una pequeña fortuna.

–No tenemos nada –le dijo ella, apretando los dedos de los pies dentro de los acolchados calcetines que llevaba.

Iba vestida de manera informal. Sus vaqueros estaban un poco gastados, pero no era ninguna desa-

rrapada. Una mujer tenía derecho a vestir cómoda-
mente en su propia casa. Zach Harper, en cambio, no
tenía ningún derecho a estar allí.

Kaitlin empujó la puerta para cerrarla, pero él la
sujetó con una mano, bronceada y ancha. Tenía la mu-
ñeca fuerte y los dedos largos y estilizados. No llevaba
anillos, pero sí llevaba un reloj Cartier de platino con
diamantes incrustados.

—No estoy bromeando, Kaitlin.

—Y yo no me estoy riendo —dijo ella. Los problemas
del gran Zach Harper le daban igual.

Ese hombre no sólo la había echado de su puesto
de trabajo, sino que también le impedía trabajar en
cualquier otra empresa de diseño de Nueva York.

Él miró por encima del hombro de ella.

—¿Puedo entrar?

Ella fingió considerarlo un momento.

—No.

Aunque fuera el dueño y señor de Harper Transportation y también de muchas otras empresas de Manhattan, no tenía ningún derecho a entrar en su casa, la
cual, en ese momento, estaba hecha un desastre, sobre
todo por la lencería que estaba bajo la ventana.

Él apretó la mandíbula.

Y ella hizo lo propio, manteniéndose firme.

—Es personal —dijo él, insistiendo. Cambió el maletín de mano.

—No somos amigos.

En realidad eran enemigos, porque eso era lo que
pasaba cuando una persona le arruinaba la vida a
otra. No importaba que él fuera atractivo, inteligente,
triunfador, buen bailarín… Había perdido todos sus
derechos a… todo. Zach se puso erguido y entonces

4

miró a ambos lados del viejo corredor de aquel edificio de más de cincuenta años. La luz era mortecina y la moqueta estaba raída. En esa sección del quinto piso había diez puertas, y la de Kaitlin estaba al final del pasillo, junto a la alarma de incendios y a la puerta de emergencia de acero.

–Muy bien –dijo él–. Lo haremos aquí.

Kaitlin retrocedió unos pasos, dispuesta a regresar al refugio de su hogar. No podía ceder. Jamás volvería a hacer nada con él bajo ningún concepto.

–¿Recuerdas aquella noche en Las Vegas? –le preguntó él.

La pregunta la hizo detenerse en seco.

Jamás olvidaría la fiesta de empresa de Harper Transportation, celebrada en el Bellagio, tres meses antes. Cantantes, bailarines, malabaristas, acróbatas… Aquello había sido un derroche de diversión destinado a entretener a la enorme multitud, en su mayoría clientes de alto *standing* de la firma. Un hombre disfrazado de Elvis se los había llevado de la pista de baile y los había hecho participar en una boda falsa.

En aquel momento le había parecido muy divertido, de acuerdo con el tono ligero del festejo. Obviamente, los martinis de frambuesa que se había tomado durante la velada habían ablandado mucho su fuerza de voluntad y al final se había visto arrastrada al estrado, más que dispuesta a representar aquella ridícula parodia. Sin embargo, al volver la vista atrás, no podía sino avergonzarse de sí misma.

–¿El papel que firmamos? –dijo Zach, continuando, al ver que ella guardaba silencio.

–No sé de qué me estás hablando –le dijo, mintiendo.

5

En realidad se había encontrado con los falsos papeles de la boda esa misma mañana. Estaban metidos en el álbum de fotos que tenía en el último cajón del armario, debajo de una montaña de vaqueros. Era una estupidez haber guardado aquel recuerdo sin sentido. Sin embargo, la ilusión de pasar una noche colgada del brazo de Zach Harper había tardado unos días en desvanecerse. Recordaba muy bien el momento en que había guardado aquellos papeles. Entonces todo parecía tan mágico; aquellos minutos en la pista de baile en compañía de Zach... Pero no había sido más que una fantasía ridícula. Aquel hombre había destruido su vida a la semana siguiente.

—Es válido —dijo él, respirando hondo.

Ella frunció el ceño.

—¿Válido para qué?

—Matrimonio.

Kaitlin no contestó. ¿Acaso estaba sugiriendo que habían firmado unos documentos reales?

—¿Es una broma?

—¿Me estoy riendo? —le preguntó él.

Y no lo estaba haciendo. En realidad Zach Harper rara vez sonreía, y tampoco era muy dado a hacer bromas. Aquella noche, al parecer, había sido una excepción.

—Estamos casados, Kaitlin —le dijo, sin pestañear.

Eso no podía ser cierto. Había sido una farsa. Habían representado un papel sobre un escenario. Nada más.

—Elvis contaba con una licencia del estado de Nevada —dijo Zach.

—Estábamos borrachos —dijo Kaitlin, incapaz de creer semejante tontería.

6

–Archivó el certificado.

–¿Y cómo lo sabes? –preguntó Kaitlin, con un remolino de ideas en la cabeza.

–Porque me lo han dicho mis abogados –le dijo, y entonces miró hacia el interior del apartamento con disimulo–. ¿Puedo entrar, por favor?

Kaitlin pensó en las novelas de misterio que estaban tiradas en el sofá, las revistas que descansaban sobre la mesita central, el montón de papeles del banco, la tarjeta bancaria, los extractos bancarios… Recordó el paquete medio lleno de donuts que estaba sobre la encimera de la cocina, la cajita de lencería sexy, completamente a la vista. Si le estaba diciendo la verdad, no podía ignorarle así como así. Apretó los dientes.

¿Qué importancia tenía lo que él opinara? ¿Por qué iba a importarle que viera los donuts en la cocina? En cuestión de unos días, él habría salido de su vida para siempre. Lo dejaría todo atrás, y empezaría de nuevo en otra ciudad; quizá Chicago, o Los Ángeles. Al pensar en ello, sintió un nudo en la garganta y los ojos volvieron a llenársele de lágrimas. Cuántas veces había tenido que empezar de nuevo… Ya casi había perdido la cuenta. Todos aquellas casas de acogida… Jamás había podido tener esa sensación de seguridad y normalidad que estaba a punto de perder. Había vivido en ese apartamento desde su comienzo en la universidad, y era lo más parecido a un hogar que jamás había conocido.

–¿Kaitlin?

Ella se tragó todas las emociones.

–Claro –le dijo con decisión y seriedad, dejándole paso–. Entra.

Al entrar en la casa Zach reparó en el desorden de

cajas de embalar que estaban esparcidas por todo el apartamento. No tenía sitio donde sentarse, y ella ni siquiera le ofreció una silla.

Pero, de todos modos, no iba a quedarse mucho tiempo allí.

Aunque intentara ignorarla, Kaitlin no dejaba de mirar de reojo la caja de lencería. Zach la siguió con la mirada y finalmente reparó en el camisón de seda blanco y malva que su amiga Lindsay le había regalado por Navidad.

—Disculpa —dijo ella en un tono seco y fue a cerrar la caja.

—Claro —dijo él, en un tono ligeramente burlón.

Se estaba riendo de ella. Perfecto.

Las tapas de la caja volvieron a abrirse, y Kaitlin se ruborizó. Se volvió hacia él, desviando su atención. Sin embargo, por encima del hombro de él podía ver la caja abierta de donuts. Tres de ellos ya habían ido a parar a sus caderas esa misma mañana. Zach, por el contrario, no parecía tener ni una pizca de grasa en su escultural cuerpo. Seguramente su desayuno consistía en una pieza de fruta, cereales y proteínas; todo preparado por su chef personal, que utilizaría ingredientes importados de Francia, o quizá de Australia.

Él dejó el maletín sobre un montón de DVDs y abrió la solapa.

—Mis abogados han preparado los papeles del divorcio.

—¿Necesitamos abogados? —Kaitlin aún intentaba hacerse a la idea. Estaba casada.

Con Zach. Su mente quería correr en distintas direcciones, pero sujetó bien las riendas. Zach Harper podía ser guapo, inteligente y rico, pero también era frío, calculador y peligroso. Había que estar loca para querer casarse con él.

—En estos casos los abogados son un mal necesario —le dijo él, sacando documentos.

Kaitlin sintió como le hervía la sangre al oír aquel tópico sobre los abogados. Su amiga Lindsay no era «un mal necesario»; nada más lejos. ¿Cómo reaccionaría Lindsay al enterarse de lo que le había pasado? ¿Se reiría, o acaso se enfadaría con ella? ¿Se preocuparía? La situación era de lo más absurda.

Kaitlin se sujetó el cabello detrás de las orejas y comenzó a juguetear con un pendiente. Cada vez se ponía más nerviosa. Esperó a que Zach volviera a prestarle atención y entonces habló.

—Creo que a veces lo que pasa en Las Vegas no se queda en Las Vegas.

Un músculo se contrajo en la mandíbula de Zach y Kaitlin sintió un agradable pinchazo de satisfacción al ver que le había hecho perder la compostura, aunque sólo fuera por un instante.

—Convendría que te tomaras todo esto más en serio.

—Nos casó Elvis —dijo ella, sin poder contener la carcajada.

Los ojos de Zach relampaguearon.

—Vamos, Zach —dijo ella, intentando aligerar el tono de aquella conversación—. Tienes que admitir que…

—Firma los papeles, Kaitlin —le dijo él, sacando un sobre de entre los documentos.

Ella quería seguir con la broma un poco más.

—Supongo que esto significa que no habrá Luna de Miel, ¿no?

Él contuvo la respiración y su mirada se desvió una fracción de segundo hacia los labios de ella.

De repente una visión fugaz y potente irrumpió en los pensamientos de Kaitlin. ¿Se habían besado aquella noche en Las Vegas? Quizá… Instantáneas de su boca, su calor, el sabor de sus labios llenos y vigorosos… Se imaginó que podía sentir sus brazos fuertes alrededor de la cintura, apretándola contra él. Hasta ese momento siempre había creído que sólo había sido un sueño febril, pero…

–Zach, nosotros…

Él se aclaró la garganta.

–Intentemos centrarnos un poco, por favor.

–Muy bien –dijo ella, apartando aquella imagen turbadora de sus pensamientos.

Si lo había besado, aunque sólo hubiera sido una vez, entonces había sido el peor error de su vida. Odiaba a Zach Harper con todas sus fuerzas, y sólo quería que saliera de su vida cuanto antes. Extendió el brazo y agarró el sobre.

–Sólo nos llevó cinco minutos casarnos, así que divorciarnos no nos llevará mucho más tiempo.

–Me alegro de que lo veas de esa manera –él asintió con la cabeza y buscó algo en el bolsillo de la chaqueta–. Pero, por supuesto, quiero recompensarte por todas las molestias –le dijo, sacando un bolígrafo de oro y una chequera de cuero–. ¿Un millón? –le dijo de pronto, abriendo la chequera.

–¿Un millón de qué? –Kaitlin parpadeó, totalmente perpleja.

Él respiró con impaciencia.

–Dólares. No te hagas la ingenua, Kaitlin. Los dos sabemos que esto va a costarme bastante.

Kaitlin se quedó boquiabierta. ¿Acaso se había vuelto loco?

Él esperaba, expectante.

«Un momento…», se dijo Kaitlin. ¿Acaso estaba desesperado?

La mente de la joven volvió atrás como quien rebobina una película. Zach y ella estaban casados, por lo menos ante la ley. Claramente ella se había convertido en un problema para él, pero Zach Harper rara vez debía de toparse con un inconveniente que no pudiera resolver con un cheque en blanco.

«Uh, qué interesante», pensó.

Soltó una carcajada y puso el sobre encima de la mesa. No quería el dinero de Zach, pero tampoco iba a rechazar la recompensa que sin duda se merecía. ¿Qué mujer lo hubiera rechazado? El divorcio no tenía por qué efectuarse en cinco minutos. Ella iba a estar en Nueva York durante un par de semanas por lo menos, así que, por primera vez en su vida, el señor Harper iba a conocer lo que era estar a merced de otro.

Kaitlin respiró hondo, se centró un poco y recordó a Lindsay. Su amiga era brillante en esas cosas. Ella hubiera sabido exactamente qué hacer.

De pronto la respuesta apareció ante ella como la luz de un faro en mitad de la noche.

—Me parece que en Nueva York funciona lo de los bienes comunes, ¿no? –le dijo, levantando las cejas.

Zach parecía confundido, pero entonces su mirada se endureció. Estaba furioso.

«Qué pena…», pensó Kaitlin.

—No recuerdo haber firmado ningún acuerdo prematrimonial –añadió. Ya empezaba a disfrutar de la situación.

—Quieres más dinero, ¿no? –le dijo él en un tono ecuánime.

En realidad lo que Kaitlin quería era recuperar su vida, su carrera.

—Me echaste —señaló, sintiendo el deseo de recordárselo.

—Todo lo que hice fue rescindir un contrato —le dijo él.

—Sabías que yo sería el chivo expiatorio. ¿Quién va a contratarme en Nueva York a partir de ahora?

—No me gustó tu proyecto de renovación —dijo él, sin perder la calma.

—Sólo trataba de sacar a tu edificio de los años treinta.

El edificio sede de Harper Transportation tenía un potencial infinito, pero nadie se había molestado en aprovecharlo durante más de cincuenta años.

Él la fulminó con la mirada durante unos segundos.

—Muy bien. Como quieras. Te eché de la empresa. Te pido disculpas. Ahora, ¿cuánto quieres?

Kaitlin se puso erguida, decidida a llevarse la victoria.

—Dame una sola razón por la que debería ponértelo fácil.

—Porque quieres estar casada tan poco como yo.

Lo cierto era que tenía razón. La idea de ser la esposa de Zach Harper la hacía sentir escalofríos.

Escalofríos de desprecio, sin duda. De haber sido cualquier otro hombre podría haberlo confundido con una sensación de deseo, pero ése no era el caso.

—La señora de Zach Harper… —dijo, fingiendo meditarlo un instante.

De forma deliberada, miró a su alrededor y contempló su destartalado apartamento.

—¿No tienes un ático en la Quinta Avenida?

12

Él apretó el botón del bolígrafo para sacar la punta.

–¿Me estas desafiando? ¿Quieres que llame a tu abogado?

Kaitlin esbozó la primera sonrisa auténtica que sus labios habían dibujado en muchos meses.

–Sí –dijo–. Adelante. Llama.

Él se acercó un poco y Kaitlin sintió un inquietante cosquilleo en el estómago.

Se atravesaron con la mirada.

–También podrías dejarme los papeles del divorcio –dijo ella con una dulzura fingida–. Se los haré llegar a mi abogado para que los lea la próxima semana.

–Dos millones.

–La próxima semana –dijo ella, tratando de disimular su propia reacción ante aquella suma desorbitada–. Un poco de paciencia, Zachary.

–No sabes lo que estás haciendo, Katie.

–Estoy velando por mis propios intereses.

En realidad ésa era la decisión más sabia. Los documentos del divorcio podían esconder cualquier cláusula perniciosa. ¿Quién podía saber lo que la manada de abogados de Zach Harper era capaz de hacer?

Ambos guardaron silencio. El bullicio del tráfico retumbaba cinco pisos más abajo.

–No me fío de ti, Zach –le dijo ella sin contemplaciones, y era cierto.

La expresión de él se volvió de hierro en una fracción de segundo. Guardó el bolígrafo en el bolsillo, puso la chequera dentro del maletín y se alisó los hombros de la chaqueta con un gesto deliberado. Unos segundos después, la puerta se cerró de un portazo.

Zach se subió al flamante deportivo que esperaba junto a la acera y dio otro portazo.

–¿Firmó? –le preguntó Dylan Gilby desde el lado del conductor al tiempo que ponía la primera marcha.

Zach se abrochó el cinturón.

–No.

Él siempre había estado orgulloso de su talento para la negociación, pero había algo en Kaitlin que lo hacía perder el equilibrio. Aquel encuentro había sido un completo fracaso.

No recordaba que fuera tan testaruda, pero, a decir verdad, apenas la conocía. Habían coincidido algunas veces antes de la fiesta, pero nunca habían cruzado más que un puñado de palabras inconsecuentes. No sabía mucho de ella, pero sí recordaba que era lista, diligente, divertida y… hermosa. No podía negar su belleza. Aquel día, vestida con un traje exquisito, había sido la mujer más radiante en aquella sala de fiestas de Las Vegas.

Incluso ese mismo día, con unos viejos vaqueros y una camiseta raída, seguía siendo impresionante. Zach había dado el «sí, quiero» ante Elvis sin pestañear siquiera, y estaba más que seguro de que, en aquel momento, sentía lo que decía.

–¿Le ofreciste el dinero? –le preguntó Dylan.

–Claro que le ofrecí el dinero.

–¿Y no funcionó?

–Va a llamar a su abogado –dijo Zach, haciendo una mueca y mascullando un juramento. De alguna manera, había jugado mal sus cartas. Había estropeado la única oportunidad que tenía de acabar con todo aquello sin hacer ruido.

Dylan puso el intermitente, miró por el espejo retrovisor hacia la concurrida calle, y pasó de refilón entre dos coches.

—Entonces, básicamente, estás en un lío muy gordo.

—Gracias por un análisis tan constructivo —dijo Zach con un sarcasmo mordaz.

Harper Transportation podía correr peligro y no era momento para bromas.

—¿Para qué están los amigos?

—Para invitar a una cerveza.

—Hoy tengo que volar —dijo Dylan—. Y sospecho que necesitas todas tus facultades a pleno rendimiento.

Zach apoyó el codo sobre el reposabrazos al tiempo que el coche se abría camino entre el tráfico denso. Su mente no dejaba de repasar el encuentro con Kaitlin una y otra vez. ¿En qué momento lo había estropeado todo?

—A lo mejor debería haberle ofrecido más —dijo, pensando en voz alta—. ¿Cinco millones? La gente normal aceptaría cinco millones, ¿no?

—A lo mejor tienes que decirle la verdad —sugirió Dylan.

—¿Estás loco?

—Técnicamente, no.

—¿Decirle que ha heredado todo el patrimonio de mi abuela?

¿Servirle el pastel en bandeja de plata? ¿Y también su propia ruina?

–Es que es así. Ha heredado todo el patrimonio de tu abuela.

Zach sintió que le hervía la sangre. Estaba viviendo una pesadilla, y Dylan no estaba siendo precisamente de mucha ayuda.

–Me traen sin cuidado los papeles de la *Electric Chapel of Love* –dijo Zach, casi con un gruñido–. Kaitlin Saville no es mi esposa. No tiene derecho a la mitad de Harper Transportation, y tendrán que matarme antes que…

–Puede que su abogado no esté de acuerdo contigo.

–Si su abogado tiene un par de neuronas en la cabeza, le aconsejará que agarré los dos millones y que desaparezca cuanto antes.

Estaban casados. Sí. No podía sino reconocer el estúpido error que había cometido. Sin embargo, su abuela no podía haber tenido eso en cuenta el redactar su testamento. La ley podía decir una cosa, pero la realidad era muy distinta. Su abuela jamás hubiera querido que una extraña heredara todo su patrimonio.

No sabía si Nueva York era un Estado donde se aplicaba la ley de los bienes comunes, pero, aunque lo fuera, Kaitlin y él nunca habían convivido. Nunca habían mantenido relaciones sexuales. De hecho, ni siquiera habían sido conscientes de que estaban casados. La idea de que una simple empleada de tres al cuarto fuera a quedarse con la mitad de su empresa era descabellada.

–¿Has pensado en conseguir una anulación? –preguntó Dylan.

Zach asintió. Había hablado con sus abogados, pero las noticias no habían sido muy alentadoras.

–No nos acostamos juntos –le dijo a Dylan–. Pero ella podría mentir y decir que sí lo hicimos.

–¿Crees que mentiría?

–¿Y yo qué sé? Pensaba que iba a aceptar los dos millones –Zach miró a su alrededor. Se estaban acercando a un acceso a Central Park–. ¿Estamos cerca de McDougal's?

–No voy a dejar que te emborraches a las tres de la tarde –Dylan sacudió la cabeza y giró a la izquierda con brusquedad.

El deportivo se aferró al pavimento y pasó zumbando por delante de un taxi, casi rozándolo.

–¿Ahora tengo niñera?

–Necesitas un plan, no una copa.

Se detuvieron ante un semáforo en rojo en la siguiente intersección. Dos taxistas tocaban el claxon sin cesar y discutían con gestos acalorados. Un enjambre humano cruzaba el paso peatonal bajo la fina llovizna que caía sin parar.

–Cree que yo la despedí.

–¿Y lo hiciste?

–No –dijo Zach con contundencia.

Dylan lo miró de reojo con gesto de escepticismo.

–¿Se lo inventó o es que hiciste algo que la hizo pensar que la echabas de la empresa?

–De acuerdo –dijo Zach, cambiando de posición en el asiento–. Rescindí el contrato con Hutton Quinn para renovar el edificio de oficinas. El proyecto no se acercaba en lo más mínimo a lo que yo buscaba.

–Y entonces la echaron –dijo Dylan, asintiendo con la cabeza.

Zach levantó las palmas de las manos en un gesto defensivo.

–La elección del personal es cosa de ellos, no mía.

El proyecto de renovación de Kaitlin era exótico y ostentoso; un diseño excéntrico, plagado de estridencias modernistas. Aquello no casaba en absoluto con la imagen corporativa de la empresa. Harper Transportation llevaba más de cien años siendo uno de los emblemas corporativos de la ciudad de Nueva York. Sus clientes, personas serias y trabajadoras, confiaban en ellos de forma incondicional, y esperaban solidez y estabilidad a cambio de su confianza.

–¿Entonces por qué te sientes culpable? –preguntó Dylan al tiempo que entraban en un aparcamiento subterráneo cercano a Saint Street.

–No me siento culpable.

Sólo eran negocios, ni más ni menos. La culpa no formaba parte de la ecuación.

No tenía que dar su brazo a torcer porque una vez hubiera bailado con ella, o porque la hubiera tenido en sus brazos y la hubiera besado… o porque durante una fracción de segundo hubiera llegado a preguntarse si había alcanzado el cielo… Las decisiones basadas en un impulso sexual siempre llevaban a un hombre al fracaso profesional y económico.

Dylan soltó una exclamación de incredulidad al tiempo que llegaban a la cabina del empleado del aparcamiento. Se detuvo y puso punto muerto.

–¿Qué? –dijo Zach, desafiante.

Dylan le señaló con el dedo antes de hablar.

–Ya conozco muy bien esa expresión. Cuando teníamos quince años robamos una botella de vino de la bodega de mi padre, y también me acuerdo muy bien del día en que te «liaste» con Rosalyn Myers.

El empleado abrió la puerta del conductor y Dylan dejó caer las llaves sobre su mano.

Zach también bajó del coche.

–No estoy en deuda con Kaitlin Saville y desde luego nunca... –cerró la boca antes de hablar más de la cuenta y rodeó el reluciente capó del deportivo. La belleza de Kaitlin Saville no tenían cabida en aquella conversación, así que no había por qué sacarla a colación.

–A lo mejor ése es tu problema –dijo Dylan.

Zach soltó una exclamación sin palabras.

–Te casaste con ella –añadió su amigo, sólo para mortificarlo. Era evidente que Dylan estaba disfrutando mucho con todo aquello–. Debió de gustarte, aunque sea un poco –dijo al tiempo que cruzaban el aparcamiento–. Tú mismo me has dicho que no te acostaste con ella. A lo mejor lo que sientes no es rabia, sino otra cosa... –dijo en un tono claramente insinuante.

–Tienes razón, no es rabia. Es pura furia –le espetó Zach, cada vez más molesto–. Y en cuanto a lo que estás insinuando... Créeme. Sé muy bien cuál es la diferencia.

Lo único que deseaba de Kaitlin Saville era librarse de ella de una vez y por todas; cualquier otro interés estaba fuera de toda discusión.

–Dices que sientes furia, pero, ¿contra quién? ¿Contra ella o contra ti?

–Contra ella –dijo Zach–. Yo soy el que está intentando resolver las cosas. Si firmara los malditos papeles, o si mi abuela no hubiera...

–No me digas que la vas a tomar con tu pobre abuela ahora...

Zach no estaba enojado con su abuela Sadie, pero

tampoco era capaz de entender su comportamiento. ¿Por qué había puesto en peligro la fortuna de la familia?

—No, pero… ¿En qué estaba pensando en ese momento?

Dylan se subió a la acera.

—A lo mejor quería que tu pobre esposa fuera capaz de mantener cierto equilibrio de poder.

De repente una idea inquietante se abrió camino entre los pensamientos de Zach.

—¿Mi abuela habló contigo acerca del testamento?

—No. Porque era una mujer cabal e inteligente.

Zach no podía discrepar en ese sentido. Sadie Harper había sido una mujer inteligente, organizada y muy capaz. Sin embargo, esas cualidades no explicaban en absoluto semejante decisión. Sus padres habían muerto en un accidente marítimo cuando él tenía veinte años, y desde entonces su abuela había sido su única familia. Habían estado muy unidos durante los últimos catorce años, pero su extraordinaria fortaleza se había desvanecido durante su último año de vida.

Había fallecido tan sólo un mes antes, a la edad de noventa y un años.

Se dirigieron al ascensor y Dylan insertó la tarjeta corporativa que daba acceso al helipuerto situado en la azotea del rascacielos.

—Probablemente quería poner las cosas en su sitio —dijo Dylan con una sonrisa, apoyándose en la pared al tiempo que el ascensor se ponía en marcha—. Con todo ese dinero en juego, por lo menos tendrás una mínima oportunidad de lograr que una mujer decente se case contigo.

–Me halaga ver cuánto confías en mí –dijo Zach con ironía.

–Sólo digo que…

–¿Que soy un perdedor?

El ascensor aceleró, rumbo a la última planta.

–Hay ciertos rasgos de tu personalidad que asustan a las mujeres.

–¿Como qué?

–Eres un tipo malhumorado, testarudo y demasiado exigente. Te apetece un whisky a las tres de la tarde y tu trasero ya no es el de antes.

–Mi trasero no es asunto tuyo.

Zach ya iba para treinta y cinco años, pero iba al gimnasio cuatro veces a la semana y todavía podía correr más de 15 kilómetros en una hora.

–¿Y tú qué? –le dijo a Dylan, desafiante.

–¿Qué pasa conmigo?

–Tenemos la misma edad, así que tu trasero corre tanto peligro como el mío. Sin embargo, no veo que tengas ninguna prisa por sentar la cabeza.

–Soy piloto –dijo Dylan, sonriendo de nuevo–. Los pilotos son sexys. Aunque seamos viejos y tengamos canas, siempre conseguimos a las chicas.

–Oye, yo soy millonario –dijo Zach.

–¿Y yo no?

El ascensor se detuvo y las puertas se abrieron, dándoles acceso al pequeño vestíbulo previo al helipuerto. Uno de los helicópteros negros y amarillos de Astral Air los esperaba en la pista. Tras formarse como piloto, Dylan había creado Astral Air como filial dependiente de la empresa de su familia, y la había convertido en una de las aerolíneas más importantes de los Estados Unidos.

Dylan saludó con un gesto a un técnico uniformado y entonces subió al aparato. Zach hizo lo mismo.

—¿Quieres que te deje en el despacho? —le preguntó, comprobando una serie de interruptores y poniéndose los auriculares.

—¿Qué planes tienes? —preguntó Zach, que no tenía ninguna prisa por quedarse solo con sus miserias. Tenía mucho en qué pensar, pero primero quería consultarlo con la almohada, empezar de nuevo, olvidar la desagradable escena con Kaitlin…

—Me voy a la isla —dijo Dylan—. Mi tía Ginny lleva tiempo pidiéndome que me pase, así que voy a verla.

—¿Te importa si voy contigo?

Dylan lo miró de reojo, sorprendido.

La mejor forma de describir a la tía Ginny era decir que era una excéntrica. La memoria ya le empezaba a fallar y, por alguna razón, pensaba que Zach era un patán. También le gustaba torturar al violín Stradivarius de la familia y solía leer sus propios poemas en voz alta.

—Tiene dos pekineses nuevos —le advirtió Dylan.

Pero a Zach no le importaba. La isla siempre había sido su refugio y en ese momento necesitaba despejarse un poco antes de trazar el «Plan B».

—Espero que tu padre todavía tenga ese Glenlivet de treinta años.

—Dalo por hecho —dijo Dylan, arrancando el aparato.

En unos segundos, las aspas del helicóptero comenzaron a girar y lo elevaron en el aire.

Capítulo Dos

Una semana después, Kaitlin quedó con su amiga y abogada Lindsay Rubin en el parque que estaba detrás de Seamont College, la facultad donde Lindsay trabajaba como profesora de Derecho. Los cerezos estaban en flor y su aroma impregnaba el ambiente. Era miércoles, a la hora de comer, y los bancos cercanos al estanque de los patos estaban llenos de estudiantes y trabajadores.

—He terminado de revisar tus papeles —dijo Lindsay.

Eran amigas desde la universidad. Habían compartido dormitorio en la residencia universitaria y se habían hecho inseparables desde el primer momento.

—¿Puedo firmar los documentos? —preguntó Kaitlin. Los rayos del sol le calentaban las piernas y se reflejaban en la superficie del estanque—. ¿Cuánto tiempo debería esperar antes de hacerlo?

Lindsay esbozó una sonrisa radiante y apretó el sobre contra el pecho de su amiga.

Kaitlin lo agarró de forma instintiva.

—Oh, es mucho mejor que eso —dijo Lindsay.

—¿Mejor que qué?

Lindsay soltó una carcajada.

—Quiero decir que te ha tocado la lotería.

—¿La lotería?

Kaitlin no entendía ni una sola palabra de lo que su amiga le decía. ¿Por qué le hablaba así?

–¿Qué quieres? ¿Una mansión? ¿Un jet privado? ¿Un billón de dólares?

–Ya te lo dije. No quiero su dinero. ¿Y qué quieres decir con eso de un billón? Él me ofrecía dos millones.

–Eso es mucho más que dos millones –dijo Lindsay, sacudiendo la cabeza, sorprendida–. Es todo lo que tenía la mismísima Sadie Harper.

Kaitlin levantó las manos e hizo un gesto que indicaba su absoluta incomprensión. Suponía que Sadie Harper tendría algo que ver con Zach Harper, pero ahí se había quedado. ¿Qué tenía que ver esa mujer con el dinero de él? Lindsay se acercó a su amiga y bajó el tono de voz, como si se tratara de una conspiración.

–Sadie era la matriarca de la familia Harper –le dijo, mirando alrededor con recelo–. Murió hace un mes en la mansión de los Harper de Serenity Island.

El camino se bifurcaba, así que Lindsay condujo a Kaitlin hacia la ruta que rodeaba el estanque. Sus tacones altos repiqueteaban contra el pavimento caliente y liso.

Kaitlin seguía sin entender nada.

–Leí una copia de su testamento –añadió Lindsay–. Y tú, mi querida amiga, estás en él.

–¿Pero cómo voy a estar en él?

–De hecho –dijo Lindsay en un tono de profundo regocijo–. Tú eres la única beneficiaria.

Kaitlin se detuvo en seco y clavó su mirada en los ojos de Lindsay.

–Le ha dejado toda su fortuna a la señora de Zach Harper.

–Ya. Desde luego –dijo Kaitlin, pensando que se trataba de una broma.

–Lo digo muy en serio.

Kaitlin se apartó un poco para dejar pasar a un par de ciclistas.

–¿Y cómo iba a saber que yo existía?

–No lo sabía –Lindsay sacudió la cabeza–. Eso es lo que lo hace increíble. Bueno, en realidad todo es increíble.

–Lindsay… –empezó a decir Kaitlin con impaciencia.

–Según el testamento todo su patrimonio está sujeto a un fideicomiso hasta que Zach se case –dijo Lindsay–. Pero él ya se ha casado, así que, ante la ley, te corresponde el cincuenta por ciento de Harper Transportation.

Kaitlin sintió que se le aflojaban las rodillas. Por eso parecía tan desesperado.

–Bueno, ¿qué quieres? –preguntó Lindsay, entre risas.

Sin palabras, Kaitlin le devolvió el sobre. Aquello era demasiado para ella. Dio un paso atrás y sacudió la cabeza.

–No quiero nada –dijo finalmente.

–No seas tonta.

–La boda fue una farsa. Fue un error. Yo no quería casarme con él y desde luego no merezco heredar la mitad de su empresa.

–Entonces acepta el dinero –le dijo Lindsay, intentando razonar.

–Tampoco quiero el dinero.

Lindsay levantó las palmas de las manos en un gesto de exasperación.

–¿Y entonces qué quieres? ¿Cómo quieres tomarte la revancha?

Kaitlin pensó en ello un momento.

–Quiero que sufra.

Lindsay soltó una risotada, agarró del brazo a su amiga y continuó andando.

–Confía en mí, cariño –le dio un palmadita en la espalda–. Ya está sufriendo.

–Y quiero un trabajo –dijo Kaitlin con convencimiento–. No quiero dinero fácil –añadió, con la voz cada vez más fuerte–. Quiero una oportunidad para demostrar lo que valgo. Soy una buena… No. Soy una gran arquitecta. Sólo quiero una oportunidad para demostrarlo.

El camino terminaba en la acera. Lindsay levantó la vista y contempló el logo de Harper Transportation, colocado en lo alto del edificio sede de la empresa.

–Entonces pídesela.

Kaitlin arrugó los párpados para protegerse de los inclementes rayos de sol y contempló aquellas enormes letras azules. Se volvió un instante hacia su amiga y después volvió a mirar el logo.

–Cuánto te quiero, Lindsay –le dijo, esbozando una sonrisa y apretando el brazo de su amiga–. Es un plan brillante.

Y eso era exactamente lo que iba a hacer. Conseguiría que Zach Harper le diera un empleo; el trabajo que debía haber sido suyo desde un primer momento: el proyecto de renovación de la sede de Harper Transportation.

Retomaría el asunto justo donde lo había dejado, o mejor aún… Desarrollaría una iniciativa mucho más llamativa. Y entonces, una vez le hubiera demostrado a todo el mundo que era una arquitecta con talento, firmaría los papeles y Zach Harper recuperaría su empresa. Además, así no tendría que irse de Nueva York.

La luz cambió a verde y Kaitlin tiró del brazo de su amiga.

–Te vienes conmigo.

–Tengo clase ahora –Lindsay vaciló un momento.

–No tardaremos mucho –le prometió Kaitlin.

–Pero…

–Vamos. Necesito que le sueltes algo de jerga legal para que se asuste un poco.

–Ya está asustado. Créeme –dijo Lindsay, echando a andar.

–Entonces todo será muy fácil –le aseguró Kaitlin mientras subía la corta escalinata de cemento al otro lado de la acera.

Atravesaron el vestíbulo del edificio Harper y se dirigieron directamente al despacho de Zach, situado en el último piso. Kaitlin conocía muy bien las instalaciones, así que era imposible perderse.

–He venido a ver a Zach Harper –anunció ante la recepcionista unos minutos después, en un tono seguro y convencido. El corazón se le había acelerado y las palmas de las manos le sudaban sin cesar.

–¿Tiene cita? –le preguntó la joven morena con suma cortesía, mirándola a ella y después a Lindsay.

–No –admitió, y entonces se dio cuenta de que era bastante difícil que Zach estuviera disponible en ese preciso momento.

–Dígale que se trata de un asunto legal –dijo Lindsay, dando un paso adelante–. Kaitlin Saville.

La joven morena levantó la cabeza bruscamente, llena de curiosidad.

–Claro. Por supuesto. Un momento, por favor –dijo, levantándose de la silla.

–Gracias –le susurró Kaitlin a Lindsay al tiempo que la recepcionista se alejaba por el pasillo–. Sabía que me ibas a venir muy bien.

–Te mandaré la factura –contestó Lindsay con un hilo de voz.

–No. No lo harás –dijo Kaitlin en un tono bromista.

–Dentro de diez minutos más o menos, podrás permitirte mi minuta –dijo Lindsay, bromeando.

–Mándale la factura a Zach –sugirió Kaitlin, que ya empezaba a sentir mariposas en el estómago.

–Lo haré.

La recepcionista volvió enseguida, esbozando una perfecta sonrisa de plástico mil veces ensayada.

–Por aquí, por favor.

Las condujo a través de unas cuantas estancias y oficinas hasta llegar a unas dobles puertas situadas al final del corredor. Al otro lado se vislumbraba un lujoso despacho con alfombras de color burdeos. Kaitlin fue la primera en entrar. Al verla acercarse, Zach se puso en pie.

–Gracias, Amy –le dijo a la recepcionista con un gesto.

La joven abandonó la estancia inmediatamente y cerró las puertas al salir.

Él miró a Lindsay fugazmente y entonces levantó una ceja.

–Mi abogada –le explicó Kaitlin de inmediato–. Lindsay Rubin.

–Por favor… –dijo, invitándolas a sentarse con un gesto.

–Firmaré tus papeles –le dijo, permaneciendo de pie.

Zach miró a Lindsay un instante y después volvió a mirar a Kaitlin. Se atisbaba una sonrisa en sus labios y en sus ojos había un profundo alivio.

–Pero quiero dos cosas –dijo Kaitlin, prosiguiendo. Aunque supiera que era un momento para disfrutar, estaba demasiado nerviosa como para regodearse viéndole sufrir.

Sin embargo, aquello tenía que salir bien. Tenía que salir bien.

Zach arrugó el entrecejo y Kaitlin casi pudo ver las cifras y los cálculos que bailaban en su mente.

–Uno… –añadió ella, contando con los dedos–. El matrimonio será un secreto. Dos. Me das un trabajo. Directora del proyecto de renovación o algo similar.

–¿Quieres un trabajo? –Zach aguzó la mirada.

–Sí.

Parecía realmente confundido.

–¿Por qué?

–Necesitaré un despacho y algo de personal de apoyo para terminar el proyecto de renovación. Como todo eso está disponible aquí…

Él permaneció en silencio durante unos segundos.

–Te ofrezco dinero, no un trabajo.

–No quiero tu dinero.

–Kaitlin…

Ella se puso erguida.

–Esto no es negociable, Zach. Yo llevo las riendas y tengo carta blanca. Te hago la renovación del edificio, a mi manera, y…

Él se inclinó hacia delante e hizo tamborilear los dedos sobre el escritorio.

–Ni hablar.

–¿Cómo?

Se fulminaron con la mirada durante un incómodo segundo y un millón de emociones circuló por el organismo de Kaitlin. Él resultaba de lo más intimidante, pero también era innegablemente atractivo. Zach Harper era tanto el problema como la solución.

–Debería saber, señor Harper… –dijo Lindsay. Su voz sonaba altiva y autoritaria–. Que le he entregado una copia del testamento de Sadie Harper a la señorita Saville, tal y como fue archivado en el juzgado testamentario.

De pronto se hizo un vacío en la estancia. Nadie se movía. Nadie respiraba.

Kaitlin se obligó a mantenerse firme y erguida, cruzó los brazos sobre el pecho y dejó que la expresión de Zach Harper la llenara de confianza. Él parecía realmente anonadado.

–Me divorciaré de ti, Zach –le dijo–. Firmaré lo que haga falta y te devolveré toda tu empresa, tan pronto como recupere mi carrera como arquitecta.

Una mirada furibunda se clavó en ella.

–¿Me estás chantajeando?

–Estoy haciendo un trato –a Kaitlin se le puso la carne de gallina.

Transcurrieron varios segundos llenos de silencio.

La expresión de él apenas cambió, pero finalmente asintió con un leve gesto de la cabeza.

En ese momento el corazón de Kaitlin dio un vuelco y una ola de alivio la recorrió de pies a cabeza.

Lo había conseguido. Había conseguido una segunda oportunidad.

Zach jamás la perdonaría, pero eso no tenía la

más mínima importancia. Lo que de verdad importaba era que había recuperado su empleo.

De pie bajo la marquesina de cemento del edificio Harper, Kaitlin contempló la lluvia que caía copiosamente sobre Liberty Street. Era el final de su primer día de trabajo, y los nervios habían dado paso a un optimismo precavido. Zach no la había hecho sentir precisamente bienvenida, pero por lo menos tenía un escritorio, un despacho cubículo sin ventanas, una mesa plegable y un mueble de archivos destartalado.

Inhaló el húmedo aire de mayo. Enormes gotas de lluvia se estrellaban contra el pavimento y formaban charcos y riachuelos por doquier. Miró al cielo, encapotado y oscuro, y calculó la distancia que había hasta las escaleras del metro, situadas en la siguiente manzana. Ojalá hubiera comprobado el pronóstico del tiempo por la mañana. Ojalá hubiera metido el paraguas en el bolso.

—Encontraste todo lo que necesitabas, ¿no? —le dijo una voz familiar desde detrás.

Kaitlin se dio la vuelta lentamente.

Zach Harper parecía más alto e imponente que nunca frente a la fachada de aquel histórico edificio.

—¿No podías haberme buscado un despacho más pequeño? —le preguntó ella, intentando contraatacar.

—¿No te has enterado todavía? —le preguntó él, esbozando una gélida sonrisa irónica—. Estamos haciendo reformas.

—Pero tu despacho sí que es bastante grande —dijo ella, persistiendo, con la esperanza de despertar algo de culpa en aquel ser indolente.

–Eso es porque soy el dueño de la empresa –le dijo él. La expresión de su rostro dejaba claro que también era dueño de una buena parte del mundo.

–Y yo también –le dijo ella sin pestañear. Sin embargo, la victoria no iba a durarle mucho.

–¿Quieres que eche a mi vicepresidente por ti? –le preguntó él, desafiante, pero seguro de sí mismo.

–¿No tienes nada que no sea ni un despacho de ejecutivo ni un armario empotrado?

–Elije tú misma –le dijo él, encogiéndose de hombros–. Puedo echar a quien quieras de su despacho.

–Y entonces sabrán que es por mí –Kaitlin se subió el asa del bolso sobre el hombro.

–Pero eres la dueña de la empresa, ¿no?

–Simplemente trátame igual que a todos los demás –dijo ella, poniendo los ojos en blanco.

–Eso es un poco difícil –le dijo él al tiempo que señalaba un despampanante coche negro que se acercaba a la acera en ese momento–. ¿Te acerco a algún sitio?

–¿Subirme al coche del jefe después de mi primer día de trabajo? –dijo ella, mirándolo con incredulidad. Tenía que estar de broma.

–¿Tienes miedo de que la gente piense algo que no es?

–Tengo miedo de que piensen algo que es.

–Tengo unos documentos que tienes que firmar –dijo él, esbozando una media sonrisa.

La lluvia no remitía, pero Kaitlin dio un paso adelante, mascullando un juramento.

–Lo del divorcio tendrá que esperar, señor Harper.

Él salió a la lluvia detrás de ella, siguiéndole el ritmo.

–No son papeles de divorcio, señora Harper.

Kaitlin se sobresaltó al oír aquel apelativo en sus labios. Ladeó la cabeza y lo miró con disimulo. Aquellos ojos oscuros, el entrecejo enfurruñado, la cicatriz en su pómulo derecho…

Trató de imaginarse una escena íntima, en la que bromeaban, se tocaban…

–¿Kaitlin?

La voz de él la devolvió a la realidad.

–¿Qué clase de papeles?

Él miró a su alrededor. Varios empleados salían por la puerta del edificio en ese momento, pero ninguno estaba lo bastante cerca como para oír.

–Se trata de la confirmación de mi puesto como presidente y director general.

–¿Y qué eres ahora?

–Presidente y director general –sus ojos de hierro eran tan oscuros e impenetrables como los nubarrones de una tormenta–. Los dueños de la empresa han cambiado.

Kaitlin necesitó un instante para asimilar la magnitud de sus palabras. Sin su firma, el puesto de Zach Harper en la empresa corría peligro. Sin su autorización, no podía hacer lo que siempre había hecho, y no podía ser quien siempre había sido. De repente, algo frío y duro se le clavó en el estómago. Algo no estaba bien. No era correcto que tuviera tanto poder cuando lo único que deseaba era conservar su puesto de trabajo. Además, no quería ahondar más en aquello tan extraño que sentía por Zach Harper.

–Entra en el coche, Kaitlin –le dijo él–. Tenemos que firmar y zanjar este asunto.

En ese momento Kaitlin se fijó en el río de empleados que salía por la puerta principal del edificio. Aunque bajaran las escaleras a toda prisa para escapar de la lluvia, todos les lanzaban miradas curiosas y fugaces. Y eso fue lo que la hizo decidirse. Subir al coche del jefe delante de todo el personal estaba fuera de toda discusión.

—Recógeme en Grove, más allá de la parada de autobús —le dijo, acercándose un poco y bajando la voz.

—No es para tanto, ¿no crees? —le dijo él, poniendo los ojos en blanco un instante.

—Sí que es para tanto —le dijo ella.

—Te vas a calar hasta los huesos —le advirtió él.

—Buenas tardes, señor Harper —le dijo ella, alzando la voz para que todo el mundo la oyera, y entonces siguió de largo.

Tras cruzar la concurrida calle, se secó un poco la cara, sacó el móvil y apretó el botón de marcación rápida mientras corría hacia la marquesina de la parada de autobús.

—¿Kaitlin? —dijo Lindsay desde el otro lado de la línea. Su voz sonaba algo fatigada.

—¿Qué estás haciendo?

—Estoy en la bicicleta.

Kaitlin se imaginó a su amiga, pedaleando furiosamente en la bicicleta estática que tenía en su pequeño ático.

—Voy a llegar tarde a la cena —dijo Kaitlin.

—¿Qué pasa? —preguntó Lindsay.

—Estoy a punto de meterme en un enorme y siniestro coche negro con Zach Harper —mientras se abría paso entre la gente, Kaitlin bajó el tono de voz para sonar misteriosa e intrigante.

—Entonces será mejor que me des la matrícula.

–Te la mandaré en un mensaje –Kaitlin soltó una carcajada.

–¿Por qué vas a subir a su coche?

–Quiere que firme algo.

–Entonces deberías dejarme leerlo antes.

–Lo haré si parece complicado –le prometió a Lindsay–. Dice que es para confirmar su puesto como presidente y director general –añadió, sabiendo que no podía creerse nada de lo que ese hombre le dijera.

–Podría ser un truco –le advirtió Lindsay.

–Ésa es otra de las razones por las que te quiero tanto – le dijo Kaitlin, sonriendo.

–Ahora en serio, Katie. Si ves por algún lado las palabras «irreconciliable» o «absoluto», echa a correr.

–Lo haré –dijo Kaitlin.

El coche negro se acercaba.

–Ups. Ahí está. Tengo que dejarte.

–Llámame cuando hayas terminado. Quiero todos los detalles. Y quiero cenar –Lindsay se quedó sin aire un momento–. Definitivamente quiero cenar.

–Te llamaré –prometió Kaitlin, cerrando el teléfono y guardándoselo en el bolso al tiempo que Zach Harper bajaba del coche.

Él se subió las solapas del abrigo y le hizo señas para que entrara en el vehículo.

Kaitlin se sujetó el abrigo, empapado y chorreante, y subió al coche como pudo.

–Lunática –murmuró él entre dientes.

–Tienes suerte de que no vayamos a tener hijos –le dijo ella por encima de hombro al tiempo que se acomodaba en el asiento.

–Tengo suerte de saber que me libraré de ti –le

dijo él, cerrando la puerta. Rodeó el coche y subió por el lado del conductor.

Kaitlin se secó un poco las manos, se alisó la chaqueta y entonces frunció el ceño. Su bolso se había convertido en una enorme y pesada masa de agua.

–A Green con Stafford, en Yorkville –le dijo al conductor. Al inclinarse adelante se vio de refilón en el espejo retrovisor. Tenía un aspecto horrible.

–Al ático, Henry –dijo Zach, corrigiéndola.

–¿No me vas a acercar a casa? –exclamó ella, anonadada.

No obstante, no sabía muy bien por qué se dejaba sorprender por sus malos modales. Zach Harper era un tipo egoísta y prepotente.

–Henry te llevará a casa más tarde.

Kaitlin levantó una ceja a modo de interrogante.

–Tengo los papeles en el ático.

La joven se dio cuenta de que había mordido el anzuelo. Tener los papeles en el coche hubiera sido demasiado sencillo para un hombre como él. Resignada, se puso el bolso sobre el regazo y desistió de su empeño en arreglarse un poco. Estaba hecha un desastre, y no había nada que hacer.

–No te preocupes por mí –le dijo–. No es que tenga vida propia –añadió en un tono afilado.

Henry se incorporó al río de coches que iba en dirección a Liberty con Hildon. Zach la miraba de reojo, con escepticismo.

–Basta con un garabato y estarás fuera de este lío.

Ella sacudió la cabeza con decisión. Por mucho que quisiera romper los lazos maritales, no podía dejarle salirse con la suya así como así. Si lo hacía, él la echaría a la calle en un abrir y cerrar de ojos.

Zach se recostó en el cómodo asiento de cuero y se puso de frente a ella.

–¿Y si te prometo que conservarás tu trabajo?

La lluvia caía cada vez con más fuerza sobre el techo solar del vehículo, y los parabrisas apenas quitaban el agua de la luna delantera.

Kaitlin se volvió hacia él y lo miró a los ojos.

–Para eso tendría que confiar en ti.

–Puedes confiar en mí.

Ella soltó una risotada.

–Me arruinaste la vida.

–Te he convertido en una mujer muy rica.

–No quiero ser una mujer rica.

–Lo diré de nuevo. Puedes salir de ésta cuando quieras.

Kaitlin se dedicó a mirar a su alrededor y a examinar el interior del coche, ignorándole por completo.

–¿Hay alguna forma de terminar esta conversación, o vamos a seguir dando vueltas sin llegar a ningún sitio?

Los cláxones de los coches que estaban a los lados pitaron con fuerza al tiempo que Henry giraba a la izquierda. Kaitlin se apartó el pelo húmedo de la cara y trató de resistir la tentación de quitarse los encharcados zapatos y hundir los dedos de los pies en la mullida alfombra del coche.

–Creo que no te va a gustar ser mi socia en los negocios –le advirtió Zach.

–¿Porque tú vas a hacer que sea un infierno? –le dijo ella, mirándolo fijamente.

–Y yo que pensaba que estaba siendo sutil.

***

–Esto tiene cincuenta páginas –de pie, en mitad del salón del ático de Zach, Kaitlin frunció el ceño al examinar el documento.

–Se trata del control de una corporación que vale millones de dólares –le dijo él, haciendo acopio de toda su paciencia, que no era mucha–. Sería un poco difícil resumirlo todo en un folio.

–Tendré que llevárselo a mi abogado –dijo Kaitlin, inclinándose para meterlo en el bolso.

–Léelo antes de decidir –dijo Zach con ironía–. No está en chino –añadió–. Tú y yo tenemos que firmar en la página tres, para autorizar al comité de dirección. Los miembros ya han firmado en la página veinte, ratificándome en mi puesto. El resto es… Bueno, léelo. Ya lo verás.

Ella titubeó un momento y lo observó con ojos de sospecha.

–Muy bien –dijo unos segundos más tarde. Soltó el bolso sobre el sofá y suspiró–. Le echaré un vistazo.

Zach contuvo una mueca de dolor al ver cómo el bolso empapado caía sobre su flamante sofá forrado en cuero blanco.

–¿El abrigo? –le dijo, extendiendo las manos antes de que lo tirara en cualquier parte.

Ella se quitó el chubasquero. Debajo llevaba un ceñido vestido de color negro y burdeos hasta las rodillas. Las mangas eran cortas y el cuello redondo. Los tacones acentuaban sus tobillos estrechos y revelaban unas piernas estilizadas.

–Gracias –dijo ella, entregándole el abrigo.

–Yo… Ah… –señaló en la dirección del pasillo y la cocina, y se escapó antes de que su propio rostro lo delatara.

Una vez en la cocina, encontró una nota de su ama de llaves. Le había dejado ensalada y pollo en la nevera, y también le había dejado una botella de Cabernet sobre la barra. Agarró el sacacorchos de forma automática, respirando hondo, tratando de controlar las emociones que luchaban en su interior. Frustración, deseo… Sin duda Kaitlin era una mujer atractiva. Eso ya lo sabía. Lo había sabido desde el primer momento. Pero había mujeres atractivas por todas partes, así que no tenía por qué obsesionarse con ella. Sacó el corcho.

No. No tenía por qué encapricharse de ella. De hecho, lo mejor que podía hacer era buscarse una cita; eso lo mantendría distraído. Últimamente había trabajado demasiado. Eso era todo.

Una cita con una mujer hermosa cortaría por lo sano aquella estúpida fascinación por Kaitlin Saville. Sacó dos copas del mueble de la cocina. Dylan se había ofrecido a presentarle a la nueva piloto de su avión privado. Decía que era atractiva y atlética. Era fan de los Yankees, pero eso podría soportarlo.

Antes de darse cuenta de lo que había hecho, había llenado dos copas de vino.

—Oh, maldita sea —se detuvo un instante, para recapitular. En realidad el vino no era tan mala idea. Si ella firmaba, podían brindar por ello, o quizá el alcohol la ablandaría un poco…

Se quitó la chaqueta del traje y fue un momento al dormitorio. La guardó en el armario, se quitó la corbata y se miró en el espejo. Se desabrochó los puños de la camisa y se la remangó hasta los codos. Si aquello hubiera sido una cita, se habría afeitado y cambiado de ropa, pero no lo era. Y su apariencia no tenía las más mínima importancia para Kaitlin Saville. Algo más cómodo, regresó a la cocina, agarró las copas y se dirigió al salón. Al llegar junto a la puerta se detuvo un instante. Kaitlin parecía sentirse como en casa. Se había quitado los zapatos y había doblado las piernas hasta apoyarlas bajo los muslos; sus pies descalzos apoyados contra el brazo del sofá. El cabello se le estaba secando, tomando volumen y realzando su tersa piel. Parecía totalmente concentrada. Escudriñaba el documento con toda atención, achicando los ojos y arrugando los labios.

Mientras la observaba, debió de moverse, porque ella se volvió.

–¿Vino? –le ofreció, levantando una de las copas, fingiendo que no la había estado mirando.

–Tienes razón –le dijo ella, soltando los papeles sobre su regazo y estirando un brazo por encima del sofá; un gesto casual, pero muy sensual.

–Nunca creía que te oiría decir eso –le dijo. Hubiera querido sonar más irónico, pero las palabras no salieron de esa manera.

–Lo firmaré –dijo ella, volviendo a la primera página del documento y poniéndolo sobre la mesa.

–¿En serio? –le preguntó Zach, sin poder evitar la sorpresa. Le dio la copa de vino, para disimular.

Ella la aceptó y se encogió de hombros.

–Es justo como tú has dicho.

–Vaya –dijo él, en un tono sarcástico.

–Me ha sorprendido mucho –dijo ella, notando que él se había quitado la chaqueta y la corbata.

Él se sentó al otro lado del sofá.

–Entonces, «salud» –dijo, levantando su propia copa.

Ella se permitió una media sonrisa; una que la hacía más hermosa que nunca. Se inclinó adelante y chocó su copa contra la de él.

Con ese movimiento le ofreció una generosa visión de su escote, tan generosa que Zach tuvo que apartar la vista rápidamente. Ambos bebieron un sorbo de vino.

Y entonces la sonrisa de ella se hizo más grande y un hoyuelo travieso se dibujó en su mejilla derecha.

—¿Un día duro en la oficina, cariño? —le preguntó en un tono bromista.

Zach sintió un hormigueo en su interior al oírla.

—Ya sabes… Lo de siempre —le dijo, siguiéndole la broma.

—¡Qué raro es esto! —dijo ella, cerrando los párpados.

—Sí.

—Es algo muy raro. Quiero decir que, en una escala del uno al… Bueno, es raro. Es raro —hizo una pausa y se puso seria—. No quiero sacar nada de todo esto —le dijo, mirándolo fijamente y con honestidad.

Él levantó las cejas con un gesto de escepticismo.

—Quiero poner las cosas en su sitio —le aseguró.

—¿Es así como lo ves en tu cabeza? —le preguntó el.

—En cuanto me gane un lugar dentro de mi profesión, te dejaré en paz. Yo quiero una carrera, Zach. No quiero quedarme con tu empresa.

No podía negarlo más. La creía. Entendía que quisiera mejorar y realizarse profesionalmente. Sus métodos no eran los más ortodoxos, pero no tenía más remedio que aceptar que se había convertido en un mero instrumento para ella; un obstáculo que salvar para conseguir sus objetivos.

–¿Tienes un bolígrafo? –le preguntó ella, buscando la página de firmas del documento.

–Claro –él se levantó y fue a buscarlo al escritorio.

–Voy a cenar con Lindsay –le dijo Kaitlin–. No quiero llegar tarde.

–Yo tengo una cita –dijo él, mintiendo.

Después llamaría a Dylan y le pediría el teléfono de aquella piloto preciosa.

–¿Me estás engañando? –le preguntó ella de repente.

Aquel comentario lo tomó por sorpresa.

–Sí –contestó, siguiéndole la broma–. Te he estado engañando desde la boda.

–Hombres –dijo ella, fingiendo estar disgustada y cruzando los brazos sobre el pecho.

–¿Qué puedo decir? –Zach se encogió de hombros, disculpando a todos los de su sexo. Volvió junto a ella y le dio el bolígrafo.

–Bueno, yo sí que te he sido fiel –dijo ella, disponiéndose a firmar.

Él esperó a que rematara la broma, pero no ocurrió.

–¿En serio? –le preguntó entonces.

Ella terminó la firma con un florido garabato, pero no contestó.

Sin embargo, Zach no podía dejarlo pasar.

–¿No has estado con nadie desde Las Vegas?

–¿Qué quieres decir con eso? –ella se incorporó, y extendió la mano para devolverle el bolígrafo–. ¿Con quién crees que me acosté en Las Vegas?

Él encajó la réplica con remordimiento.

–No quería decirlo de esa…

–La única persona con la que estuve en Las Vegas

fue contigo, pero no hicimos… –de repente el tono divertido de sus palabras se desvaneció y sus ojos se llenaron de incertidumbre–. Nosotros, eh… No lo hicimos, ¿verdad?

–¿No lo recuerdas? –le preguntó Zach, pensando que aquello se ponía cada vez más interesante.

Él no recordaba muy bien todo lo acontecido aquella noche, pero sí sabía que no habían hecho el amor.

De pronto ella volvió a ser esa chica vulnerable que había mostrado un rato antes.

–Apenas recuerdo la ceremonia –le dijo, sacudiendo la cabeza.

Él se sintió tentado de jugar un poco más con ella, pero no pudo. Esa inocencia indefensa… Le hacía sentir deseos de protegerla.

–No lo hicimos –le aseguró.

Ella ladeó la cabeza.

–¿Estás seguro? ¿Te acuerdas de todo?

Se miraron durante unos segundos.

–De eso me acordaría.

–Entonces no puedes estar seguro.

–¿Eso te preocupa?

–No –dijo ella.

–Porque parece que…

De repente ella agarró el bolso, se lo colgó del hombro y se puso en pie.

–No me preocupa. Si lo hicimos, lo hicimos y ya está.

–No lo hicimos –dijo él, consciente de que no había sido porque no hubiera querido. En realidad le hubiera encantado, le encantaría…

–Porque no estoy embaraza ni nada parecido

—añadió ella, poniéndose sus zapatos sexys y alisándose el ceñido vestido.

Zach no pudo evitar recorrer su exquisito cuerpo con la mirada.

—Kaitlin, creo que tenemos que dejar en Las Vegas lo que pasó en Las Vegas.

—Lo intentamos… Pero no funcionó.

—Échale la culpa a Elvis —dijo él, tratando de no apartar la vista de su cara.

—Eres más gracioso de lo que pareces, ¿sabes? —dijo ella, sonriendo.

Él apretó los dientes para no sucumbir ante aquel dulce comentario. Aquellos labios, sus ojos, su cabello alborotado… Era tan fácil estrecharla entre sus brazos y besarla.

—Gracias por firmar —le dijo en un tono seco.

—Gracias por darme el trabajo.

De pronto Zach recordó los bocetos de sus diseños futuristas. ¿Qué iba a hacer si se empeñaba en seguir con ellos?

—Sabes que ese edificio ha sido de mi familia durante cinco generaciones, ¿no?

—Pero no tiene que tener un aspecto horrible por eso.

—Hay muchas formas de mejorarlo.

«Formas más convencionales, clásicas, funcionales…», pensó para sí, aunque no lo dijera en alto. Se trataba de una empresa de transportes, y no de un museo. Si pudiera convencerla para que retomara los planes de Hugo Rosche… Hugo se había hecho cargo de la renovación después de la cancelación con Hutton Quinn. Le había costado muy caro rescindir el contrato antes de tiempo, pero Hugo se había marchado de forma amistosa gracias a las referencias y clientes que Zach le había proporcionado. Los planes de Hugo le sacaban el mejor partido a la estructura del edificio, y sólo hacían falta seis meses para llevar a cabo el proyecto.

—Y yo voy a encontrar la mejor manera —prometió ella en un tono contundente.

Tanta valentía asustó un poco a Zach.

—Es mi herencia la que está en juego. Lo sabes, ¿no?

Ella vaciló un instante. Algo parecido a una chispa de dolor se cruzó en su mirada, pero no tardó en recuperar la confianza.

—Entonces eres un hombre muy afortunado, Zach Harper, porque voy a hacer que tu herencia sea mucho mejor.

Capítulo Tres

A la semana siguiente, Kaitlin y Lindsay subieron a la azotea del edificio Harper. El sólido cemento repicaba bajo los tacones de Kaitlin.

El edificio parecía encajar perfectamente en el entorno. Sin embargo, décadas de lluvia constante se reflejaban en el cemento, oscurecido por el paso del tiempo. Kaitlin se preguntaba cómo hubiera sido trabajar en el mismo lugar que todos sus antepasados.

Su madre había muerto durante el parto, con sólo diecinueve años de edad, y a su padre nunca lo había conocido. En su partida de nacimiento figuraba como «desconocido». A lo mejor la joven Yvette Saville tenía familiares en alguna parte, pero no los había encontrado nunca. Lo único que Kaitlin tenía era una foto borrosa de su madre y la dirección del hostal donde había vivido durante el embarazo. Si bien la rabia que sentía por Zach iba menguando a medida que pasaban los días, no era capaz de librarse de la envidia que despertaba en su interior cuando pensaba en lo afortunado que era. Él lo había tenido todo. Había nacido en el seno de una familia rica y poderosa que le había dado todo su cariño. Jamás le había faltado de nada y había podido disfrutar de lo mejor que la vida podía ofrecer.

–Explícame por favor por qué no podíamos irnos directamente a Rundall's a comer –le dijo Lindsay de

pronto. Se había quedado un poco atrás con esos tacones tan altos que llevaba.

–¿Lo ves? –Kaitlin se dio la vuelta y fue hacia atrás.
Levantó el brazo y señaló el río Hudson, tan azul e in-
menso–. Si consigo el permiso para añadir tres plantas, la vista será extraordinaria.

–¿Crees que será muy caro? –le preguntó Lindsay,
avanzando con cuidado, apoyándose aquí y allí.

–Muchísimo –dijo Kaitlin, imaginándose los suelos
de mármol y las paredes de cristal.

–Ésa es mi chica –Lindsay esbozó una sonrisa es-
pléndida al llegar junto a Kaitlin, que estaba justo al
borde de la azotea–. Harper ni se dará cuenta. Tiene
más dinero del que su mente puede recordar.

–Eso parece –dijo Kaitlin, recordando su ático lujoso.

–He hecho algunas comprobaciones –dijo Lindsay
en un tono conspiratorio–. ¿Sabías que todo empezó
con los piratas?

–¿Qué empezó con los piratas? –preguntó Kaitlin,
contemplando el bullicio de la calle que se abría a sus
pies.

–La fortuna de la familia Harper –dijo Lindsay–.
Botines y ron. Piratas.

–Estoy segura de que eso es sólo un rumor.

–Claro que es un rumor –señaló Lindsay–. Ocurrió hace trescientos años. Por aquel entonces no
existían las cámaras.

–¿Estás sugiriendo que he heredado dinero sucio?
–Kaitlin esbozó una sonrisa.

–Estoy sugiriendo que el hombre al que estás
chantajeando desciende de ladrones y asesinos.

–¿Y eso te da miedo? –le preguntó Kaitlin. Zach ya
no la asustaba, o por lo menos no de esa manera. To-

davía se estremecía un poco bajo su mirada furiosa y fulminante, pero lo que realmente la inquietaba era ese despertar sexual que se apoderaba de ella cada vez que él pasaba por su lado. Se había convertido en un elemento más de su rutina diaria: los correos, el café, los bocetos, Zach… Y entonces todo dejaba de tener sentido. Un pensamiento único acaparaba su mente y sólo podía pensar en besarlo.

–Por Dios. No –le aseguró Lindsay–. Sólo digo que deberías estar alerta, pues debe de tener la espada escondida.

–Eso es una broma muy mala –Kaitlin sacudió un dedo, a modo de reprimenda.

–¿Te has sonrojado? –Lindsay se acercó un poco más.

–No –dijo Kaitlin, negándolo con un gesto y concentrándose en la barca color gris que en ese momento pasaba por el río.

–Te has ruborizado –Lindsay se inclinó hacia Kaitlin para verle bien la cara–. ¿Qué está pasando aquí? Me estoy perdiendo algo.

–Nada. Apenas le he visto en tres días.

–¿Te estás enamorando de él?

Kaitlin abrió la boca para hablar, pero entonces se detuvo. No quería mentirle a su amiga.

–Admiro sus cualidades en la distancia –dijo–. Igual que media ciudad.

–Hubiera sido un pirata muy apuesto –dijo Lindsay con una sonrisa pícara.

Apuesto. Kaitlin recordó aquel día en el ático; sin corbata, con las mangas recogidas, la barba de medio día… Ésa era la palabra exacta para describirlo. Un pirata apuesto y rompecorazones.

—Prométeme que no se te va a ir la cabeza con todo esto —le dijo Lindsay, mirándola fijamente.

—Mi cabeza está donde tiene que estar y no se va a ir a ninguna parte —le dijo en un tono contundente.

Aparentemente satisfecha, Lindsay se inclinó hacia delante y miró hacia abajo por encima del muro. Un río de taxis, autobuses y camiones discurría sin cesar por la amplia avenida. Tres obreros con cascos estaban levantando una barrera alrededor de una tapa de alcantarilla abierta. Un coche de policía con las luces encendidas se detuvo junto a la acera.

—Bueno, ¿has empezado ya a deshacer la maleta? —preguntó Lindsay.

—No —dijo Kaitlin, observando a los dos policías de uniforme que estaban entrando en el edificio.

Era un alivio dejar el tema de Zach de una vez.

—Voy a aprovechar para limpiar las alfombras y pintar.

—Te mereces un sitio al que puedas llamarle hogar —le dijo su amiga.

Kaitlin sonrió.

—A lo mejor incluso compro esa mecedora tan cómoda.

La había visto muchos meses antes, en el escaparate de una tienda de muebles del barrio. Parecía tan grande y mullida que se había enamorado de ella desde el primer momento.

—¿Tú? —exclamó Lindsay, en un tono escéptico—. ¿Te vas a permitir un gasto frívolo?

Kaitlin asintió con convicción. Durante su etapa universitaria trabajaba a media jornada. Había tenido que apretarse el cinturón hasta extremos insospechados y aún le costaba romper el hábito de austeridad.

–Primero la mecedora –le explicó a Lindsay–. Y después la cafetera de *espresso*.

–Me encanta oírte hablar así.

–Me gusta hablar así –admitió Kaitlin, pero entonces su voz se apagó un poco. Aquel viejo sentimiento de soledad volvía a embargarla–. Puedo hacer que sea un auténtico hogar.

Lindsay la agarró del brazo y le dio un codazo.

–Ya lo has convertido en un hogar.

Kaitlin deseaba creerlo con todas sus fuerzas, pero aún no estaba convencida. Además, ¿cómo iba a saberlo con certeza? A lo largo de su infancia había pasado mucho tiempo en centros de menores. Los trabajadores eran bastante amables, pero iban y venían, cambiaban de trabajo, eran reemplazados… Lindsay le dio un abrazo al ver la expresión de su rostro.

–¿Vamos a comer?

–Claro –dijo Kaitlin.

Miró a su alrededor por última vez y siguió a Lindsay hacia el interior del edificio. Cerraron con llave el acceso a la azotea y tomaron el ascensor rumbo a la tercera planta, lugar donde estaba el diminuto despacho de Kaitlin.

–Ahí estás.

Zach estaba dentro del despacho, y su voz sonaba casi como una acusación.

–¿Qué estás haciendo aquí? –Kaitlin se puso en guardia. Miró a su alrededor con ojos de sospecha y comprobó el escritorio, el ordenador, la estantería de libros… Su ordenador tenía contraseña y los bocetos del proyecto estaban bien guardados bajo llave.

–Tengo algo que enseñarte –dijo él. Estaba de pie detrás de la mesa de dibujo.

Desenrolló unos bocetos dibujados en azul y los extendió sobre la superficie.

Lindsay se quedó junto a la puerta, pero Kaitlin avanzó unos pasos para ver mejor.

—No son míos.

—Son de Hugo Rosche —dijo Zach.

—¿Qué tiene de diferente ahora? —le preguntó, hojeando los bocetos y advirtiendo las diferencias. Algunas paredes habían cambiado de sitio, la recepción era más grande y había nuevas ventanas para la primera planta.

—También pintaríamos, cambiaríamos toda la moqueta y contrataríamos a un decorador —dijo él.

—¿Esto es una broma? —ella levantó la vista y lo miró fijamente.

Él frunció el ceño.

—Porque si lo es... ¡Ja, ja! —Kaitlin soltó las páginas del boceto.

Él pareció ofenderse.

—No es una broma.

—¿De verdad me estás sugiriendo que use estos diseños?

—No tenemos por qué hacer cambios drásticos para mejorar el edificio.

—No soy decoradora, Zach. Soy arquitecta.

—Que seas arquitecta no quiere decir que tengas que echarlo todo abajo porque sí.

Ella se volvió y se apoyó en el escritorio. Cruzó los brazos y lo miró de frente.

—¿De verdad creías que iba a aceptar algo así?

—Creía que por lo menos lo tendrías en cuenta —le dijo él, levantando la barbilla con altanería.

—Acabo de hacerlo. Y no me gusta.

–Gracias por tener una mente tan abierta.

–Gracias por tenderme una trampa.

–Pagué mucho dinero por estos diseños –agarró los planos y empezó a enrollarlos de nuevo–. Y pagué mucho por los tuyos –añadió, alzando la voz–. Pero ahora tengo que pagar de nuevo por el mismo trabajo.

Lindsay se inclinó hacia delante y entró del todo en el despacho.

–¿Prefieres echar a Kaitlin y vernos en los tribunales?

Zach la fulminó con la mirada y después volvió su atención hacia Kaitlin.

–Pensé que podrías usarlos como punto de partida.

–Muy bien –dijo ella, encogiéndose de hombros.

–¿Lo harás? –él se detuvo y abrió los párpados, desconcertado y lleno de sospecha.

–Como son prácticamente idénticos al diseño original del edificio, ya los he usado como punto de partida.

Lindsay soltó una carcajada de sorpresa.

Furioso, Zach sujetó los planos con una banda elástica y se dispuso a salir. Kaitlin se apartó de su camino sin dilación.

–Es mi Plan C –le dijo Zach a Dylan.

Era domingo por la tarde. Ambos hombres se abrían camino a través de una concurrida glorieta rumbo a un lujoso hotel. Ese día jugaban los Mets.

Dylan contó con los dedos.

–El Plan A era ofrecerle dinero. El Plan B era convencerla para que aceptara los diseños de Hugo Rosche. Sabía que eso no iba a funcionar, por cierto –dijo

Dylan, esquivando una papelera–. ¿El Plan C será buscarle un nuevo trabajo?

–Ella misma lo dijo –explicó Zach–. Su objetivo a largo plazo es tener un buen trabajo. Quiere recuperar su carrera como arquitecta. Y no puedo culparla por eso. La cosa es que no tiene por qué ser en mi edificio. Podría hacerlo con cualquier otro.

–Pero ella quiere quedarse en Nueva York –añadió Dylan.

–Nueva York es una ciudad muy grande. Hay muchísimos edificios que reformar.

–Así que la invitaste a venir al partido porque…

Eso formaba parte del plan de Zach.

–El día que la vi en su apartamento llevaba una camiseta de los Mets. Parece que es fan del equipo.

–Y probablemente nunca haya visto un partido desde una suite del Sterling –dijo Dylan.

–Apuesto a que no –dijo Zach, deteniéndose junto a la escaleras mecánicas y buscando a Kaitlin y a Lindsay con la mirada–. Suele funcionar bastante bien con los ejecutivos. Además, mi proyecto es algo temporal. Si consigo encontrarle un buen puesto en una buena empresa, entonces tendrá algo permanente.

–Y para poder aceptar tu oferta, tendrá que dejar el proyecto.

–Exacto –dijo Zach, sonriendo, maravillado con su genialidad.

Dylan, por el contrario, mantenía una expresión de reserva y escepticismo.

–Buena suerte con eso.

–Ahí está –dijo Zach en voz alta, advirtiendo a su amigo con una mirada.

El plan era perfecto, pero requería de una sutileza especial. A la semana siguiente haría algunas llamadas, hablaría con unos cuantos socios y le conseguiría algunas ofertas de trabajo.

Kaitlin se abrió camino por las escaleras mecánicas y fue hacia ellos.

Con solo verla, Zach se sintió mejor que antes.

«Maldita sea», se dijo a sí mismo. Tenía que dejar de alimentar esos pensamientos.

Lindsay, su amiga, iba un paso por detrás. Ambas se detuvieron frente a ellos.

—Dylan —dijo Zach, tratando de no mirarla mucho—. Te presento a Kaitlin Saville y a Lindsay Rubin.

—La preciosa novia —dijo Dylan en tono bromista.

Zach se puso tenso de inmediato.

—Y el pirata —añadió Lindsay con una carcajada disimulada, interponiéndose entre Kaitlin y Dylan y estrechándole la mano.

—Zach es el pirata —le dijo Dylan, esbozando una sonrisa ensayada.

—Sé algunas cosas acerca de la familia de Zach —dijo Lindsay—. Y también acerca de la tuya.

—¿Nos vamos? —Zach señaló el ascensor. No quería que una discusión le aguara la fiesta. Además, el partido estaba a punto de empezar.

Kaitlin fue la primera en echar a andar.

—¿Un pirata? —le preguntó en un tono bromista, caminando a su lado.

—Eso tengo entendido —dijo Zach.

—Bueno, eso explica muchas cosas.

Antes de que Zach pudiera replicar, Lindsay los interrumpió desde detrás.

–Parece que Caldwell Gilby sangró a los españoles todo lo que pudo. Les robó oro, munición y ron.

Zach podía imaginarse la cara de Dylan en ese momento, aunque no pudiera verla. Las chispas ya empezaban a saltar por todas partes.

–Uno no se puede fiar de todo lo que lee en Internet –dijo Dylan en un tono seco.

–¿Esto va a terminar mal? –preguntó Kaitlin, acercándose a Zach y hablando en un susurro.

–Depende –contestó él.

–Lo leí en la Enciclopedia Histórica de Oxford, en la biblioteca de Nueva York –dijo Lindsay, sin darse por vencida.

–Podría terminar muy mal –dijo Zach.

Hacía mucho tiempo que él había aceptado el turbulento origen de su familia, pero Dylan, por el contrario, siempre se empeñaba en decir que sus ancestros habían luchado con valentía contra el pirata Lyndall Harper. Las puertas del ascensor se abrieron y todos subieron en él.

–Caldwell contaba con la autorización del rey Jorge. Hay cartas oficiales que así lo prueban –dijo Dylan, volviéndose hacia el panel de botones del ascensor.

–Cartas que fueron falsificadas en 1804 –le respondió Lindsay sin pestañear.

–¿Has visto los originales? –le preguntó Dylan–. Porque yo sí.

–Yo apuesto por Lindsay –Kaitlin sonrió, mirando a Zach por debajo de la visera de la gorra que llevaba puesta.

Zach la miró a la cara, fijándose en su rostro fresco, en sus labios color fresa, sus copiosas pestañas, el sutil aroma a coco que la acompañaba siempre… De repente se la imaginó en bikini con una diadema de flores en la cabeza, tumbada en una playa tropical.

–¿Y tú? –le preguntó ella, interrumpiendo sus pensamientos.

–¿Qué? –Zach volvió a la realidad, desconcertado.

–Diez dólares a que gana Lindsay –le ofreció la mano para sellar la apuesta.

Él tomó su pequeña y suave mano y la sacudió con sutileza. El contacto con su piel reverberaba en cada célula de su propio cuerpo.

–Acepto la apuesta –dijo.

El ascensor se detuvo y todos salieron al pasillo enmoquetado del lujoso hotel. Los Harper y los Gilby llevaban años reservando la misma suite para los eventos corporativos. Sin embargo, también la usaban para ver los partidos de los Mets. El padre de Dylan era el que más usaba la suite de habitaciones, pero aquel derroche de lujo siempre les había resultado muy efectivo a la hora de atraer y convencer a los clientes más jugosos y difíciles.

–¡Vaya! –Kaitlin no pudo evitar la exclamación al entrar en la suite.

En aquel lugar cabían veinte personas. Un camarero les estaba sirviendo unos aperitivos sobre la barra, sobre la que también había un cubo con hielo lleno de botellines de cerveza de importación y dos botellas del mejor vino.

–Mira esto –igual que un niño con un juguete nuevo, Kaitlin fue hacia las puertas de cristal que daban acceso al balcón y salió al exterior. Fuera había dos hileras de asientos.

Deseando escapar del acalorado debate de Dylan y Lindsay, Zach fue detrás de ella.

–Entonces así es como vive la otra mitad –dijo ella, apoyándose en la barandilla del balcón y contemplando las abarrotadas gradas del estadio. Un murmullo de incertidumbre y emoción llegaba hasta ellos con cada ráfaga de viento.

–Es bastante efectivo para entretener a los clientes –Zach oyó un ligero tono de disculpa en su propia voz, y entonces se dio cuenta de que sentía la necesidad de justificarse ante ella.

–En el estadio, solíamos sentarnos ahí –dijo ella, señalando los asientos azules situados en la zona más económica.

–¿Cuando eras una niña?

–Cuando estábamos en la universidad –dijo ella en un tono nostálgico–. Vi mi primer partido en directo cuando estaba en el último curso.

–¿Entonces te hiciste fan más tarde? –él se volvió y contempló su perfil.

¿Qué había suscitado esa repentina tristeza en ella?

–Cuando era una niña veía todos los que podía por televisión –de pronto le dio la espalda al estadio y su tono de voz volvió a ser normal–. ¿Hay cerveza?

–¿No viste ningún partido en directo cuando eras niña? –le preguntó él, insistiendo.

–No había mucho dinero cuando yo era niña –le dijo ella, en un tono ligeramente cortante.

Él abrió la boca para preguntar más, pero entonces la multitud de fans comenzó a gritar.

Los jugadores estaban saliendo al campo.

Kaitlin aplaudió.

–Siéntate –le dijo él un momento después, tocando una de las sillas de la primera fila–. Te traeré una cerveza –dio media vuelta y fue hacia la puerta de cristal. Antes de entrar se volvió un instante–. ¿Quieres patatas o algo?

–¿Un perrito caliente? –preguntó ella.

Él no pudo evitar sonreír al oír aquella petición tan sencilla.

–Un perrito caliente. Marchando.

Unos segundos después volvió junto a ella. El partido ya había comenzado.

Entre bocado y bocado, Kaitlin animaba al equipo y gruñía con pasión cuando el resultado les era desfavorable. Zach, por el contrario, estaba más pendiente de ella que de los jugadores.

Cuando se terminó el perrito, se chupó el dedo índice para eliminar una mancha de mostaza; un simple gesto inconsciente, pero muy sensual. No podía dejar de mirarla.

–Estaba delicioso –dijo ella, sonriendo–. Gracias.

Zach trató de recordar la última vez que había salido con una mujer que apreciara el sencillo placer de comerse un perrito caliente. ¿Langosta?, quizá… ¿Caviar?, desde luego… ¿Un perrito caliente? Desde luego que no. A las chicas con las que él salía lo único que les importaba era que fuera caro y exquisito. De repente recordó que Kaitlin era dueña de la mitad de su fortuna. Aquello no era una cita.

–Bueno… –ella se acomodó en el asiento, cruzó las piernas y se ajustó la gorra, como si acabara de recordar las mismas cosas que él–. ¿Por qué me has invitado a venir aquí?

–¿Qué quieres decir? –le dijo él, fingiendo inocencia.

–La suite. El partido de béisbol. Cerveza de importación. ¿Qué ocurre?

–Trabajamos juntos.

–Y…

–Y he pensado que deberíamos conocernos un poco mejor.

–No voy a firmar los papeles del divorcio –le advirtió ella.

–¿Acaso te lo he pedido?

–Y tampoco voy a cambiar los diseños de la renovación.

–Por lo menos podrías dejarme echarle un vistazo.

–Ni hablar –dijo ella con rotundidad.

–Muy bien. Entonces hablemos de ti –dijo Zach en un falso tono de indiferencia.

–¿Qué pasa conmigo? –Kaitlin se puso en guardia.

–¿Qué planes tienes? Quiero decir, a largo plazo. No sólo con este proyecto.

–Eso no es ningún secreto –le dijo, con la vista fija en el partido–. Quiero tener una carrera exitosa en el mundo de la arquitectura. En Nueva York.

–Me gustaría ayudarte –dijo él, bebiendo un sorbo de cerveza y concentrándose en lo que se traía entre manos.

–Ya me estás ayudando. Con reticencia… Ambos lo sabemos. Pero me estás ayudando.

–Quería decir que, independientemente de la reforma del edificio Harper, puedo ayudar de otras maneras. Conozco a mucha gente. Tengo contactos.

–Por supuesto –dijo ella, sin desviar la vista de los jugadores.

–Déjame usarlos –le dijo él.

–¿Usar tus contactos? ¿Para ayudarme? –le preguntó ella con escepticismo.

–Sí –le dijo él, asintiendo con la cabeza.

Ella pensó en ello unos segundos. El *pitcher* calentaba y se preparaba para tirar.

–He leído que vas a asistir a la cena de la Cámara de Comercio el próximo viernes –se atrevió a decirle finalmente, volviéndose hacia él.

–El resurgimiento del comercio global en el norte de Europa. Ese es el tema –le dijo él, confirmándolo.

Siempre había preferido permanecer en la sombra en ese tipo de eventos, pero esa vez le habían pedido que diera un discurso. Además, dejarse ver de vez en cuando era bueno para el negocio.

–¿Vas a ir con alguien? –le preguntó ella, volviendo la mirada al campo nuevamente.

–¿Quieres decir si tengo una cita?

–Es una cena. Supongo que será un acontecimiento social. Imagino que será lógico ir acompañado.

–Sí. Es lógico. Pero no. No voy con nadie.

–¿Me llevarás?

–¿Me estás pidiendo una cita? –le preguntó, mirándola con gesto perplejo. Una ola de emoción inesperada lo sacudía por dentro.

Ella puso los ojos en blanco y se ajustó la gorra.

–Te estoy pidiendo que me lleves, Zach, no que bailes conmigo. Dijiste que querías ayudar. Y habrá gente allí que me conviene conocer.

–Sí –dijo él, moviéndose en el asiento, intentando convencerse de que no estaba decepcionado.

–Y, antes del viernes, si no te importa, te agradecería que les dijeras a unos cuantos que me has vuelto a contratar. Ya sabes, gente influyente. Sería muy bueno para mí que se supiera.

Zach se dio cuenta de que no tenía derecho a sentirse decepcionado. Para ella sólo se trataba de negocios, así que también tenía que ser un negocio para él. Presentarla en esos ámbitos encajaba muy bien con el Plan C. Ella tenía razón. Habría mucha gente influyente allí; montones de ejecutivos de primera, muchos de ellos vinculados al mundo de la arquitectura. Con un poco de suerte, igual llegaba a encontrar trabajo esa misma noche.

—De acuerdo. No hay problema.

—Me ofreciste tu ayuda —señaló ella.

—He dicho que sí.

—¿Estás molesto?

—Me estás chantajeando —le recordó él.

—Todos los matrimonios tienen problemas —dijo ella con una sonrisa pícara.

En ese momento el *pitcher* de los Mets hizo un tiro fantástico y Kaitlin dio un salto en el asiento, aplaudiendo y gritando. Zach la observó en silencio y trató de enojarse en serio, pero justo en ese instante, ella levantó un brazo y la camiseta que llevaba puesta se le subió un poco, descubriendo su suave cintura.

Él bajó la vista y sacudió la cabeza lentamente.

Era imposible sentir enojo hacia su recién descubierta esposa.

La cena de la Cámara de Comercio fue un sueño hecho realidad para Kaitlin. Conoció a gente agradable y profesional, y salió de allí con la sensación de haber conocido a la flor y nata del mundo de los negocios de Nueva York. Zach había cumplido su promesa.

Ya era casi medianoche cuando finalmente subieron a su enorme yate para regresar a Manhattan. Al igual que la suite del Sterling, el barco demostraba que a Zach le gustaba tener lo mejor y que además podía permitírselo. Lindsay tenía razón. Podía gastarse lo que quisiera en la reforma del edificio Harper sin apenas darse cuenta.

–Es un paseo muy agradable –dijo ella una vez más, sentándose en un cómodo butacón.

El área de descanso estaba situada en una plataforma de madera, junto a un jacuzzi que estaba en la popa del barco. La zona estaba protegida por una mampara de cristal, pero eso no impedía disfrutar de unas vistas maravillosas. Zach se sentó a su derecha, de cara a la popa.

El capitán encendió los motores y muy pronto el barco comenzó a deslizarse como si nada hacia el exterior de la bahía.

–Es más lento que un helicóptero –dijo Zach–. Pero de noche me gusta más.

Kaitlin miró hacia arriba y contempló el rutilante cielo nocturno. La luna estaba en cuarto creciente y unas cuantas estrellas se hacían visibles más allá del resplandor de la ciudad.

–¿Tienes un helicóptero?

–Dylan tiene los helicópteros. Mi empresa sólo tiene barcos.

–Háblame de los piratas –le dijo ella de repente, recordando la acalorada discusión entre Dylan y Lindsay–. Nunca había conocido a nadie con unos ancestros tan pintorescos.

–¿Quieres algo de beber o de comer?

Ella sacudió la cabeza, se quitó los zapatos y dobló las rodillas por debajo de los muslos.

–Si me tomo otra copa de champán, empezaré a cantar como en un karaoke.

–Entonces que sea champán –él se incorporó con una sonrisa pícara en los labios.

–Mejor que no te atrevas –le advirtió ella, moviendo un dedo–. Créeme. No querrás oírme cantar.

Él volvió a sentarse, se aflojó la corbata y se pasó la palma de la mano por el cabello. Con la brisa nocturna agitándole el cabello y ojeras de cansancio alrededor de sus oscuros ojos, tenía un aspecto desarreglado que resultaba arrebatadoramente sexy.

–Volviendo a lo de los piratas –dijo ella, haciendo un esfuerzo por contener ese brote de deseo–. ¿Es cierto?

–Depende de lo que hayas oído –dijo él, encogiéndose de hombros.

–He oído que desciendes de un pirata, un enemigo declarado de un ancestro de Dylan, y también sé que ambos hicieron un pacto hace más de trescientos años en lo que ahora es Serenity Island. He oído que el origen de tu fortuna es un tesoro robado –añadió, sintiendo un poco de envidia sana.

–Bueno, es cierto –dijo Zach–. Por lo menos hasta donde sabemos.

–Eso me pareció –Kaitlin se rió, recordando la discusión durante el partido de béisbol.

–Dylan se empeña en fingir que su familia era honrada. Supongo que tiene más escrúpulos que yo –dijo él, quitándose la corbata.

–¿Tú no tienes? –preguntó ella, sin poder resistirse.

–Eso dirían algunos.

–¿Y tendrían razón?

–No voy a contestarte a eso –la miró fijamente.

–¿Estás intentando confundirme? –le preguntó ella, sin saber si bromeaba o no.

–No estás precisamente de mi lado.

–Yo pensaba que habíamos hecho un trato.

–Estoy intentando tranquilizarte un poco –le dijo él. Su oscura mirada y el tono de su voz eran suaves, pero sus palabras recomendaban precaución.

–Y yo estoy tratando de construir una obra maestra para ti –dijo ella en un tono bromista.

Él suspiró y pareció relajarse un poco.

–Estás tratando de construir una obra maestra para ti misma.

–Ahí te doy la razón –dijo ella.

–Entonces, ¿quién tiene menos escrúpulos aquí?

–Yo tengo escrúpulos, pero intento ser práctica.

–¿Qué has decidido entonces? –le preguntó él de pronto.

–¿Sobre qué? –preguntó Kaitlin, desconcertada.

–Mi edificio. Llevas dos semanas trabajando en ello. Dime qué tienes en mente.

Enseguida Kaitlin vio adónde quería llegar. Por eso se había afeitado tan bien esa mañana. Le había tendido una trampa para sonsacarle información. Se puso en pie y retrocedió hacia la barandilla de la borda. La cubierta de madera estaba fría y lisa bajo sus pies descalzos.

–Oh, no. No voy a empezar con eso.

–Necesitarás que te dé algunas indicaciones en algún momento. Bien podría ser… –él se levantó también.

–Aha –dijo ella.

La brisa le agitaba la falda del vestido contra las piernas y le deshacía el recogido. Varios mechones de pelo batían en el viento.

–Nada de comentarios. Es mi proyecto.

–Pero yo tendré que darle el visto bueno al diseño final.

Las olas se hicieron más grandes y Kaitlin se agarró con fuerza de la barandilla.

–¿Qué parte es la que no entiendes? Me diste carta blanca.

–La parte en la que firmo el cheque –Zach dio unos pasos adelante.

–Ambos firmamos el cheque.

Él se acercó aún más. Toda pretensión de afabilidad se había desvanecido y ya sólo quedaba el frío hombre de negocios, intimidante y prepotente.

–Muy bien. Y ojalá que *ambos* quedemos satisfechos tanto con el diseño como con los honorarios.

–No hay límite de presupuesto en este proyecto.

Él se detuvo de golpe y puso una mano sobre la barandilla, dejándola sin escapatoria.

–No voy a dejar que arruines esta empresa.

–Como si yo pudiera hacer tal cosa. Llevar a la ruina a Harper Transportation. Creo que me sobreestimas –dijo Kaitlin, intentando mantenerse impasible ante su cercanía.

El barco se elevó sobre una ola y Zach perdió un poco el equilibrio, acercándose más a ella.

–¿Quieres ver los libros de cuentas?

–Quiero ver un nuevo *skyline* en Manhattan.

–Esa forma de hablar es lo que me asusta, Kaitlin –le dijo, mirándola con una intensidad difícil de soportar.

El corazón de la joven se aceleró. Él la miraba con una expresión decidida y contundente. Y sus labios llenos e implacables estaban demasiado cerca.

Demasiado cerca.

Un fino sudor empapó las sienes de Kaitlin, y también su escote, su espalda... Él estaba a unos centímetros de distancia. Podía agarrarla en cualquier momento, besarla, devorarla… Tragó con dificultad. El deseo de arrojarse a sus brazos era tan intenso que hablar sobre los planes de renovación no era más que un mal menor.

–Tenía intención de dar algo más de luz –le dijo. Su voz sonaba sexy y ronca, pero no podía evitarlo–. Más cristal. Un vestíbulo más amplio y elevado. Despachos más grandes.

De repente le sintió cada vez más cerca. ¿Acaso se había movido o era sólo producto de su imaginación?

–Si son más grandes entonces habrá menos despachos.

Ella le dio la razón.

–¿Sabes lo que cuesta el espacio en mitad de Manhattan? –dijo él, pero su advertencia pareció más bien una caricia.

–¿Sabes lo que vale la posibilidad de impresionar a tus futuros clientes? –le contestó ella, aferrándose a la última pizca de coherencia que le quedaba.

De repente Zach la notó más cerca. ¿Acaso se había aproximado un poco más?

–¿Crees que a los fabricantes de piezas de tractores y de electrodomésticos les importa el aspecto de mi vestíbulo? –le preguntó.

Kaitlin sintió el roce de su aliento sobre los labios.

–Sí.

Se miraron en silencio durante unos segundos, inspirando y espirando, muy lentamente. El rugido del motor del barco llenaba el espacio a su alrededor. De pronto algo peligroso brilló en los ojos de Zach y Kaitlin sintió una reacción instantánea. Una ola de calor recorría cada rincón de su cuerpo, despertando un hormigueo que se propagaba por todo su ser.

–La gente que fabrica piezas para tractores también tiene entradas para el Lincoln Center. Sí que les importa tu vestíbulo.

–Es un edificio. No una obra de arte.

El yate batió contra las olas y la mano de él rozó la de ella.

–Puede ser las dos cosas –dijo ella, sofocando un gemido.

–¿Kaitlin? –le dijo él de repente. Sus ojos relampagueaban de deseo.

Entreabrió los labios y se acercó aún más.

El barco volvió a remontar el oleaje rebelde y Kaitlin tuvo que aferrarse a la barandilla. Él estaba prácticamente encima de ella.

Las Vegas… Allí la había besado. ¿Cómo lo había dudado alguna vez?

Elvis los declaró marido y mujer y entonces Zach la estrechó entre sus brazos y le dio un beso apasionado e interminable; tanto así, que no se separaron hasta oír las ovaciones de los invitados. De hecho, era un milagro que no hubieran pasado la noche juntos.

¿Pero por qué no lo habían hecho? Kaitlin recordaba haber subido al ascensor con un par de compañeras de trabajo, y después había entrado en la habitación del hotel a duras penas. Se había desplomado en la enorme cama de matrimonio, completamente vestida, pero… Ni rastro de Zach.

Sin embargo, las cosas eran muy distintas en ese momento.

Él estaba allí. Y estaban solos. Y ella lo recordaba todo. No quería hacerlo, pero no podía evitarlo. Recordaba el tacto de sus labios, la fuerza de sus brazos, el sabor de su boca, el cosquilleo abrasador que le recorría la piel. Y quería sentirlo todo de nuevo. Lo deseaba desesperadamente. Por fin, no fue capaz de resistir la tentación y se inclinó un poco más hacia él.

Zach tomó sus labios bruscamente. La agarró de la espalda y la apretó contra su propio cuerpo, besándola con frenesí. Ella se pegó a él todo lo que pudo. Le rodeó el cuello con ambos brazos y entreabrió los labios. Zach murmuraba su nombre y recorría su espalda con la palma de la mano. De pronto su lengua caliente la invadió, arrancándole un gemido desde lo más profundo de su ser.

Él cambió de postura y se puso de espaldas a la barandilla de borda. Con la mano que tenía libre le acariciaba la mejilla y le tocaba el cabello, el cuello, los hombros… Le bajó un tirante del vestido y comenzó a besarla en el hombro, dejando un rastro de fuego sobre su piel sensible.

Los besos, la pasión… Le arrebataban el aliento. Kaitlin enredó los dedos en el cabello de Zach y se apretó aún más contra él, entreabriendo los muslos y dejando que él metiera una pierna entre ellos. Un momento después la mano de él estaba sobre su pecho, tocándola y acariciándola mientras la devoraba a besos. El barco volvió a menearse y ambos perdieron el equilibrio, pero Zach fue rápido y pudo agarrarla a tiempo. Kaitlin podía sentir su aliento sobre la oreja.

–¿Estás bien? –le preguntó él.

–Yo… –dijo ella, sin aliento, confundida.

¿Qué estaba haciendo? Habían pasado de los planes de reforma a los besos en un abrir y cerrar de ojos.

Él la sujetaba con fuerza, pero los dos guardaban silencio, respirando con dificultad.

–¿Estás pensando lo mismo que yo? –le preguntó él finalmente, acariciándole el cabello.

–¿Que nos hemos vuelto completamente locos?

–Eso se acerca bastante –dijo él, soltando una carcajada.

–No podemos hacer esto.

–¿En serio?

–Tienes que soltarme.

–Lo sé –dijo, pero no se movió ni un milímetro.

–Te estoy chantajeando, y tú tratas de ganarme la partida en todo momento. Además, nos vamos a divorciar.

–Siempre y cuando los dos lo tengamos claro –dijo él.

Kaitlin sintió mariposas en el estómago, pero decidió ignorarlas. No podía dejarse llevar por la atracción que sentía por Zach Harper y, desde luego, no podía permitirse el lujo de besarlo, o algo peor. Eran enemigos. Y ésa era la última oportunidad que tenía para recuperar su carrera y su vida. El deseo sexual no tenía nada que ver con todo aquello.

–Tienes que soltarme, Zach.

Capítulo Cuatro

Después de una larga noche en vela y un paseo en coche por la costa de Long Island en compañía de Lindsay, Kaitlin observó a su amiga mientras ésta rebuscaba en una bandeja llena de viejas monedas de plata. Estaban en una pequeña tienda de antigüedades situada en el paseo marítimo.

–Nunca creí que diría esto –Lindsay escogió una y leyó lo que estaba escrito en la tarjeta–. Pero, como tu abogada, te recomiendo que no te acuestes con tu marido.

–No me estoy acostando con mi marido –le recordó Kaitlin.

Dos mujeres que estaban contemplando un cuadro le lanzaron una mirada curiosa. Un momento después sonreían con disimulo.

–De acuerdo. Es que suena estúpido cuando lo digo en alto –susurró Kaitlin, acercándose más a Lindsay.

–Está jugando contigo –dijo Lindsay, soltando la primera moneda y agarrando otra. Le dio la vuelta y leyó la descripción.

–Estábamos comparando el arte con la arquitectura –dijo Kaitlin, recordando los primeros minutos del viaje de regreso en el barco–. Él quería ver mis diseños.

–Aha. Lo tengo todo a mi favor en este caso –Lindsay se detuvo frente a una caja de cristal en la que se exhibían monedas de oro–. Esto es lo que estaba buscando.

–¿Qué caso? –preguntó Kaitlin.

Lindsay gesticuló con la mano, restándole importancia. Toda su atención era para las monedas en ese momento.

–El caso contra Zach –dijo y después tocó el cristal de la urna con el dedo índice, señalando una moneda en concreto–. Me gustaría ver ésa –le dijo a un empleado.

–No te entiendo –dijo Kaitlin.

–La moneda es del *Blue Glacier*.

–Sí, lo es –le confirmó el empleado de la tienda con una sonrisa entusiasta, abriendo la urna y sacando la moneda de oro en su cajita de plástico.

–Me dijiste que el caso estaba a tu favor o algo así.

Lindsay examinó la moneda, la puso contra la luz, la volvió del revés y volvió a ponerla derecha.

–Estabas discutiendo con Zach acerca del arte y la arquitectura. ¿De qué lado estabas, por cierto?

–Zach teme que mi plan de renovación sea poco práctico –le explicó Kaitlin–. Yo le dije que en la arquitectura la belleza no está reñida con la funcionalidad, pero para él la prioridad es esto último.

–Eso es fácil de ver con sólo mirar el edificio –Lindsay dejó el bolso y metió la moneda debajo de una enorme lupa que estaba sobre un mostrador.

–¿Por qué estás tan interesada en las monedas de repente? –preguntó Kaitlin, viendo todas las molestias que se estaba tomando su amiga para examinar la pieza.

–Estabais discutiendo –dijo Lindsay, ignorando la

pregunta–. Supongo que estabas ganando tú, porque aparte de tener todas las bazas de tu lado, tenías razón –se puso erguida–. Y entonces, de pronto, él te besa.

El empleado miró a Kaitlin con un interés evidente.

Lindsay, por su parte, la miró con complicidad.

–¿No crees que existe una posibilidad remota de que haya sido una maniobra de distracción? ¿No crees, quizá, que tu esposo esté tan desesperado por recuperar el control como para tratar de manipularte emocionalmente?

Kaitlin parpadeó.

–Ya sabes –dijo Lindsay, continuando–. Si te delatas y le dejas ver que te gusta…

–Nunca le he dicho que me gusta.

–Hay otras formas de delatarse a uno mismo sin tener que decir las palabras. Además, sí que te gusta.

El empleado miraba a una y después a la otra, escuchando la conversación con curiosidad.

De pronto, Kaitlin se dio cuenta de que se había delatado a sí misma, en muchas ocasiones. Aquel día, en el barco, seguramente lo llevaba escrito en la frente.

¿Pero qué pasaba con él? ¿No había sentido nada? ¿Podía ser tan buen actor? ¿Había aprovechado la oportunidad y nada más? De repente sintió el embiste de la humillación. Lindsay tenía razón.

–Maldita sea –masculló entre dientes–. Él estaba fingiendo.

Lindsay le dio una palmadita en el brazo para mostrarle solidaridad.

–Eso me parecía a mí.

Kaitlin cerró los ojos y los apretó con fuerza.

–Me llevo ésta –le dijo Lindsay al empleado y entonces rodeó a Kaitlin con el brazo–. En serio, Katie. Odio tener que decir esto, pero, ¿qué probabilidades hay de que se enamore de ti?

Lindsay tenía razón; tanta, tanta razón. Se había dejado llevar por un engatusador profesional. Él no la deseaba en absoluto. Sólo quería sus diseños, para después tirarlos al suelo y pisotearlos como si no valieran nada.

¿Cómo había sido tan ingenua?

Apretó la mandíbula y respiró hondo.

–Tienes razón –dijo, abriendo los ojos.

–Lo siento.

–No te preocupes. Estoy bien –suspiró, y entonces vio la etiqueta del precio de la moneda–. ¿Te has dado cuenta de que eso cuesta dos mil dólares?

–Es una ganga –dijo el empleado, apretando teclas de la caja registradora.

Lindsay, por el contrario, no se dejó distraer tan fácilmente.

–Creo que está atrapado, y está aterrorizado. Y seguramente piense que serás más manipulable si te enamoras de él.

–¿Desde cuándo te interesan tanto las monedas antiguas? –repitió Kaitlin, que no quería darse por vencida.

–No me interesan las monedas antiguas. Me interesan los piratas.

–¿Te estás enamorando de Dylan Gilby? –la mirada de Kaitlin se iluminó con picardía.

–Qué tontería. Me estoy enamorando de Caldwell Gilby. Le voy a demostrar a ese engreído de Dylan Caldwell que toda la fortuna de su familia proviene de los sucios botines de su antepasado corrupto.

–El *Blue Glacier* fue hundido por piratas –dijo el empleado de la tienda al tiempo que aceptaba la tarjeta de crédito de Lindsay para cobrar el artículo.

–Fue hundido por el *Black Fern* –dijo Lindsay, con autoridad y contundencia–. Capitaneado por el viejo Caldwell Gilby.

El empleado metió la moneda con sumo cuidado en una bolsita de terciopelo con el logo de la tienda grabado en la superficie.

–El capitán del *Blue Glacier* intentó estrellar el barco contra un arrecife antes que renunciar a su valiosa mercancía, pero los piratas consiguieron la mayor parte del tesoro de todos modos. Unas cuantas monedas fueron sacadas de los restos del barco en 1976 –el empleado le dio la bolsita a Lindsay–. Ha hecho una buena compra.

Al darse la vuelta en dirección a la puerta de salida, Lindsay levantó la bolsita y se la enseñó a Kaitlin con complacencia.

–La prueba del delito –le dijo.

–Tienes que volver a los tribunales –le dijo Kaitlin, tratando de descifrar la expresión de su amiga.

–¿Pero no estábamos hablando de ti? –le preguntó Lindsay–. ¿De lo de besar a tu marido?

–No creo –Kaitlin no tenía ganas de seguir con esa conversación. Ya tendría tiempo suficiente para arrepentirse de ello más tarde.

Lindsay guardó la moneda en el bolso y entonces se puso seria.

–No quiero que salgas herida de todo esto.

Kaitlin le restó importancia a sus palabras.

–No voy a dejar que me rompan el corazón, si es eso lo que quieres decir. Lo besé. Nada más –añadió, consciente de que sus palabras estaban muy lejos de reflejar lo que realmente había ocurrido.

–No dejes que tu corazón se meta en medio del fuego cruzado –dijo Lindsay, dándole una palmadita en el hombro.

–Mi corazón está perfectamente a salvo. Sólo lucho por mi carrera –le dijo Kaitlin.

No podía dejarse engatusar de nuevo. No podía permitírselo. Su oponente era un tipo totalmente carente de escrúpulos y tenía que enfrentarse a él cada día. Nada más.

Dylan demostró su inconformidad apartándose del escritorio de Zach.

–No voy a robarte secretos corporativos.

Zach soltó el aliento bruscamente.

–Son mis secretos corporativos. No me los estás robando, porque son los míos –dijo Zach, en un tono de frustración.

–Ése es el estilo de los Harper –dijo Dylan con desprecio–. No el de los Gilby.

–¿Por qué no te bajas de ese pedestal de una vez? Te doy las llaves de mi coche –ignorando las protestas de Dylan, Zach empezó a trazar un plan.

–Para que pueda entrar en él –dispuesto a seguir dando guerra, Dylan se cruzó de brazos.

–Para que puedas desbloquear el cierre. No tienes que entrar.

–¿Y robar el portátil de Kaitlin?

–Su maletín, mejor –sugirió Zach–. Sospecho que el portátil tendrá una contraseña, así que fotocopia los diseños, los vuelves a poner en su sitio, y cierras el coche.

–Eso es robar, Zach. Es así de simple.

–Es hacer unas cuantas fotocopias, Dylan. Incluso el *pit bull* de su abogada...

–Lindsay.

Zach tamborileó con los dedos sobre el escritorio.

–Incluso Lindsay tendría que admitir que la propiedad intelectual generada por Kaitlin mientras esté en la nómina de Harper pertenece a la empresa. Y la empresa es mía.

–Y de ella.

–¿De qué lado estás tú? –exasperado, Zach levantó los brazos.

–Esto no está bien.

Zach fulminó a su amigo con la mirada y trató de buscar un argumento para convencerle. Si los genes menos honrados de la familia Caldwell hubieran sobrevivido a través de las generaciones...

–Necesito saber si va a arruinarme la empresa –le dijo a Dylan–. Los dos sabemos que sólo busca venganza. Piénsalo, Dylan. Si sólo tuviera miedo de una diferencia de opiniones respecto a los diseños, me restregaría los bocetos en la cara. Se trae algo entre manos.

Dylan le observó en silencio durante unos segundos.

–¿Qué se trae entre manos? –preguntó finalmente.

En ese momento Zach supo que lo había convencido...

Sabiendo que su amigo estaba de su parte, Zach terminó el trabajo de la tarde con más diligencia que nunca. Salió del despacho y se dirigió al tercer piso. No estaba precisamente orgulloso del plan que había fraguado, pero no veía ninguna otra manera de conseguir la información. Y la situación se hacía cada vez más crítica. Lo de buscarle trabajo a Kaitlin no estaba resultando tan fácil como había pensado en un primer momento y la posibilidad de tener que aceptar su plan de reforma era cada vez más real. Sin embargo, no podía dejarse deslumbrar por el diseño extravagante y vanguardista que sin duda debía de estar preparando.

Llegó a su despacho justo cuando ella se marchaba. Tenía el portátil y el bolso en la mano, y estaba cerrando la oficina con llave.

–¿Tienes planes para la cena? –le preguntó él sin más preámbulo.

–¿Por qué? –le preguntó en un tono de sospecha.

–Voy a asistir a un evento de negocios –dijo él.

–¿En tu yate?

Él trató de descifrar su expresión. ¿Por qué se ponía nerviosa? Habían prometido mantener una relación estrictamente profesional, pero quizá ella se estuviera arrepintiendo… Igual que él.

–En Boondocks –le dijo–. Pensé que te gustaría conocer a Ray Lambert.

Los ojos de Kaitlin se abrieron de puro asombro. Por fin había logrado captar su atención.

Ray Lambert era el presidente del Gremio de Arquitectos de Nueva York.

Zach había hecho los deberes. Le había procurado un contacto tan importante que no podía negarse a cenar con él.

–¿Vas a conocer a Ray Lambert? –le preguntó con cautela.

–En la cena. A él y a su mujer.

–¿Y estás dispuesto a llevarme contigo? –le preguntó ella, en un tono escéptico.

–Si no quieres… –Zach se encogió de hombros.

–No. Sí que quiero –dijo ella, frunciendo el ceño–. Sólo trato de ver qué sacas tú con todo esto.

–Lo que yo saco de todo esto es cumplir con las condiciones que me has impuesto para que por fin me devuelvas mi empresa –le dijo, y era verdad. No era toda la verdad, pero por lo menos había algo de cierto en ello–. Tú quieres desarrollar tu carrera en esta ciudad, así que no te viene mal conocer a Ray.

–¿Sin compromisos? –ella ladeó la cabeza y lo miró de una forma sexy.

–¿A qué clase de compromisos de refieres? –le preguntó, dando un paso adelante, bajando el tono de voz hasta un susurro, mirándole los labios…

–Me lo prometiste –le recordó ella, al verse atrapada.

–Y tú.

–Pero yo no estoy haciendo nada.

–Yo tampoco –dijo él–. Tu imaginación te está jugando malas pasadas.

–Me estás mirando –le dijo ella en un tono acusador.

–Y tú me estás devolviendo la mirada.

–Zach.

–Katie.

Aquél fue un paso en falso, un movimiento estúpido que no encajaba en su magnífico plan para la noche. Sin embargo, no pudo evitarlo. Se acercó a ella y le rozó los nudillos con los suyos propios. Sólo fue un leve roce, pero el contacto generó una descarga que lo atravesó por dentro como un rayo. Ella también lo había sentido. Era evidente.

–Esto no es una cita –dijo ella, con las mejillas encendidas y las pupilas dilatadas.

–¿Es que no confías en ti misma?

–No confío en ti.

–Muy lista –dijo él, admirando su inteligencia una vez más.

–¿Estás intentando que diga que no? –le preguntó ella.

–Sinceramente no sé lo que estoy intentando hacer –la confesión escapó de sus labios en un abrir y cerrar de ojos. Decir que sus sentimientos por Kaitlin eran complicados no se acercaba ni remotamente a la verdad. Deseaba besarla desesperadamente, sentir su cuerpo… Sabía que si se le presentaba la oportunidad, sería capaz de desnudarla sin pensárselo dos veces y le haría el amor hasta el amanecer. Pero no podía arriesgarse. No podía servirle su propia empresa en bandeja de plata. De vuelta a la cruda realidad, retrocedió unos pasos.

–¿Ray Lambert? –repitió ella, para confirmar.

Él asintió con la cabeza. El plan había funcionado.

De repente la expresión de Kaitlin se suavizó, haciéndolo sentir culpable.

–¿Sabes? O eres mejor persona de lo que yo pensaba o más malvado de lo que mi mente atina a comprender.

–Soy mejor persona de lo que tú pensabas –dijo Zach, mintiendo.

–¿Puedes recogerme en casa?

–No hay tiempo. Tendremos que salir de aquí –le dijo. Sabía que si la dejaba ir a casa entonces dejaría allí el maletín, así que prosiguió con la función de teatro y miró el reloj con impaciencia.

Kaitlin vaciló un momento.

–Puedo recogerte en la parada del autobús de nuevo –dijo él, sabiendo que así eliminaría una de sus preocupaciones.

–¿Cinco minutos? –entonces fue ella quien miró el reloj.

Él asintió con la cabeza y la vio alejarse rumbo al ascensor. Tampoco podía arriesgarse a que volviera a dejar el maletín en el despacho.

Ya en el suntuoso restaurante Boondocks, Kaitlin y Zach se sentaron en una mesa circular junto a Ray Lambert y a su esposa Susan.

De camino a la parada del autobús, Kaitlin había aprovechado para llamar a Lindsay. Menos mal que había tenido suficiente sentido común como para no besar a Zach Harper en mitad del pasillo. Pero había estado tan cerca, tan cerca… Era una tonta sin remedio. Desesperada, había buscado algo de cordura en los sabios consejos de su amiga, y ésta, como siempre, la había hecho bajar de la nube a golpe de palabra.

–¿No nos conocemos? –le preguntó Ray a Kaitlin al tiempo que le estrechaba la mano.

–Nos conocimos una vez –le dijo ella–. Hace tres años, en la conferencia del gremio de arquitectos. Yo fui una de los cientos de personas que asistieron al evento.

–Entonces debió de ser allí. Recuerdo muy bien los rostros –Ray sonrió.

Kaitlin sólo esperaba que no recordara también su vergonzoso despido de Hutton Quinn.

–¿Alguien más está interesado en el Esme Cabernet del 97? –preguntó Susan, leyendo la carta de vinos.

Kaitlin se sintió aliviada al ver que cambiaban de tema.

–Es uno de sus favoritos –le explicó Ray, mirando

a su esposa y sonriendo con benevolencia–. Estoy seguro de que no os decepcionará.

Zach miró a Kaitlin, esperando ver su reacción. Ella asintió con ecuanimidad, orgullosa de mantener a raya sus desbocadas emociones. Sólo se trataba de una cena de negocios; nada más.

–Me encantaría probarlo –le dijo a Susan.

Mientras Ray pedía el vino, Kaitlin reparó en una pareja que en ese momento entraba en el restaurante. Se dirigían hacia la escalera de caracol y, a pesar de la distancia, eran inconfundibles. Dylan y Lindsay. Se incorporó un poco para verlos mejor mientras subían las escaleras. ¿Qué podían estar haciendo allí? Lindsay estaba roja como un tomate, furiosa.

–¿Qué…? –antes de decir una palabrota Kaitlin cerró la boca.

Confuso, Zach se volvió hacia ella y entonces siguió la dirección de su mirada.

Lindsay y Dylan habían llegado a lo alto de las escaleras e iban directos hacia su mesa. Al verlos acercarse con tanta decisión, se puso en pie de un tirón. La cara de Lindsay no pasaba desapercibida.

El camarero se marchó con el pedido al tiempo que Lindsay y Dylan se detenían ante ellos. Al ver a Ray y a Susan, el rostro de Lindsay se suavizó de inmediato.

–Siento mucho interrumpir –dijo, sonriéndole a Kaitlin y mostrando con toda intención el maletín que llevaba en las manos. Era de color burdeos. El suyo.

¿Qué estaba haciendo Lindsay con su maletín en mitad del restaurante?

–Sólo queríamos pasar a saludaros –dijo Lindsay, prosiguiendo en un tono forzadamente jovial–. Me encontré con Dylan en el aparcamiento.

Kaitlin vio que Zach se ponía tenso como una cuerda. Dylan se había ruborizado.

¿Dylan? ¿El aparcamiento? ¿Su maletín?

—Vamos a pedir una mesa —anunció Lindsay, dándole a Kaitlin un ligero apretón en el hombro—. Que disfruten de la cena. Quizá podamos hablar más tarde, ¿verdad? —agarró a Dylan del brazo con fuerza.

Kaitlin no pudo evitarlo. Se volvió hacia Zach y le miró boquiabierta. Su maletín estaba en el maletero del coche. ¿Cómo es que había terminado en manos de Lindsay? ¿Y qué tenía que ver Dylan con todo aquello? El rostro de Zach permaneció impasible.

—Hablamos luego —dijo él, mirando a Dylan.

Lindsay se dirigió a Ray y a Susan.

—Siento mucho haberles interrumpido. Disfruten de la velada —dijo. Le lanzó una mirada funesta a Kaitlin y se llevó a Dylan de allí.

Kaitlin quiso ir tras ellos, pero antes de que pudiera levantarse de la silla, sintió la mano de Zach en el muslo, agarrándola con fuerza y manteniéndola en el sitio.

Un cosquilleo eléctrico la recorrió por dentro.

—Ése era Dylan Gilby —dijo Zach, dirigiéndose a Ray y a Susan—. De Astral Air.

Kaitlin bajó la mano con disimulo y trató de soltarse, pero él era más fuerte.

—Conozco a su padre —dijo Ray.

Si había notado algo raro, su expresión no lo delataba. Era demasiado profesional para eso.

—Dylan y yo crecimos juntos —dijo Zach, llenando el silencio mientras Kaitlin trataba de soltarse.

—Ah, aquí está el vino —anunció Susan al ver regresar el camarero.

En cuanto Ray y Susan se distrajeron un instante

observando cómo descorchaban la botella, Zach se inclinó hacia Kaitlin.

–Quédate quieta –le susurró al oído.

–¿Qué has hecho?

–Ya hablaremos luego.

–Más te vale.

–Deja de moverte.

–Suéltame –dijo ella con contundencia y disimulo.

–No hasta que me prometas que te estarás quieta.

–La primera vez que probamos este vino fue en Marsella –dijo Ray, levantando su copa para brindar.

Kaitlin retomó el hilo de la conversación de inmediato. Sin embargo, era difícil no mover las piernas bajo el firme agarre de Zach. Su mano era caliente y seca, algo dura e imposible de ignorar. Ese día no llevaba medias y el tacto de su mano sobre la piel desnuda se hacía deliciosamente insoportable. Su dedo meñique casi le llegaba a la entrepierna y una nueva sensación la sacudía de pies a cabeza.

Ray asintió con la cabeza, demostrando su satisfacción con el vino, y el camarero les llenó las copas.

–Ha sido un placer conocerte, Kaitlin –dijo Ray, levantando su copa–. Y enhorabuena por tu contrato con Harper Transportation. Es un edificio importante.

–Somos muy afortunados de tenerla –dijo Zach con educación.

Kaitlin les dio las gracias a los dos y chocó su copa contra la de todos, evitando en todo momento el contacto visual con Zach. Bebió un sorbo de vino y se dejó envolver por el exquisito sabor del caldo. Estaba delicioso y además la ayudaba a relajarse un poco en una situación tan tensa.

Otro camarero les llevó las cartas de comidas y las

repartió por toda la mesa. Zach agarró la suya con una mano, sin soltar a Kaitlin ni un momento. Ella, por su parte, abrió la carta y trató de concentrarse en los diferentes manjares descritos en él, pero era inútil. Las letras se hacían borrosas una y otra vez. ¿Él había movido la mano? ¿La había subido un poco más?

Poco a poco, muy lentamente, las puntas de sus dedos trepaban a lo largo del muslo de Kaitlin, adentrándose cada vez más entre sus piernas. Ella contrajo los músculos de forma automática. Tenía la piel ardiendo y su respiración se hacía cada vez más entrecortada.

—¿Empezamos con la crema de calabaza? —le preguntó él de repente, casi susurrándoselo al oído en un tono casual.

Ella abrió la boca, pero no fue capaz de articular palabra. Sus manos agarraban con fuerza la carta forrada en cuero.

—¿La ensalada de rúcula?

Kaitlin no daba crédito. ¿Cómo podía estar allí sentado y fingir que no pasaba nada?

—Creo que tomaré el atún —dijo Susan.

Tanto ella como su marido miraron a Kaitlin con una expresión interrogante.

Zach deslizó la mano aún más arriba, y ella estuvo a punto de gemir.

—¿Kaitlin? —le dijo.

—Rúcula —atinó a decir ella finalmente.

—El risotto está delicioso —dijo Susan, intentando ayudarla a decidirse.

Kaitlin trató de sonreír, pero el gesto no le quedó muy natural. En realidad estaba apretando los dientes para aguantar la ofensiva sexual de Zach. Balanceando la pesada carta contra la mesa, la sujetó con una sola mano y bajó la otra hasta ponerla sobre la de él.

—Para —le susurró con disimulo—. Por favor —añadió, desesperada.

Él se detuvo, pero entonces volvió la mano y agarró la de ella para acariciarle la palma.

Una nueva ola de deseo recorrió a Kaitlin por dentro. Podía apartarse de él en cualquier momento, pero no quería. Quería disfrutar de esa sensación, sentir la descarga de adrenalina que la tenía en un puño…

—El salmón —dijo Zach con decisión, cerrando la carta y dejándola a un lado.

—La salsa de eneldo es excelente —dijo Susan, hablando por encima del borde de la carta.

—Por qué no engorda sigue siendo un misterio para mí —dijo Ray, acariciándola.

—Es que tengo un buen metabolismo —dijo ella, defendiéndose.

—¿Y tú qué quieres? —Zach se volvió hacia Kaitlin, sin dejar de obrar su magia con las manos.

El doble sentido reverberó en el aire.

Ella lo miró a los ojos, sabiendo que era imposible ocultar el deseo.

—Risotto —consiguió decir.

—¿Y de postre? —le apretó más el muslo.

—Lo decidiré luego.

Él esbozó una lenta sonrisa de satisfacción. Sus ojos emitían destellos de victoria.

Y justo cuando Kaitlin estaba a punto de sucumbir sin remedio al hechizo de sus caricias, oyó la voz de Lindsay, desde algún remoto rincón de su mente.

«¿No crees que existe una posibilidad remota de que haya sido una maniobra de distracción?...».

Lo estaba haciendo de nuevo. Y ella le estaba dejando, por voluntad propia. En ese momento la ola de humillación la golpeó como un jarro de agua fría y la lujuria se convirtió en rabia.

—No quiero postre —le dijo con firmeza, agarrándole la mano y quitándosela de encima con un movimiento rápido.

—*Crème brûlée*—dijo Susan—. Eso es lo que quiero.

Zach miró a Kaitlin un instante, y entonces decidió dejarlo por el momento. Esa vez no iba a funcionar. Por suerte, Susan comenzó a hablar sobre un viaje a Grecia que había hecho recientemente. Kaitlin se dedicó a escucharla y trató de responder a sus preguntas con gracia e inteligencia.

Los platos se sucedieron uno tras otro hasta llegar al postre, pero Zach no volvió a tocarla.

Cuando Susan y Ray se marcharon por fin, su irritación se había convertido en auténtica furia.

Mientras el camarero retiraba los últimos platos, Lindsay y Dylan aparecieron de nuevo.

Ella se sentó junto a Zach y puso el maletín entre ambos. Dylan, por el contrario, tomó asiento enfrente de Kaitlin. Su cara era un libro abierto.

—Te robaron el maletín —dijo Lindsay, yendo al grano—. Te robaron el maletín.

Kaitlin ya se imaginaba lo que había ocurrido. Se volvió hacia Zach y lo fulminó con la mirada, exigiendo una explicación.

—Estaba en mi maletero —dijo él en defensa propia—. Mi maletero. Además, son mis diseños.

—Los diseños son míos —le dijo ella con firmeza.

–Pero yo te pago para que los hagas.

–Eso no te da derecho a robárselos –añadió Lindsay en un tono imperativo.

–Yo no discutiría con ella –murmuró Dylan en un tono serio.

Lindsay le lanzó una mirada de advertencia, pero Zach no se dejó amedrentar.

–Me recuerdas a mi profesora de matemáticas –le dijo en un tono sarcástico.

–Pues parece que no aprendiste nada con ella –dijo la abogada.

–¡Me robaste el maletín! –exclamó Kaitlin, reclamando la atención de todos–. ¿Todo esto de la cena era una estratagema? –sacudió la cabeza, contestándose ella misma–. Claro que sí. Eres un ser despreciable, Zach Harper. Si no le hubiera dicho a Lindsay que me habías invitado a este sitio… Y si ella no fuera tan suspicaz…

Harta de aquel pulso verbal, Kaitlin decidió capitular.

–Muy bien. Adelante –dijo, señalando el maletín–. De todos modos no hay nada que puedas hacer para cambiarlos. Si no te gustan, ya puedes empezar a quejarte. Me trae sin cuidado.

Zach no perdió ni un segundo. Agarró el maletín, lo abrió rápidamente y extendió los diseños sobre la mesa.

–¿Es que has perdido el juicio? –exclamó de repente. Sus ojos relampagueaban.

Capítulo Cinco

En su despacho, el lunes por la mañana, Zach tuvo que hacer un gran esfuerzo para desterrar de su mente las fantasías con Kaitlin. Estaba enojado con ella por aquellos extravagantes diseños, y ésa tenía que ser su prioridad, por su propio bien y por el bien de la empresa.

–...Diez millones de dólares –le estaba diciendo Esmond Carson desde el otro lado del escritorio.

Al oír la cifra, Zach volvió a la realidad.

–¿Qué? –preguntó.

Esmond buscó algo en el enorme archivador que tenía sobre el regazo. El hombre, cada vez más canoso, ya rondaba los sesenta y cinco años. Había sido el abogado y consejero legal de su abuela durante más de treinta años.

–Rentas, comidas, salarios de profesores, transportes... Todos los costes han sido inflados en los informes. La fundación tiene un saco enorme de facturas atrasadas. La cuenta bancaria está en números rojos. Así es como me di cuenta.

Zach no podía creer lo que estaba oyendo. ¿Cómo se habían descontrolado tanto las cosas?

–¿Quién ha hecho esto?

–Por lo que sabemos, fue un hombre llamado Lawrence Wellington. Era el gestor regional en la ciudad. Y desapareció al día siguiente de la muerte de Sadie.

–¿Has llamado a la policía?

–Podríamos dar parte –Esmond cerró el archivador. Su expresión era impasible, tranquila.

–Por supuesto que vamos a informar de esto –Zach puso la mano sobre el teléfono.

Un malhechor le había robado el dinero de su abuela; o peor aún, había robado dinero de la fundación benéfica que ella había creado para ayudar a niños desfavorecidos.

–Puede que no sea una buena idea.

Zach se detuvo y levantó las cejas; ya tenía los dedos sobre los botones.

–Eso generaría mucha publicidad.

–¿Y?

–Podría ser un circo mediático. La fundación benéfica, el nombre de tu abuela… Lo arrastrarían todo por el fango. Los benefactores se pondrán nerviosos, los beneficios podrían caer; podrían cancelar algunos proyectos… Nadie quiere que su nombre se vea relacionado con el de un criminal, por muy noble que sea la iniciativa de la organización benéfica.

–¿Crees que resultaría así? –preguntó Zach, sopesando las distintas posibilidades. Esmond podía tener razón.

–Conozco una empresa muy buena de detectives privados –dijo Esmond–. Con un cheque puedo sacar a la empresa de este aprieto. ¿Puedes asumir el coste?

«Menuda pregunta…», se dijo Zach a sí mismo.

Al igual que cualquier otra empresa de transportes del mundo, Harper había visto menguar su capital líquido durante los últimos años. Tenía barcos parados en el puerto, y otros en dique seco, deteriorándose y acumulando enormes facturas en reparaciones. Los clientes retrasaban continuamente los pagos porque tampoco disponían de capital efectivo y los bancos apenas daban créditos.

Y Kaitlin… Diseñando el Taj Mahal en vez de un edificio de oficinas funcional y práctico.

–Claro –le dijo a Esmond–. Te daré un cheque.

Puso en contacto a Esmond con su director financiero y le pidió a Amy que llamara a Kaitlin.

Mientras esperaba por ella, le dio la vuelta a la silla giratoria y contempló el paisaje urbano a través de la enorme ventana. No podía dejar que el legado de su abuela se derrumbara en un abrir y cerrar de ojos.

Unos minutos después oyó como se abría la puerta. Tenía que ser Kaitlin. Amy hubiera anunciado a cualquier otra persona.

–Cierra la puerta, por favor –le dijo sin darse la vuelta.

–Muy bien –dijo ella, yendo hacia el escritorio.

Él se volvió lentamente, se puso en pie y rodeó el escritorio.

–Cierra, por favor –repitió él con contundencia.

–Zach, tenem…

Él pasó por su lado rápidamente y la cerró él mismo.

–Preferiría que no… –la voz de Kaitlin se apagó.

Él se había dado la vuelta bruscamente y parecía atravesarla con la mirada.

La blusa que llevaba insinuaba unos pechos suaves y firmes, y tenía los botones del escote desabrochados, enseñando una pizca de piel color marfil y aterciopelada. Zach sintió un nudo en el estómago que se apretaba cada vez más, así que se alejó un poco de ella, dando unos pasos hacia el escritorio.

—Preferiría… –dijo ella, yendo hacia la puerta.

Él la agarró del brazo.

Ella miró el lugar donde la sujetaba con fuerza.

—¿Qué haces? ¿Es que vas a pegarme? –le dijo, molesta.

Eso ni siquiera se acercaba a lo que en realidad quería hacer con ella. La noche del viernes se había ido a casa con los músculos rígidos como piedras. Había pasado casi toda la noche dando vueltas en la cama, sintiendo una extraña mezcla de rabia y excitación, y cuando por fin se había quedado dormido, allí estaba ella, en sus sueños, sensual y seductora, llamándolo y alejándose al mismo tiempo.

—¿Te estoy asustando? –dijo, mirándola fijamente.

—No.

—¿Te molesta?

—Sí.

—Pues es tu problema –le espetó con indiferencia.

—Claro que es mi problema –ella apretó los dientes.

—Tú también me has hecho enojar.

—Pobrecito –dijo ella con sorna.

—¿Te estás burlando de mí?

—Yo soy la que manda aquí –le dijo ella, cruzando los brazos y descubriendo así una sección más generosa de su escote.

Él soltó una carcajada de sorpresa y trató de disimular la excitación que se apoderaba de él.

—Sé que yo llevo la voz cantante aquí y no hay nada que puedas hacer para obligarme a…

Él dio un paso adelante. La paciencia estaba a punto de agotársele y ella tenía que entrar en razón, de una forma u otra.

Las pupilas de Kaitlin se dilataron y sus labios se entreabrieron.

–¿Obligarte a qué?

–Zach –dijo ella en un tono de advertencia, aunque sus ojos delataran la confusión y el temor que sentía en realidad.

–¿Obligarte a qué? –repitió él.

Ella no contestó, pero sí se humedeció los labios con la punta de la lengua.

Zach tragó en seco y dio otro paso adelante hacia ella, mirándole los labios.

Accidentalmente le rozó el muslo al acercarse.

Los labios de ella se suavizaron y su respiración se volvió más profunda.

Él inhaló su fragancia, exótica e irresistible, y entonces le acarició la mejilla con los nudillos.

Ella no lo hizo detenerse, sino que cerró los ojos y se frotó contra su mano. Y entonces Zach ya no pudo aguantar más el aluvión de deseo. Ladeó la cabeza y, sin pensarlo siquiera, rozó sus labios contra los de ella; suaves, flexibles, calientes y deliciosos. Una explosión de sensaciones lo sacudió por dentro. De repente volvía a estar en el yate. La brisa marina los acariciaba y el cielo estrellado era el único testigo de su pasión. La rodeó con ambos brazos y ella hizo lo mismo; la piel enrojecida con el rubor de la lujuria. Ella encajaba en él a la perfección, acurrucándose contra él en todos los rincones de su cuerpo.

Zach la hizo moverse hacia atrás y la acorraló contra la pared del despacho. Bajó las manos y la agarró del trasero, palpando sin pudor la firmeza de su carne, resistiendo la tentación de frotarse contra ella.

Ella encendía un fuego en el que nunca antes se

había quemado. Le tocó el cabello, enredando los dedos en las finas hebras aterciopeladas, y entonces le sujetó el rostro con ambas manos, colmándola de besos al mismo tiempo, en el cuello, a lo largo de los hombros, en el borde de la blusa, el escote… Ella entreabrió aún más los labios, buscó su lengua húmeda y apretó los pechos contra su fornido pectoral, asegurándose de que él pudiera sentirlo. Y entonces se puso de puntillas y le devolvió el beso con la misma pasión, deslizando las manos por debajo de su chaqueta. Zach podía sentir aquellas manos pequeñas, calientes y vibrantes, a través del tejido de la camisa. Quería arrancársela a jirones del cuerpo, desnudarla y terminar aquello que siempre empezaban, pero que no terminaban nunca.

De repente se oyó el timbre de un teléfono. A través de la puerta llegaban ruidos provenientes de la oficina externa; la voz de Amy, alguien respondía… Zach volvió a la realidad de inmediato, consciente del lugar en el que se encontraban. Haciendo un gran esfuerzo, se obligó a parar de inmediato. Sujetó la cabeza de Kaitlin contra su propio hombro y respiró profundamente. Toda la ira que había sentido por ella un rato antes se había desvanecido.

–Lo hemos vuelto a hacer –dijo casi sin aliento.

Ella se puso tensa y trató de apartarse de inmediato.

–Es por esto que no quería cerrar la puerta.

Él la soltó, fingiendo que no era lo más difícil que había hecho jamás.

–¿No confías en ti misma? –le preguntó en un tono sarcástico. No podía dejarla ver lo mucho que le hacía perder el control.

–No confío en ti –le dijo ella por enésima vez.

Zach no pudo sino reconocer que aquello era justo. Ni siquiera él podía confiar en sí mismo.

–¿Por qué querías verme? –dijo ella, alisándose la blusa y peinándose con los dedos.

Zach le dio la espalda. Mirarla sólo le traería más problemas.

–¿Podemos sentarnos? –señaló dos sillas cercanas a los ventanales.

Sin decir ni una palabra ella tomó asiento y miró por la ventana, cruzando las manos sobre el regazo. Las hormonas de Zach seguían en plena efervescencia, así que tuvo que respirar hondo varias veces antes de sentarse frente a ella.

–Acabo de hablar con el abogado de mi abuela –le explicó, sin mirarla a la cara. Tenía que convencerla para que desistiera de una vez de sus planes de reforma. El tema era más importante que nunca y no podía permitirse otro intento fallido.

Kaitlin se volvió hacia él y arrugó los labios.

–¿Qué quieres decir?

–Quiero decir lo que acabo de decir –Zach se rindió y la miró por fin.

–¿Qué ha ocurrido? –ella se inclinó adelante en la silla–. ¿Me han sacado del testamento? ¿Has encontrado algún vacío legal o subterfugio? ¿Me estás echando? –se puso en pie de un salto–. Si me estás echando, deberías haberlo dicho antes de… –gesticuló con las manos–. Antes de…

–No te estoy despidiendo. Y ahora, ¿quieres volver a sentarte, por favor? –Zach se levantó.

–¿Qué está pasando? –Kaitlin lo miró con escepticismo.

–Siéntate y te lo diré – él señaló la silla y esperó.

Ella lo fulminó con una negra mirada, pero finalmente volvió a su silla.

–Ha surgido un problema con la fundación benéfica de mi abuela.

Kaitlin guardó silencio. Sus rasgos no revelaban emoción alguna.

–Un antiguo empleado ha desfalcado grandes sumas de dinero de la cuenta de la fundación.

Hizo una pausa para ver si ella reaccionaba, pero no fue así.

–Por tanto, voy a tener que transferir dinero de Harper Transportation a la fundación. Si no lo hago, algunos de sus proyectos tendrán que ser cancelados; proyectos como las tutorías de refuerzo extraescolar, y también los comedores de beneficencia.

–¿Necesitas que firme algo?

Él sacudió la cabeza.

–¿Entonces de qué se trata?

–Harper Transportation dispone en estos momentos de muy poco líquido y las cosas seguirán así por lo menos durante un año –Zach se preparó mentalmente–. A lo mejor tenemos que considerar seriamente un recorte de presupuesto para el proyecto de reforma del edificio.

–Oh, no, no puedes hacer eso –ella se cruzó de brazos.

–Déjame…

–Estás tratando de jugar con mis sentimientos.

–No estoy tratando de jugar con nada.

–Lo haces para pillarme desprevenida.

–Te estoy ofreciendo sinceridad y cordura –le dijo, y era cierto. Le estaba ofreciendo la cruda realidad.

–Hace un momento nos estábamos besando y ahora... –chasqueó los dedos en el aire–. Me pides que haga esa clase de concesiones.

–Una cosa no tiene nada que ver con la otra –Zach sintió el latigazo de la rabia.

–Bueno, esta vez no funcionará, señor Zachary Harper –le dijo, dando un golpe de melena–. ¿Un desfalco en las cuentas de la fundación de tu querida abuela? ¿Crees que me voy a creer eso?

–¿Crees que miento?

–Sí.

–Te enseñaré los extractos bancarios, los movimientos...

–Puedes enseñarme todo lo que quieras, Zach. Cualquier quinceañero con un portátil podría falsificar extractos financieros.

–¿Dudas de la integridad de mis contables?

–No. Dudo de tu integridad –le dijo ella, poniéndose en pie de nuevo. Lista para la batalla, levantó la barbilla.

Él volvió a levantarse con ella.

–Has probado la evasión, la coacción, las amenazas, el robo, la seducción... ¿Y ahora tratas de manipularme emocionalmente? –le preguntó ella, tocándose los pendientes de oro que llevaba puestos.

Él apretó la mandíbula y se mordió la lengua.

–Por Dios, Zach. La pobre abuela, la fundación benéfica, unos pobres niños hambrientos... ¿Hasta dónde eres capaz de llegar? Me sorprende que no hayas añadido algún cachorro maltratado a la lista –se tocó el pecho con la punta del dedo índice–. Voy a hacer la renovación y la voy a hacer a mi manera. Y, a cambio, tú consigues media empresa y unos papeles de divorcio. Es una ganga, así que deberías dejar de intentar cambiar los términos del acuerdo.

Furioso hasta la médula, Zach volvió a tragarse las palabras. Sabía que cualquier cosa que dijera no haría sino empeorar las cosas. Necesitaba un plan de emergencias, pero desafortunadamente ya se le habían acabado todos.

Kaitlin se puso erguida y dio media vuelta. Un segundo después se oyó un portazo.

Zach aflojó los puños, cerró los ojos un instante y se dejó caer en el asiento.

Kaitlin Saville era imposible de convencer. Sospechaba de todo, estaba decidida y, además… era tan increíblemente sexy.

Estaba a punto de echar abajo un legado de más de trescientos años y no tenía ni idea de cómo detenerla.

—Kaitlin me va a arruinar, y no hay nada que pueda hacer para detenerla —dijo, tomándose un buen trago de whisky.

—¿Y qué necesitas que haga exactamente? —le preguntó Dylan, poniéndose serio de nuevo.

—Necesito que entre en razón.

—Zach, en serio. Deja de regodearte en tu propia miseria.

Zach respiró hondo.

—Muy bien. De acuerdo. Necesito que recorte el gasto del diseño, que me dé algo de una calidad razonable; un edificio de oficinas convencional. Nada de columnas de mármol, ni fuentes, ni palmeras, ni arcos de madera noble y, sobre todo, nada de acuarios gigantescos de agua salada.

Dylan pensó en ello un instante.

–¿Y qué pasa con Sadie?

–¿Qué pasa con ella? –preguntó Zach, sin entender.

–Sadie le dejó la empresa a Kaitlin.

–¿Y?

–Y Kaitlin tendría que ser muy cruel como para no solidarizarse con los deseos de Sadie.

Dylan levantó su copa para brindar. Los cubitos de hielo repiquetearon contra el cristal.

–Eso es exactamente lo que deberías hacer.

–¿Pero qué deseos, Dylan? ¿Dónde están esos deseos? Mi abuela no dejó ningún deseo manifiesto.

–¿Crees que ella querría un edificio vanguardista y visionario?

–Claro que no.

Dylan esbozó una sonrisa conspiratoria y se terminó la copa de un trago.

–Entonces enséñale lo que tu abuela querría. Enséñale quién era Sadie.

Zach levantó las palmas de las manos y sacudió la cabeza sin entender nada.

–Llévala a la isla –dijo Dylan.

Capítulo Seis

–Va detrás de algo –dijo Kaitlin al tiempo que Lindsay dejaba una pizza de tamaño grande sobre la pequeña mesa del comedor de Kaitlin–. Un hombre así no hace esa clase de ofertas porque sí.

Lindsay volvió al recibidor, se quitó los zapatos, dejó el bolso y se ajustó la coleta.

Era domingo por la tarde. El partido de los Mets estaba a punto de empezar en el canal de deportes.

–Desde luego que sí –dijo Lindsay, siguiendo a su amiga hacia la cocina del apartamento–. Lo que yo quiero decir es que deberías aceptar.

Kaitlin abrió el congelador y sacó una bolsita de cubitos de hielo.

–¿Y ponerme en sus manos?

–¿Una isla privada? ¿Mansiones? ¿Esa extraordinaria historia sobre piratas? No me importa lo que se traiga entre manos. Nos lo vamos a pasar fenomenal este fin de semana.

–¿Nos? –preguntó Kaitlin.

–No te vas a ir a Serenity Island sin mí –le dijo Lindsay, sentándose en un taburete frente a la barra de la cocina y apoyando los codos sobre la mesa.

–No voy a ir a Serenity Island –Kaitlin echó una docena de cubitos en la coctelera.

No podía pasar un fin de semana entero con Zach.

–Es la oportunidad de tu vida –dijo Lindsay.

–Sólo para los *freaks* de los piratas –Kaitlin añadió mango, piña, té helado, menta y un chorrito de vodka, y después mezcló bien los ingredientes del Mango Madness; una vieja tradición, junto con la pizza y el partido de los domingos.

–No me llames eso –dijo Lindsay en tono bromista–. Lo de Dylan es más bien una obsesión tonta.

La abogada se quedó pensativa y entonces volvió al tema principal.

–Míralo de esta forma. Si no vamos a la isla, Zach intentará otra cosa. Si vamos, pensará que ha ganado. Así conseguiremos ir un paso por delante y estaremos preparadas para su siguiente movimiento.

Kaitlin tuvo que admitir que la lógica de Lindsay tenía sentido. El problema era que no podía confiar en sí misma en presencia de Zach Harper, y con sólo pensar en su próximo movimiento, sentía una avalancha de deseo que la dejaba sin voluntad.

Fueron a Serenity Island en uno de los helicópteros de Astral Air. Era la primera vez que Kaitlin volaba. En los orfanatos nunca había presupuesto para vacaciones y un billete de avión siempre había sido un artículo de lujo para ella. Al llegar hicieron la primera parada en la casa de los padres de Dylan, que estaba situada al lado del helipuerto privado. En el garaje de los Gilby había una pequeña flota de carritos de golf, los únicos vehículos de motor que había en la isla.

David y Darcie Gilby estaban en Chicago por negocios, pero la casa estaba llena de personal de servicio. La tía de Dylan, Ginny, enfundada en un vestido estilo años cincuenta, los recibió en el flamante recibidor decorado en tonos rojizos.

—Hola, muchachos —les dijo, tomando las manos de Dylan—. Qué bien que has traído compañía, Dylan.

—Hola, tía —dijo Dylan, dándole un beso en la mejilla—. ¿Cómo estás?

—¿Cuál de estas hermosas señoritas te acompaña? —preguntó Ginny, examinando a Lindsay y a Kaitlin de arriba abajo.

—Sólo somos amigos.

—Tonterías —Ginny le guiñó un ojo a Kaitlin—. Este joven es muy buen partido —se acercó un poco más y bajó la voz como si fuera a confiarle un gran secreto—. Tiene dinero, ¿sabes?

Kaitlin no puedo evitar la sonrisa.

—Bueno, este otro… —Ginny se volvió y apuntó con un dedo acusador en dirección a Zach—. Siempre ha sido un gamberro.

—Hola, tía Ginny —dijo Zach, haciendo acopio de toda su paciencia.

—Lo pillé en el armario de la ropa de cama con Patty Kostalnik.

—Ginny —dijo Zach, protestando.

—¿En serio? —exclamó Kaitlin, sin esconder su interés.

—¿O era la chica de los Pansy? —Ginny frunció el ceño—. Nunca me gustó. Solía robarme mi *crème de menthe.* Fue en mayo, porque los manzanos estaban floreciendo.

Kaitlin miró a Zach de reojo, disfrutando de su incomodidad.

Él sacudió la cabeza, negándolo todo.

—Kaitlin y Lindsay se van a quedar en casa de Zach unos días —le dijo Dylan a su tía.

–Ni hablar. Tú necesitas una esposa, joven –se puso entre Kaitlin y Lindsay y las agarró del brazo a las dos–. Tienen que quedarse aquí para que puedas conocerlas mejor. ¿Cuál te gusta más?

–Se van a quedar con Zach –repitió Dylan.

Ginny chasqueó la lengua.

–Tienes que aprender a defender lo tuyo, sobrino. No dejes que Zachary se las lleve a las dos –miró a Kaitlin–. ¿Tú lo quieres?

Kaitlin se sonrojó.

–Me temo que…

La señora se volvió hacia Lindsay sin dilación.

–¿Y qué pasa contigo? –le preguntó en un tono enérgico.

–Claro –dijo Lindsay con una sonrisa traviesa–. Como bien ha dicho usted, Dylan es un buen partido.

Ginny se puso muy contenta. Zach se reía a carcajadas y el pobre Dylan tenía una expresión de auténtico horror.

–Ven conmigo a la cocina, jovencita. Por aquí. Me ayudarás con el pastel –dijo Ginny, agarrando a Lindsay del brazo y llevándosela por un largo pasillo.

–¿No vas a ir con ellas? –le preguntó Zach a Dylan, tratando de controlar las risotadas.

–Ella sola se lo ha buscado –dijo Dylan, sacudiendo la cabeza–. Que se las arregle ella solita.

–¿Y la chica de los Pansy? –le preguntó Kaitlin a Zach, dispuesta a no dejar el tema.

–Tenía quince años, y ella tenía dos años más.

–¿Aha? –exclamó Kaitlin, esperando más detalles.

–Me enseñó a besar.

–¿Y…?

–Y nada. ¿Estás celosa?

Kaitlin frunció el ceño. Él estaba retomando el control.

—En absoluto.

—Por aquí, por favor —dijo Dylan, señalando a través de un arco.

Después de darles un breve paseo por la flamante mansión, los llevó a una terraza provista de muebles cómodos y lujosos.

—Debes de hacer unas buenas fiestas aquí —le dijo Kaitlin a Dylan, mirando la barra y las dos enormes barbacoas.

Él asintió con la cabeza.

—Hay una sala de fiestas abajo y un montón de habitaciones. ¿Ves esos techos verdes que están debajo de la cordillera?

Kaitlin se acercó a la barandilla y miró hacia la escarpada falda de la montaña.

—Los veo.

—Son cabañas para invitados. Hay un camino de servicio que rodea la montaña por detrás. A mi madre le encanta tener invitados aquí.

Kaitlin bajó la vista y se encontró con una enorme piscina en forma de riñón con dos jacuzzis a un lado, rodeada del césped más fresco y verde.

Más allá de la propiedad de los Gilby, más cerca de lo que parecía una cala de arena blanca, y en dirección opuesta a las cabañas, había una especie de torreón de piedra, y un techo con formas irregulares que sobresalía por encima de los árboles.

—¿Qué es eso?

—Es la casa de Zach —dijo Dylan.

—¿Vives en un castillo? —Kaitlin se volvió hacia Zach, sorprendida.

–Es de piedra –respondió él, acercándose a la barandilla–. Y es laberíntico y complicado, así que supongo que se le podría llamar castillo. Bueno, si quieres sonar pomposo y hacer que se rían de ti.

–Es un castillo –dijo ella con entusiasmo, deseando explorar todos sus rincones–. ¿Cuándo fue construido?

–Hace algunos siglos –dijo Zach, sin especificar más.

–Fue construido en 1700 aproximadamente –dijo Dylan–. Los Harper siempre le han dado mucha importancia a las raíces.

De repente Kaitlin sintió un golpe de celos. ¿De cuántas generaciones estaban hablando? ¿Acaso todo tenía que ser perfecto en la vida de Zach Harper?

–Estoy deseando verlo –dijo en tono bajo y discreto.

Zach la miró con atención, intentando descifrar su expresión.

–Los Harper restauran y conservan –explicó Dylan–. Los Gilby prefieren echarlo todo abajo y empezar de cero.

–Farsantes –dijo Lindsay, saliendo a la terraza. Con sus vaqueros y su blusa verde, parecía sentirse como en casa. Kaitlin, por el contrario, estaba cada vez más inquieta e impaciente.

–¿Cómo va ese pastel? –le preguntó a su amiga, rehuyendo la mirada de Zach.

–Estamos todos invitados, o quizá debería decir «obligados» a quedarnos a cenar –dijo Lindsay.

–Así es la tía Ginny –dijo Dylan, mirando a Lindsay con gesto serio–. Antes de llegar al postre ya te estará buscando un vestido de novia.

Lindsay trató de domar su rebelde melena rubia, alborotada por el viento.

—No hay problema –dijo, mirando a su alrededor con indiferencia–. Podría acostumbrarme fácilmente a este lugar.

Dylan puso los ojos en blanco al oír el comentario sarcástico.

—No tengo nada en contra de vivir del botín de unos piratas –añadió la abogada, sacudiendo la cabeza. Tiró de la cadena que llevaba puesta y sacó un medallón de oro que llevaba escondido bajo de la blusa. Lentamente, empezó a balancearlo delante de Dylan.

Kaitlin no tardó en reconocer la pieza y entonces se preparó para otra acalorada discusión entre Dylan y Lindsay. Era la moneda que habían comprado en aquella tienda de antigüedades.

—¿Todo bien hasta ahora? –preguntó Dylan, apoyándose en la barandilla junto a Zach tras la cena.

Las luces de la casa de los Gilby iluminaban la noche y a lo lejos se divisaban destellos provenientes de la casa de Zach.

—Eso creo –Zach señaló a las tres mujeres que estaban en el interior de la casa. Ginny estaba llevando a cabo su plan maestro–. Les está enseñando fotos de cuando Sadie y ella eran jóvenes.

—Yo le comenté algo a Lindsay –dijo Dylan, atribuyéndose el mérito–. Y enseguida le preguntó a mi tía si tenía fotos.

—Bien pensado –reconoció Zach.

Ginny y Sadie se habían criado juntas en Serenity Island y, aunque a Ginny ya empezaba a fallarle la memoria, todavía recordaba muchas anécdotas que sin duda ablandarían el corazón de Kaitlin. Esa vez no podría acusarle de tratar de manipularla. Ejecutar un plan maestro a través de la excéntrica tía Ginny era demasiado rebuscado, aunque, en realidad, eso era justo lo que estaban haciendo.

–Lindsay no supone mucho problema –añadió Dylan–. Hablas de piratas y se lanza de cabeza.

–Te tomas demasiado en serio lo de los piratas.

–Ella se pone como loca –dijo Dylan en un tono pensativo.

–Nuestros antepasados no eran boy scouts –dijo Zach.

–¿Zachary? –la imperiosa voz de Ginny la precedía antes de llegar a la puerta.

Zach levantó la vista.

–Ven aquí –le ordenó.

Dylan soltó una risita disimulada al tiempo que Zach iba hacia la señora.

–Necesito tu ayuda –susurró, haciéndole señas para que se acercara más y mirando hacia el interior del salón.

–Claro –dijo Zach, inclinando la cabeza para escuchar mejor.

–Vamos a bajar a bailar.

A Ginny siempre le había gustado mucho la música, sobre todo la de las grandes orquestas, y el baile siempre había sido una parte importante de las obligaciones sociales en la isla.

–No hay problema.

–Tú pídeselo a la pelirroja, la señorita Kaitlin –le miró con un gesto conspiratorio–. Tengo un buen presentimiento respecto a Dylan y a la otra.

–Lindsay –dijo Zach.

–Parece estar especialmente interesado en su trasero.

–Ginny –dijo Zach en un tono de reprimenda.

La señora se rió con picardía.

–No soy una ingenua.

–Nunca he creído tal cosa.

–Vosotros los jóvenes no inventasteis el sexo antes del matrimonio, ¿sabéis?

–Estábamos hablando de bailar –dijo Zach y entró en la casa–. Kaitlin –dijo, acercándose a las dos chicas, que estaban sentadas en el sofá.

Estaban hojeando álbumes de fotos, unos de entre los muchos que estaban sobre la mesa.

Kaitlin levantó la vista.

–Vamos abajo –le dijo él, señalando el camino–. Vamos a bailar.

Ella parpadeó, sin entender nada. Él sonrió de oreja a oreja y se acercó más. La agarró el brazo y la hizo ponerse en pie.

–Ginny nos está haciendo de Celestina –le susurró de camino a la escalera de caracol–. Me han obligado a tomarte como acompañante para que Dylan pueda pedírselo a Lindsay.

–Es muy agradable –dijo Kaitlin, refiriéndose a Ginny.

–Son una familia de conspiradores.

–¿Sí? Bueno, mira quién habla.

Zach no pudo negárselo.

Al final de las escaleras se encontraron con una enorme sala de fiestas.

–¡Vaya! –exclamó Kaitlin, dando unos pasos sobre el suelo de madera maciza y pulida. El techo estaba decorado con rutilantes bolas de discoteca.

La joven estiró los brazos y giró sobre sí misma, sonriendo como una niña.

Un empleado estaba preparando el sistema de audio y en unos segundos comenzaron a sonar los primeros acordes de *Stardust*.

Ginny, Lindsay y Dylan se unieron a la fiesta, riendo y bromeando.

—Necesitas un acompañante, tía —dijo Dylan, agarrándola de la mano.

—Oh, no seas tonto —dijo Ginny, dándole un manotazo—. Soy demasiado vieja para bailar.

Zach se acercó a Kaitlin. Definitivamente ella era la chica con la que iba a bailar esa noche. La tomó en sus brazos con facilidad y comenzó a moverse al ritmo de la música, siguiendo la cadencia con sutileza y apartándose de los otros.

—Hace mucho que no hacemos esto —murmuró, sintiéndola contra el cuerpo.

—Y la última vez no terminó muy bien —dijo ella, siguiendo el ritmo y dejándose llevar por él.

—Podría haber terminado mejor —dijo él, dándole la razón. Podría haber terminado con ella en la cama. Podría haber sido así.

De pronto se apartó un poco y contempló su bello rostro. ¿Por qué no había terminado así?

—Ginny me ha dicho que era la mejor amiga de tu abuela, desde la infancia.

Zach asintió.

—Mi abuela era la hija del encargado de mantenimiento.

—Ginny me dijo que tu abuela Sadie creció, se casó y murió aquí. Todo en esta isla.

Zach soltó una carcajada al oír tan desacertada descripción de la vida de su abuela.

—Bueno, de vez en cuando sí que la dejaban salir.

—Eso sí que son raíces.

–Supongo que sí.

–Y las tuyas son todavía más profundas.

–Supongo –le dijo él en un tono distraído. Sentir el tacto de su cuerpo era mucho más interesante que hablar de su propia familia en ese momento.

La canción terminó y enseguida empezó a sonar *It could happen to you*.

Ginny no estaba dispuesta a dejar que su plan romántico fracasara.

–Estaba pensando… –le dijo él de repente.

–Sh –dijo ella, interrumpiéndole.

–¿Qué?

–No hables, por favor.

–¿Qué?... ¿Por qué no? –preguntó, sintiendo curiosidad.

–Estoy fingiendo que eres otra persona –le dijo ella en un susurro.

–Oh –dijo él con sutileza, ignorando el filo de sus palabras.

Cada vez se acercaba más, cerrando los ojos, dejándose llevar…

–Yo también estoy fingiendo que soy otra persona –suspiró–. Sólo un minuto, Zach, sólo durante esta canción. Quiero olvidarme del mundo y creer que éste es el único sitio para mí.

Zach sintió que se le encogía el corazón. La apretó contra su pecho y le dio un beso en la frente.

«Éste es el único sitio en el mundo para ti…», pensó en silencio.

Capítulo Siete

Kaitlin nunca había visto algo tan majestuoso como el castillo de los Harper. Y verdaderamente era un castillo. Hecho de piedra caliza, tenía tres pisos, chimeneas y torreones. Además, parecía tener una especie de ático que abarcaba todo el perímetro.

Todas las paredes tenían un revestimiento de madera y fastuosas arañas lanzaban sus destellos por todos los rincones. Lindsay y ella se alojaban en sendas suites de huéspedes del segundo piso, mientras que el dormitorio de Zach estaba en el tercer piso.

–¿Nunca te has perdido aquí? –le preguntó Kaitlin a Zach por la mañana, mientras caminaban por un corredor que llevaba al ala norte.

Lindsay se había ido a casa de los Gilby después del desayuno para nadar en la piscina y, según sospechaba Kaitlin, también para flirtear con Dylan.

–Supongo que sí, cuando era niño –le dijo él, abriendo la puerta que daba acceso a la sala de estar decorada en tonos azules que una vez había sido la de su abuela–. Pero no recuerdo haberme sentido perdido aquí.

Kaitlin entró en la hermosa estancia y miró a su alrededor con interés.

–¿Me das tu número de teléfono por si tengo que pedir ayuda? –le preguntó, bromeando.

–Claro –dijo él desde el umbral–. Pero puedes

orientarte con las escaleras. En el ala central las alfombras son azules, en el ala norte son de color rojo vino, y en el ala este son de color dorado.

En la sala de estar de Sadie había un pequeño taburete color malva, varias mesas de madera tallada, butacones, un aparador lleno de figuritas de porcelana, y un piano, colocado sobre un altillo en un extremo de la habitación.

Kaitlin deslizó las yemas de los dedos sobre el exquisito tejido de los muebles, las superficies de madera pulida…

–¿Cuántos años tienen estas cosas? –preguntó, yendo hacia el piano.

–No tengo ni idea.

Kaitlin tocó una tecla del piano, y la nota de música reverberó por toda la estancia.

–Mi abuela solía tocar –le dijo Zach–. Ginny todavía toca a veces.

–Yo tocaba el clarinete cuando estaba en el instituto –dijo Kaitlin, resumiendo su escasa experiencia musical. Fue hacia el aparador y contempló las figuritas de gatos, caballos, juegos de té… –. ¿Crees que le hubiera importado tener a una extraña curioseando?

–Ella es la razón por la que estás aquí –le dijo él.

Kaitlin se dio cuenta de que Zach seguía bajo el umbral. Al volverse captó una extraña expresión en sus ojos.

–¿Sucede algo? –le preguntó, mirando detrás, pensando que quizá se sintiera incómodo teniéndola allí.

–Nada.

–¿Zach? –se acercó un poco, confusa.

Él parpadeó varias veces y respiró hondo, apoyando la mano en el marco de la puerta.

—¿Qué?

—No he vuelto a entrar aquí… desde que…

Kaitlin sintió que se encogía el corazón.

—¿Desde que murió tu abuela?

Él asintió con la cabeza.

—Podemos irnos —dijo ella, yendo hacia la puerta rápidamente, como si hubiera hecho algo malo.

Él esbozó una sonrisa y entró por fin en la habitación.

—No. Sadie puso a mi esposa en su testamento. Tienes derecho a conocerla mejor.

—No esperabas algo así, ¿verdad? —le preguntó ella, observándole con atención.

Él hizo una pausa y la miró a los ojos con toda sinceridad.

—Eso es poco decir.

—¿Sadie estaba enojada contigo?

—No.

—¿Estás seguro?

—Estoy seguro.

—A lo mejor no venías a verla lo suficiente.

Él sacudió la cabeza y se adentró más en la habitación. Kaitlin lo siguió con la mirada hasta la ventana.

—En serio. ¿No crees que quizá le hubiera gustado que vinieras a verla más a menudo?

—Supongo que sí.

—Bueno, quizá sea ésa la razón…

—¿Te dejó unos cuantos miles de millones porque yo no venía a verla lo suficiente? —se volvió hacia ella y cruzó los brazos sobre el pecho.

Kaitlin dio un paso atrás.

—¿Qué hiciste para que se enfadara tanto? —le volvió a preguntar ella.

–No estaba enfadada conmigo –dijo él, suspirando.

Kaitlin ladeó la cabeza y lo miró con ojos escépticos, cruzando los brazos.

–Muy bien –dijo él–. Estaba deseando que me casara y que tuviera hijos. Lo que yo creo es que intentaba acelerar el proceso sobornando a las candidatas.

–Eso es un buen plan –dijo Kaitlin con convicción, admirando la determinación de Sadie Harper.

–Pero yo no estoy seguro de querer a esa clase de mujer que se siente atraída por el dinero.

–Ella sólo quería lo mejor para ti –dijo Kaitlin, defendiendo a Sadie–. Eras tú quien no cooperaba.

Él puso los ojos en blanco.

–En serio, Zach –Kaitlin no pudo resistir la tentación de hacerle una broma–. Creo que deberías concederle por fin ese deseo a tu abuela. Cásate y ten una colección de pequeños piratas Harper.

–¿Es que vas a presentarte como voluntaria? –le preguntó él, devolviéndole la broma.

–¿Quieres que te siga la broma? –Kaitlin se sujetó el cabello detrás de las orejas y dio un paso.

–Adelante.

–Claro, Zach. Soy tu esposa. Tengamos unos cuantos niños.

–¿Y dices que no flirteas? –avanzó más hacia ella.

–No estoy flirteando.

–Estamos hablando de sexo –dijo él.

Su voz profunda reverberaba por todo el cuerpo de Kaitlin, poniéndola cada vez más nerviosa.

–Estamos hablando de tener niños.

–Entonces estaba equivocado. Yo pensaba que me estabas tirando los tejos.

Ella dio otro paso adelante y lo miró a la cara. Sólo unos pocos centímetros los separaban.

–Si alguna vez te tiro los tejos, Zachary, te aseguro que lo sabrás.

–Ahora mismo me lo parece, Katie –se inclinó hacia ella.

–Y no te equivocas.

Zach no se rió, ni tampoco retrocedió. Su rostro permanecía tan impasible como de costumbre.

Se miraron durante una eternidad, en silencio, inmóviles...

Él bajó la vista, sus ojos cayeron sobre los labios de ella... La tentación se hacía cada vez más poderosa.

–Esta vez no pararemos –le dijo en un tono de advertencia, como si pudiera leerle la mente.

Y tenía razón.

Si llegaba a besarla, entonces se arrancarían la ropa de la piel y acabarían haciendo el amor allí mismo, en la sala de estar de la difunta Sadie.

La sala de estar de su abuela.

Kaitlin retrocedió bruscamente y fingió examinar el resto de los muebles y la decoración. Alejándose de él, fue a asomarse a la puerta del dormitorio que había sido de Sadie.

–Parece que Sadie era una persona maravillosa –dijo cuando se vio capaz de hablar.

–Lo era –dijo Zach en un tono neutral que no revelaba nada, como si nada hubiera pasado unos minutos antes.

–¿La echas de menos?

–Todos los días.

Kaitlin oyó un vacío en su voz que la hizo darse la vuelta. Al ver la expresión de su rostro, sintió un nudo en la garganta. Por muchos defectos que tuviera, Zach había querido mucho a Sadie Harper.

—Por aquel entonces —dijo Ginny desde su tumbona—. Sadie era un bombón.

Apoyadas en el borde de la piscina, Kaitlin y Lindsay escuchaban con atención aquellas divertidas anécdotas de juventud. El agua estaba fresca a pesar del intenso calor de la tarde. La brisa marina agitaba las hojas de los árboles y los pájaros cantaban en los jardines cercanos.

Serenity Island era lo más parecido a un paraíso en la Tierra.

—Las cosas han cambiado mucho —dijo Ginny, gesticulando con la mano que sostenía un enorme vaso de té helado—. Entonces no había helicópteros ni nada de eso. Cuando estabas en la isla, estabas atrapada en ella hasta que llegara el próximo barco con provisiones. Nos pasábamos la vida tramando y haciendo planes para escapar de aquí —Ginny soltó una carcajada—. Cuando Milton Harper, el abuelo de Zachary, vio a Sadie, vestida con aquellos luminosos vestidos que nos habíamos traído de París, perdió la cabeza, y poco después ya estaba embarazada.

Kaitlin trató de ocultar su sorpresa. En los cincuenta aquello debía de haber sido todo un escándalo.

—Ayúdame, querido —dijo Ginny, llamando a su nieto Dylan.

Él acudió de inmediato. La sujetó del codo y la ayudó a incorporarse.

—Ahora que estás aquí… Pensé en llamar a Sadie… —de repente se detuvo y una mirada confusa se apoderó de ella–. Qué tonta. Quería decir que quisiera ir al jardín de flores. Me gustaría visitar el jardín de rosas de Sadie.

Dylan miró a Lindsay con algo de tristeza en los ojos.

–Yo puedo llevarla, tía Ginny.

Kaitlin salió de la piscina y se ajustó el bikini verde menta que llevaba puesto. Esa misma tarde había conducido uno de esos pequeños carritos de golf de una casa a la otra, y era bastante fácil. Podía llevar a Ginny sin ningún problema.

–Gracias, querida –dijo Ginny mientras Kaitlin se secaba el cabello con una toalla–. Eres una buena chica. Deberías seguir adelante y acostarte con Zachary.

Kaitlin se detuvo y parpadeó, perpleja.

–Los Harper no son de los que se casan –dijo Ginny.

–Zach ya se ha casado con Kaitlin –dijo Lindsay sin pensar–. Quiero decir…

Kaitlin disfrutó de un largo paseo por el jardín, amenizado con infinidad de anécdotas; fiestas que duraban todo el fin de semana, huéspedes notables, amaneceres dorados… Sadie debía de haber sido muy feliz en aquel lugar; una joven despreocupada que se había convertido en una mujer seria y responsable, respetuosa de sus raíces y del concepto de la familia.

Ginny recogía flores mientras hablaba y Kaitlin terminó llevando un enorme ramo de rosas de todos los colores. Al final del camino Ginny se declaró exhausta y le pidió a Kaitlin que llevara las rosas al cementerio y que las depositara sobre la tumba de Sadie. Kaitlin la llevó de vuelta a la casa de los Gilby y entonces, siguiendo sus instrucciones, se dirigió al cementerio, situado en lo alto de una colina. Desolado y azotado por el viento, el cementerio estaba en el punto más alto de la isla, al final de un sendero rocoso por el que el carrito apenas podía avanzar. Allí había un pequeño prado lleno de lápidas de las familias Gilby y Harper, además de otras cuyos nombres no conocía. Abriéndose camino entre la hierba salvaje, Kaitlin leía las inscripciones y casi podía oír el eco de las voces de otras generaciones. Algunos habían vivido mucho, mientras que otros habían tenido una corta existencia. Tristes mensajes de amor y nostalgia estaban inscritos en la piedra a modo de epitafio. De repente se topó con dos lápidas recientes, el mármol blanco, pulido y limpio relucía al borde del cementerio. Eran Drake y Annabelle Harper. Ambos habían muerto el 17 de junio de 1998…

Aquellos extraños sólo podían ser los padres de Zach. Aunque las rosas eran para Sadie, Kaitlin dejó una rosa blanca sobre cada lápida y se sentó un momento sobre la hierba para contemplar el océano más allá del acantilado, tratando de imaginar cómo hubiera sido la vida en un lugar como ése. Ella no tenía raíces tan profundas, pero sí tenía proyectos e ilusiones. De pronto, una gota de lluvia le cayó sobre el dorso de la mano. Parpadeando, levantó la cabeza y miró por encima del hombro. Dos enormes nubarrones negros se acercaban cada vez más, vaticinando una tormenta y convirtiendo la diáfana luz del sol en un resplandor crepuscular. No sin reticencia, se puso en pie y, mientras se limpiaba la ropa, empezó a sentir las primeras gotas de lluvia por todo el cuerpo. Después de echarle una última mirada al cementerio, volvió al carrito. Se subió en él, pisó el freno, giró la llave y pisó el acelerador…

Pisó con más fuerza, pero no ocurrió nada. El carrito no se movía. Comprobó la llave, la giró en sentido contrario y volvió a intentar arrancar. Hizo el mismo procedimiento una vez más, pero el vehículo estaba muerto. La lluvia ya caía copiosamente y las negras nubes habían ahogado hasta el último vestigio de sol. El viento soplaba cada vez con más fuerza y la cubierta del carrito ya no la protegía del agua. Sacó el teléfono móvil y apretó el botón de llamada rápida de Lindsay. Sin embargo, la llamada fue transferida automáticamente al buzón de voz, así que no tuvo más remedio que dejar un mensaje. Sólo podía esperar que Lindsay no estuviera acurrucada en un rincón en los brazos de Dylan. Ojalá hubiera apuntado el número de teléfono de Zach esa mañana… Miró hacia el prado del cementerio. Las lápidas se habían convertido en sombras funestas.

Todavía faltaban un par de horas para la puesta de sol, así que quedaba mucho tiempo para que Lindsay viera el mensaje. De repente el rugido de un rayo retumbó sobre ella y una violenta ráfaga de viento lanzó la lluvia contra su rostro. Los relámpagos desgarraban el horizonte una y otra vez y el estruendo posterior resultaba ensordecedor. En ese momento reparó en un pequeño detalle. El carrito estaba hecho de metal y además estaba en el punto más alto de la isla… Decidida a no quedarse allí ni un segundo más, echó a andar por la senda. Todavía había mucha luz y el camino era cuesta abajo. Además, no podría llevarle más de tres cuartos de hora llegar a la casa de Dylan.

***

–¿Qué quieres decir con que no está aquí? –Zach miró a Dylan y después a Lindsay. Ambos tenían el cabello alborotado y era fácil adivinar lo que habían estado haciendo–. ¿Dónde está?

Una hora antes había ido al jardín de su abuela y también había recorrido el castillo entero, incluyendo el ático y las habitaciones del servicio.

Además, Dylan acababa de confirmarle que Ginny estaba durmiendo la siesta en su habitación, así que Kaitlin no estaba con ella.

–A lo mejor fue a la playa –se atrevió a decir Lindsay, alisándose el cabello.

–¿Cuándo la visteis por última vez?

Dylan y Lindsay se miraron con ojos culpables.

–No importa –dijo Zach–. Dime su número de teléfono, Lindsay.

Lindsay se lo dijo de memoria y Zach lo guardó en su móvil antes de llamar.

Kaitlin tardó unos segundos en contestar. Su voz sonaba temblorosa y el viento le impedía oírla bien.

–¿Hola?

–¿Estás bien? –le preguntó él, gritando sin poder evitarlo.

–¿Zach?

–¿Dónde estás?

–Eh…

–¿Kaitlin?

–Creo que estoy a medio camino de la casa, por el sendero del cementerio.

–¿Qué estabas haciendo allí? –Zach echó a andar hacia el garaje.

–Las rosas –dijo Kaitlin, casi sin aliento–. Ginny me pidió que dejara unas flores en la tumba de Sadie.

–¿Seguro que no estás herida? –le preguntó Zach. Un chorro incontrolable de adrenalina corría por sus venas.

El viento aullaba a través del auricular.

–¿Kaitlin?

–Puede que esté sangrando un poquito.

A Zach se le cayó el alma a los pies.

–Tropecé y me caí. La batería del carrito murió, así que voy andando. Estoy empapada y está oscuro. No veo muy bien, pero la pierna me pica y me duele...

Zach apretó el botón de la puerta del garaje y Dylan lo ayudó a quitar el forro de unos de los carritos.

–Quiero que dejes de andar –le dijo Zach–. Estés donde estés, quédate quieta y espérame. Estaré ahí en diez minutos.

–Te esperaré justo aquí.

Zach colgó y arrancó el carrito de golf. Ella estaría bien. Estaría empapada y fría, pero eso tenía remedio. Sin embargo, aun así, tenía la certeza de que se sentiría muchísimo mejor cuando estuviera segura en sus... De repente cortó sus pensamientos por lo sano.

¿En sus brazos?

¿Qué significaba aquello?

Tal y como le había prometido, diez minutos más tarde las luces del carrito la encontraron. Estaba calada hasta los huesos y tenía las piernas cubiertas de barro. Su cabello chorreaba agua y tenía la blusa blanca pegada al cuerpo.

Al detener el vehículo Zach pudo ver que estaba temblando. Ojalá hubiera llevado una manta consigo...Antes de que pudiera salir a ayudarla, ella se subió al carrito, así que se quitó la camisa y se la puso sobre los hombros mojados.

–Gracias –dijo ella, abrazándose a sí misma para guardar el calor.

–¿Dónde te has hecho daño? –le preguntó él, agarrando una linterna y apuntándosela a las piernas.

Ella giró el tobillo y entonces él vio la herida que tenía en la pantorrilla. La sangre estaba mezclada con barro y agua de lluvia.

–No parece nada grave –se aventuró a decir ella.

Sin embargo, a Zach se le encogió el estómago, sabiendo lo mucho que tenía que doler.

Dejó la linterna en el suelo del carrito y arrancó a toda prisa. Le puso un brazo sobre los hombros y la atrajo hacia sí para intentar darle algo de calor.

–¿Qué pasó? –le preguntó, dirigiéndose hacia el camino de tierra en sentido descendiente.

–Ginny quería poner unas flores sobre la tumba de Sadie, pero después del paseo por el jardín estaba muy cansada –Kaitlin hizo una pausa–. Es muy bonito el cementerio.

–Supongo –dijo Zach. Eso era lo último que le importaba en ese momento.

–Gracias por rescatarme –le dijo ella de repente.

Zach sintió que algo se le encogía en el pecho, pero decidió ignorar la sensación. Ella era su invitada y en la isla había auténticos peligros, como los acantilados. Era natural sentir alivio.

–No fue nada –le dijo, sin creérselo del todo.

Capítulo Ocho

Toda la segunda planta estaba en silencio. Uno de los empleados del servicio había estado en su habitación mientras se bañaba, porque las mantas habían sido retiradas y su camisón estaba extendido sobre la cama. También habían cerrado las gruesas cortinas.

Era evidente que todos esperaban que se acostara a dormir, pero Kaitlin sentía más curiosidad que cansancio, a pesar de la tormentosa aventura vivida. En su primer paseo por el castillo había descubierto la galería de retratos de la familia, que abarcaba todo el pasillo entre las habitaciones de invitados y la escalinata principal, y esa misma mañana había contemplado las pinturas fugazmente. Además, después de haber leído las lápidas de la familia, estaba deseando ponerles caras a todos aquellos ancestros de Zach. Abrió un centímetro la puerta del dormitorio y sacó la cabeza. No había nadie por allí, así que se apretó el cinturón del albornoz y salió de puntillas. Las arañas brillaban en todo su esplendor, una tras otra a lo largo del alto techo del corredor. Lyndall Harper fue el primero en aparecer, retratado con unos cuarenta y cinco años de edad, sujetando la empuñadura de una espada que apuntaba al suelo. Kaitlin se fijó en el rostro.

Era tan parecido a Zach… Siguió avanzando, recorriendo todas las generaciones de la familia Harper hasta llegar al padre de Zach, cuyo retrato estaba situado en el extremo opuesto. Entre Lyndall y su descendiente actual había doce generaciones; doce retratos de hombres a un lado del pasillo. Y en el otro lado había retratos de mujeres. Retrocedió y volvió a observar el retrato de Lyndall. La gran escalinata estaba justo detrás de él en la pintura, así que debía de haber sido él quien había construido el castillo. Resultaba tan extraño estar en un lugar, y ver ese mismo lugar en un cuadro de más de tres siglos… Con sólo pensar que el pirata Lyndall Harper había caminado por esos mismos pasillos, se estremecía por dentro.

—Asusta, ¿verdad?

La voz de Zach apareció de la nada. La mullida alfombra había ahogado el ruido de sus pasos.

Sin embargo, por alguna razón, Kaitlin no se sobresaltó.

—Se parece mucho a ti –dijo, mirando a uno y después al otro.

—¿Quieres ver algo todavía más extraño? –Zach avanzó hacia el lado de los retratos femeninos.

Kaitlin fue detrás de él.

—Emma Cinder –dijo, señalando un cuadro en particular–. Era la esposa de Lyndall.

Erguida como una vara, la mujer estaba sentada frente a una vieja mesa de madera, cosiendo. El cabello, largo y pelirrojo, lo llevaba recogido en un moño de trenzas. Vestía un traje verde por encima de una blusa semitransparente, con mucho escote y una cenefa de encaje que apenas le cubría los pezones. Tenía las mejillas sonrosadas y unos labios rojos carnosos. Sus ojos, de un color verde intenso, estaban rodeados por una tupida cortina de pestañas.

–Vaya –dijo Kaitlin–. Viéndola así, ¿quién se atrevería a decir que es tu tatara-tatara-tatara-abuela?

Zach soltó una carcajada.

–Mírala un momento.

Kaitlin arrugó los párpados.

–¿Qué tengo que buscar?

–El cabello cobrizo, los ojos verdes, esos labios con forma de corazón, la barbilla…

Confundida, Kaitlin volvió la vista hacia Zach.

Él le acarició el cabello, todavía húmedo.

–Se parece mucho a ti.

–No.

–Ya lo creo que sí.

–De acuerdo. Puede que un poco –admitió ella, pensando que debía de haber miles de mujeres en la ciudad con ojos verdes y el cabello cobrizo.

–Puede que mucho.

–¿De dónde era? –preguntó ella, sintiendo gran curiosidad por aquella mujer aventurera.

–Era de Londres –dijo Zach–. Según tengo entendido, era costurera. La hija de un tabernero.

–¿Y se casó con un pirata?

–Él la raptó.

–No es cierto.

Zach se inclinó hacia ella como si le fuera a susurrar algo al oído.

–La metió en su barco –dijo, con una voz profunda y casi siniestra–. Y creo que hizo todo lo que quiso con ella hasta llegar al otro lado del Atlántico.

Le apartó el pelo de la cara y, por alguna razón, Kaitlin reparó en la ropa que llevaba puesta en ese momento.

Debajo del albornoz blanco, no llevaba nada más,

y la temperatura de su piel subía por momentos. De repente notó que se le había abierto la solapa y que Zach se había dado cuenta.

El silencio estaba cargado de electricidad.

Ella sabía que debía cubrirse rápidamente, pero las manos no le respondían. Zach se volvió hacia ella y la mano que la tocaba en el hombro se deslizó hasta su cuello.

–A veces creo que lo tuvieron muy fácil –le dijo él en un susurro poderoso.

–¿Quiénes? –preguntó ella, casi sin aliento.

–Los piratas –dijo él, agarrándole la solapa del albornoz con la otra mano–. Hacían lo que querían, y dejaban las preguntas para más tarde.

Le tiró del albornoz y la atrajo hacia sí al tiempo que sus labios aterrizaban sobre los de ella con fuerza, calor y decisión. Ella se tambaleó un instante, pero él la sujetó de la cintura mientras la besaba.

Un momento después le agarró el cinturón del albornoz y empezó a tirar hasta soltar el nudo. Metió la mano por dentro y volvió a agarrarla de la cintura, apretándose contra sus pechos desnudos. Ella susurró su nombre, entreabrió los labios y le dejó entrar en su boca. Los pezones se le habían endurecido y un delicado cosquilleo los recorría por dentro. Relajando los muslos, abrió las piernas ligeramente y él dio un paso adelante, rozándola con el tejido vaquero de sus pantalones. Kaitlin sintió olas de deseo que la sacudían por dentro.

Entre cuadro y cuadro, Zach la acorraló contra la pared de piedra y le agarró los pechos, colmándola de besos al mismo tiempo y quitándole por fin el albornoz, dejándola completamente desnuda. Entonces retrocedió un momento y la miró de arriba abajo.

—Eres maravillosa —le dijo, volviendo a besarla y acariciándola por todas partes, las caderas, el abdomen, los pechos…

Kaitlin contuvo el aliento al sentir sus manos sobre los pezones; una sensación casi dolorosa, pero exquisita.

Zach entrelazó sus dedos con los de ella, le levantó los brazos y, apoyándose contra la pared, exploró su cuerpo con la boca, marcándola con besos ardientes desde los labios hasta los pechos, buscando sus pezones y chupándoselos hasta hacerla perder la razón. Kaitlin gimió su nombre. Pero él siguió adelante, volviendo a besarla en los labios y deslizando las manos sobre sus pechos una vez más, frotándole los pezones con los pulgares. Ella enredó las manos en su cabello y le hizo besarla con más fuerza. Poco a poco, Zach deslizó una mano sobre su vientre hasta llegar al fino vello, y más allá. Ella le rodeó con los brazos y se apretó más contra él, escondiendo el rostro contra su cuello y probando el sabor de su piel. Él le introdujo los dedos y Kaitlin sintió una sacudida de placer. Gritó su nombre y un arrebato de deseo la cegó por completo. Desesperada, le desabrochó el botón del pantalón y le bajó la cremallera.

Él la agarró del trasero, la levantó en el aire y la apoyó contra la fría pared.

—¿Tienes protección? —recordó ella de pronto.

—Sí —dijo él.

—Rápido —le suplicó ella—. Por favor, rápido.

Zach se preparó y un segundo después estaba dentro de ella, deslizándose hacia lo más profundo de su ser y lanzando rayos de placer que la atravesaban por todos lados. Con los puños apretados y los pies contraídos, Kaitlin se dejó llevar por la urgencia de su cadencia desenfrenada. El alto techo de la habitación giraba a su alrededor, los relámpagos iluminaban los ventanales y los truenos sacudían las entrañas del castillo.

Se inclinó contra él, tratando de rozar cada rincón de su piel. Y así comenzó a sentir unas contracciones de placer que se propagaban como una onda expansiva. Volvió a gritar su nombre. Él le respondió con un gruñido profundo. Y entonces la tormenta, el castillo y sus propios cuerpos vibraron al unísono…

Después de una intensa noche de pasión, Zach tenía a Kaitlin en sus brazos y respiraba el dulce aroma de su cabello. Una sábana los cubría hasta la cintura, pero las mantas yacían en el suelo desde hacía mucho tiempo.

—Esto es maravilloso –dijo ella, poniendo una mano sobre el cabecero de madera labrada y contemplando las hermosas filigranas del techo.

—Esto sí que es maravilloso –dijo él, deslizando la punta de un dedo sobre su vientre hasta llegar a la curva de sus caderas.

—No sabía que había gente que vivía así –ella le agarró la mano y le dio un beso en la palma.

—A mí me llevó un tiempo darme cuenta de que hay gente que no vive así –admitió él.

—¿Fuiste un niño mimado? –le preguntó ella, apoyándose en un codo.

—Yo no diría tanto –dijo él, dibujando el contorno de su cadera con la mano hasta llegar al dorso de su rodilla–. Pero tenía unos cinco años cuando me di cuenta de que no todo el mundo tiene su propio castillo.

Los ojos de Kaitlin se velaron. Ambos permanecieron en silencio un momento.

–Yo tenía unos cinco años cuando me di cuenta de que casi todo el mundo tenía padres –dijo ella por fin.

Aquellas palabras produjeron una reacción inmediata en Zach. Su mano se detuvo allí donde estaba.

–¿Creciste sin tus padres?

Ella asintió y se volvió boca arriba, intentando esconder la emoción que la embargaba.

–¿Qué pasó?

–Mi madre murió cuando yo nací. No tenía familia, o por lo menos yo nunca los conocí.

–Katie –dijo él, apenado.

–No sabía quién era mi padre, o nunca me lo dijo –Kaitlin dibujó un cuadrado con las manos–. Desconocido. Eso dice mi partida de nacimiento. Padre… Desconocido.

Automáticamente la mano de Zach se cerró sobre su piel.

–Yo no sabía… –dijo, y entonces se dio cuenta de que aquello no tenía mucho sentido.

No sabía nada porque nunca se había molestado en preguntarle. En ningún momento había deseado saber algo acerca de su vida, sino que había hecho todo lo posible por terminar con todo y deshacerse de ella cuanto antes.

–Solía preguntarme quién era en realidad –murmuró Kaitlin, casi como si hablara consigo misma–. Una princesa a la fuga, una huérfana, quizá una prostituta –su voz se endureció en ese momento–. A lo mejor mi padre era uno de sus clientes. ¿Qué crees que significa eso?

Zach le apartó un mechón de pelo de la cara.

—Creo que significa que tienes una gran imaginación.

—Podría ser cierto –dijo ella, insistiendo.

—Supongo –dijo él, volviendo a trazar formas caprichosas sobre su vientre con las puntas de los dedos–. Yo soy un temible pirata y tú eres la doncella ultrajada. Pero no tengo ningún problema con ello. Me parece muy bien.

Ella agarró una almohada y le dio en la cabeza.

—A ti todo te parece bien.

—Sólo contigo –apartó la almohada y le acarició la cara, sabiendo que lo decía de verdad–. ¿Fuiste adoptada?

Ella guardó silencio un momento y él se arrepintió de haberle hecho la pregunta.

—Estuve en varios orfanatos –le dijo finalmente.

Zach se sintió como si acabaran de darle un golpe en el pecho.

—Lo siento mucho. No sé cómo he podido hacer tanta ostentación de…

—No lo sabías.

—Ojalá lo hubiera sabido.

—Bueno, yo quisiera haber crecido en un castillo, pero así son las cosas.

—Tenemos muchas habitaciones de huéspedes y todo –le dijo él en un tono bromista, intentando aligerar la conversación.

—¿Por qué no me encontraste antes?

—Ojalá lo hubiera hecho –dijo él, de corazón.

La sonrisa de Kaitlin se desvaneció lentamente, pero tampoco se transformó en tristeza.

Sucumbiendo a la exigencia del deseo una vez más, Zach la besó en los labios y la estrechó entre sus brazos.

–¿Tan horrible fue? –se atrevió a preguntarle.

–Estaba muy sola –susurró ella, y entonces soltó una carcajada–. No puedo creer que te esté contando todo esto precisamente a ti… de entre todas las personas…

–¿Qué pasa conmigo?

–Tú eres el tipo que me está arruinando la vida.

–¿Qué?

Ella miró a su alrededor y extendió los brazos.

–¿Qué demonios hemos hecho?

–Estamos casados.

–Nos casó Elvis –de repente ella se levantó de la cama.

Zach no quería que se fuera; no podía dejar que se fuera.

–¿Y mi albornoz?

–Abajo.

Ella masculló un juramento.

–No tienes que irte –le dijo él.

Se volvió hacia él, todavía desnuda, gloriosa; la persona más increíble que jamás había conocido.

–Esto ha sido un error.

Él también se puso en pie y la miró a los ojos.

–Puede que haya complicado un poco más las cosas –admitió.

–¿Un poco más?

–Las cosas no tienen por qué cambiar.

–Todo acaba de cambiar –vio la camisa de él y la recogió del suelo–. No deberíamos haber sucumbido a la química que hay entre nosotros. Y para que lo sepas, esto no significa que me has ganado la partida.

–¿Qué? –preguntó él sin entender.

–Tengo que llamar a Lindsay –miró alrededor–. Probablemente esté abajo. Probablemente se esté preguntando dónde estoy.

–Lindsay no está abajo –le dijo Zach con seguridad.

Kaitlin se puso su enorme camisa por la cabeza.

–¿Y cómo lo sabes?

Zach rodeó la cama y se acercó a ella.

–Lindsay no va a venir esta noche.

–Pero… –Kaitlin se detuvo y sólo le llevó un segundo entender la expresión de sus ojos–. ¿En serio?

–En serio.

–¿Estás seguro de que lo hicieron?

–Oh, estoy seguro.

–Quiero mis diez dólares –dijo Kaitlin, intentando contener una sonrisa sin mucho éxito. Levantó la vista y lo miró de frente–. Voy a reformar el edificio. A mi manera.

–Supongo que añadir la condición de que te acuestes conmigo antes de sellar el trato sería inapropiado, ¿no?

–Y también ilegal.

–Soy un pirata. Lo legal me trae sin cuidado.

Ella no le contestó, pero tampoco retrocedió.

–Duerme conmigo, Katie –le dijo, apretando los puños para no tocarla.

Ella vaciló y él contuvo la respiración. Ella miraba hacia todos lados, mordiéndose el labio inferior. Finalmente, Zach se dejó llevar por sus impulsos. La agarró de la camisa y la estrechó entre sus brazos.

–No puedo dejarte ir todavía.

«Quizá mañana. O quizá nunca…».

131

Capítulo Nueve

Zach encontró a Kaitlin en la galería, contemplando un retrato de su abuela.

–Hey –le dijo, acercándose por detrás y agarrándola de la cintura.

–¿Crees que era feliz?

–Sí.

–¿Amaba a tu abuelo?

–Ven. Quiero enseñarte algo –sin responder a su pregunta, Zach la condujo hacia la escalinata.

–¿Tu habitación?

–No. Pero me gusta que pienses así –la guió hacia el primer piso y finalmente llegaron a la salita de estar de Sadie.

–¿Qué estamos haciendo?

–Quiero demostrarte que era feliz.

Sentó a Kaitlin en un taburete y sacó un viejo álbum de fotos de la estantería de libros.

–Ésa es ella –dijo, señalando la foto de una joven vestida con un vaporoso vestido y un enorme sombrero de seda. La muchacha tenía una sonrisa radiante. Su esposo estaba a su lado.

–Sí parecía feliz –admitió Kaitlin ante la evidencia.

Kaitlin pasó la página y encontró más fotos de fiestas. Los invitados reían, bebían ponche, jugaban al croquet y paseaban por los hermosos jardines. Había una orquesta tocando en una glorieta y algunas parejas estaban bailando. En algunas de las fotos aparecían niños, jugando y corriendo; entre ellos, Zach.

–Yo nunca he tenido un jardín –dijo ella de repente.

–Entonces supongo que no te ensuciabas tanto como yo –le dijo él, intentando bromear un poco.

–Una vez me di cuenta de que… –ella se detuvo y agarró el borde del álbum con fuerza.

–¿Katie? –él se lo quitó de las manos con sutileza.

–Iba a decir que… –dijo, cerrando los ojos un momento–. Iba a decir… Una vez me di cuenta de que la gente podía regalarme, deshacerse de mí –su voz se quebró–. Yo traté de ser buena, muy buena.

Zach sintió que se le rompía el corazón. La rodeó con el brazo y la atrajo hacia sí.

–Lo siento, Katie –le susurró contra el cabello.

Ella sacudió la cabeza a un lado y al otro.

–No es culpa tuya.

–Has pasado mucho tiempo sola –le dijo él, respirando profundamente.

–Estoy acostumbrada –le dijo ella, pero no era cierto. Nadie tenía por qué acostumbrarse a no tener una familia–. Mira… –dijo, secándose una lágrima solitaria–. Hay luna llena.

Él se volvió y miró por la ventana.

–Sí.

–¿Quieres ir a la playa?

–Sí –respondió él sin vacilar.

El agua salada y fría acariciaba la piel de Kaitlin, pero Zach le daba calor con su cuerpo, sujetándola contra su pecho. Por encima de su hombro izquierdo, podía ver las luces de la casa de los Gilby a lo lejos, y al otro lado divisaba el castillo de los Harper en todo su esplendor.

Pasaron unos minutos en silencio. Las olas frescas batían contra sus cuerpos y el sonido de la espuma de mar, al impactar contra la orilla, iba y venía con la brisa marina.

—Lindsay va a quedarse unos días más. ¿Quieres quedarte tú también? —le preguntó Zach suavemente, meciéndola en sus brazos.

Kaitlin se puso rígida, sin saber muy bien qué le estaba preguntando.

—Con Lindsay, unos días más… Podrías trabajar desde aquí.

—¿Y qué pasa contigo?

—Si tú te quedas… —le dijo él, esbozando una sonrisa cálida—. Entonces no me voy.

—De acuerdo —dijo ella, devolviéndole la sonrisa.

—¿Sí?

—Sí.

Él la hizo girar en el agua y ella enroscó las piernas alrededor de su cintura, agarrándole de los hombros para no perder el equilibrio.

La luna brillaba desde lo más alto del firmamento, rodeada de un manto de estrellas. Era la misma luna que había guiado a Lyndall hasta la isla; la misma que Sadie había contemplado de niña, y después como madre.

Zach bajó el ritmo y entonces se detuvo. Kaitlin contempló los jardines iluminados que tanto había amado Sadie. La abuela de Zach había sido la guardiana del castillo, la que custodiaba la herencia de la familia… El edificio Harper era mucho más reciente, pero el espíritu de Sadie también estaba en él. A lo mejor él tenía razón. A lo mejor un cambio radical en el diseño no era tan buena idea después de todo...

–¿Zach?

–¿Mm?

Kaitlin sintió la vibración de sus labios sobre el cuello.

–¿Podrías darme una copia de los diseños de Hugo Rosche?

Él retrocedió y levantó las cejas.

–¿En serio?

–Sí.

–Claro –asintió–. Claro que puedo.

–No te prometo nada –dijo ella.

–Lo entiendo.

–Sólo voy a mirarlos –Kaitlin no tenía ni idea de qué hacer a partir de ese momento. Su carrera estaba en juego, pero de alguna forma sentía que tenía un compromiso con la familia Harper.

–De acuerdo –dijo Zach, esbozando una sonrisa.

–No quiero despertar falsas esperanzas.

–Oh, Katie –dijo él, y entonces le dio un húmedo beso en los labios–. Mis esperanzas llevan despiertas algún tiempo.

Ella sucumbió a la tentación y parpadeó con un gesto de flirteo.

–¿Y qué es lo que esperas exactamente?

–A ti. Desnuda.

Ella se miró y luego lo miró a él, de arriba abajo.

–Eso me gusta.

–En mi cueva de piratas –la besó de nuevo en el cuello, en la mandíbula, en la mejilla...

–¿Quieres un consejo, Zach?

–¿Que acelere un poco?

Ella se rió.

–Por cierto, para el futuro, eso que me acabas de decir probablemente sea más efectivo si cambias lo de la cueva por un castillo.

Él le agarró un pecho, frío y erecto en el aire húmedo.

Ella gimió.

–Cueva –repitió él en un susurro gutural.

–Muy bien. Sí. Lo que sea.

Tres días más tarde llegaron los padres de Dylan y, como de costumbre, llevaban invitados. Zach, por su parte, se alegró mucho de verlos. David y Darcie eran dos de las mejores personas que conocía. Después de la muerte de sus padres, lo habían apoyado mucho y él les estaría eternamente agradecido por ello. Sin embargo, su llegada significaba el final de su pequeña escapada con Kaitlin. Dylan jamás dejaría que una mujer se quedara en la casa en presencia de sus padres, y ya era hora de volver al trabajo.

–Hablabas en serio cuando dijiste que traerían unos cuantos amigos –le dijo Kaitlin de camino a la casa de los Gilby.

Se oía música a través de las ventanas y varios grupos de personas paseaban por la terraza.

–Lo más seguro es que Lindsay se quede en mi casa esta noche –le dijo él–. Ginny no se da cuenta, pero con sus padres… Dylan no…

–Lo entiendo –dijo ella, asintiendo.

Zach esperaba que Lindsay reaccionara de la misma manera.

Al llegar al final del camino, apretó el botón del garaje para guardar el carrito de golf. A pesar de la alegría que le producía la llegada de los padres de Dylan, había algo que lo inquietaba. Por más que lo intentaba no podía quitarse la sensación de que algo maravilloso estaba a punto de terminar. Bajó del vehículo, tomó la mano de Kaitlin y la condujo hacia la puerta por la que entraban en la fiesta. Incapaz de contenerse, se detuvo un instante. Le sujetó las mejillas con ambas manos y le dio un beso ardiente. Ella le respondió, como siempre hacía, entreabriendo los labios, rozándole con los pechos, poniéndose de puntillas. Eso era lo que más le gustaba.

Le apretó la cintura con más fuerza.

Aquello no era un adiós. Ella trabajaba para él y los dos vivían en Manhattan. Podrían verse cada día en la oficina. De hecho, estaban casados. Ella no podía irse así como así y desaparecer de su vida. Tarde o temprano encontraría la forma de retenerla a su lado.

—Si sigues así, jamás se creerán que somos compañeros de trabajo y nada más.

—Somos marido y mujer —le recordó él.

Ella sonrió y le pasó la punta del dedo índice por la nariz, de un modo juguetón.

—No hacemos más que hacer teatro, ¿verdad, Zach?

Él abrió la boca para protestar, pero ella dio media vuelta y subió las escaleras. Abrió la puerta y el momento se desvaneció.

Rápidamente Zach sujetó la puerta con una mano para que no se le cerrara en la cara. La música brotaba de los altavoces y un murmullo de voces inundaba el gran salón. Todos los empleados del servicio estaban trabajando ese día. Impecablemente vestidos, deambulaban por la estancia con bandejas de aperitivos y bebidas.

Al ver que Kaitlin se dirigía hacia Lindsay, fue tras ella, pero entonces se vio interceptado por el padre de Dylan y terminó enredado en una larga conversación.

Para cuando terminó, Kaitlin había desaparecido. Y Lindsay también.

Después de pasear entre los invitados durante un buen rato, se encontró con Dylan. Éste lo alcanzó frente al estudio de David y lo hizo entrar rápidamente. Parecía muy agitado. Fue hacia la barra y se sirvió una copa de whisky.

–¿Seguro que no te importa que Lindsay duerma en tu casa hoy?

–No. En absoluto.

Dylan arqueó una ceja, alzando el vaso vacío.

–No me importa. En absoluto –repitió Zach, adentrándose más en el estudio y dejando atrás el jolgorio de la fiesta.

–Todavía no se lo he dicho –le confesó Dylan, dándole una copa y sirviéndose otra más.

–¿Quieres que te ayude?

Dylan sacudió la cabeza y fue hacia la ventana.

–¿Qué pasa con Lindsay?

Su amigo lo miró como si estuviera loco.

–La tía Ginny está empeñada en casarte lo antes posible –añadió Zach, en un tono jocoso–. Ten cuidado.

–Hay otras cosas con las que tengo que tener más cuidado –dijo Dylan.

–No pareces muy preocupado.

Dylan se encogió de hombros.

—En serio, Dylan, ¿pasa algo entre vosotros? —le preguntó Zach, mirándolo fijamente.

—Yo no he dicho que pase nada —dijo Dylan, frunciendo el ceño.

—¿Entonces no pasa nada?

—¿Y qué pasa contigo y con Kaitlin? —preguntó Dylan, apretando los labios.

—Nada —contestó Zach, apoyándose en el respaldo de un mullido butacón.

—Te estás acostando con ella.

—Sólo es… —Zach le lanzó una afilada mirada.

Se detuvo. En realidad no sabía lo que era en realidad. Lo que tenía con Kaitlin se había convertido en algo confuso que escapaba a su comprensión.

—¿Sexo? —preguntó Dylan sin rodeos.

—Algo sin importancia —dijo Zach.

—¿Y qué pasa con la reforma? ¿Eso tampoco tiene importancia? No has olvidado por qué la trajiste aquí, ¿no?

—No. No he olvidado por qué la traje aquí.

Dylan bebió otro sorbo.

—Y bien, ¿el plan está saliendo según lo previsto?

—Muy bien —dijo Zach—. Me ha pedido los planos de Hugo Rosche. Lleva unos días usándolos. Y, bueno, creo que ya empieza a entender que a mi abuela no le iba todo ese futurismo chic. Además, lo ha entendido ella sola, y eso es justo lo que queríamos.

—Bueno, así que tu pequeño plan malvado está saliendo a la perfección.

—Fue tu pequeño plan malvado, no el mío.

—Pero tú estuviste de acuerdo —apuntó Dylan—. Tú lo llevaste a cabo. Y parece que con él te ahorrarás un montón de problemas.

–Sí –dijo Zach, pensando que eso ya no era tan importante como antes.

–Bueno, creo que ya hemos oído bastante.

La voz de Lindsay los atravesó como un relámpago.

Zach se dio la vuelta de golpe y casi derramó la copa de whisky.

En la puerta del estudio estaba Kaitlin, pálida como la leche. Lindsay, en cambio, estaba roja, iracunda.

–Tú… –señaló a Dylan con el dedo. La voz le temblaba de pura rabia–. Maldito pirata manipulador… Llévanos de vuelta a Manhattan. ¡Ya!

Capítulo Diez

A la tarde siguiente, Kaitlin seguía intentando borrar de su mente el fin de semana. Sólo tenía que fingir que lo vivido en Serenity Island no era más que una estúpida fantasía, y entonces podría enfrentarse al hecho de que Zach Harper le había roto el corazón.

No era real. Nunca había sido real. Ese día no había ido a la oficina, sino que se había quedado en casa, trabajando en sus diseños originales, ignorando las punzadas de culpa cada vez que se acordaba de Ginny y de Sadie. A media tarde las piernas se le empezaron a entumecer, así que se levantó de delante del ordenador y fue a la cocina por el segundo donut.

De repente oyó que llamaban a la puerta. Rápidamente dejó el donut en la caja y se limpió el azúcar de las comisuras de los labios.

¿Sería Zach? En ese caso no abriría la puerta. No lo haría. No tenía absolutamente nada que decirle. Fue hacia la puerta. Miró por la mirilla. Era Lindsay, cargada con una enorme pizza y una botella de tequila.

–Pepperoni y salchichas –le dijo al abrir la puerta, entrando directamente–. Espero que tengas limas.

Sólo eran las tres y media de la tarde; demasiado pronto para empezar con los margaritas, pero… Llevaba todo el día comiendo basura, así que un poco más no suponía una gran diferencia.

–¿Cómo lo llevas? –le preguntó Lindsay, yendo hacia la mesa de la cocina.

–Bien –dijo Kaitlin.

–Mientes muy mal.

Kaitlin no pudo negarlo. Sin embargo, tampoco podía decirlo en alto, porque si lo hacía, entonces se volvía dolorosamente real.

–Así que todo era una estratagema… –le dijo a su amiga, yendo hacia la nevera para sacar unas limas–. Pero también sabíamos que podía pasar. Zach estaba intentando ahorrarse dinero a toda costa, y yo luchaba por mi carrera. Nuestros puntos de vista eran irreconciliables desde el principio –hizo una pausa y retomó el control de sus emociones–. Aunque tengo que admitir que no esperaba que fuera tan bueno.

El día anterior había sentido rabia, a la mañana siguiente tenía el corazón roto, y esa tarde no sentía más que vergüenza de sí misma por haber caído en la trampa tan fácilmente.

–¿Y el proyecto? –le preguntó Lindsay.

–Sigo adelante con mi proyecto inicial, sin escatimar en detalles –dijo, señalando el ordenador con la punta del cuchillo–. Voy a añadir un helipuerto y una cascada. Será fabuloso. Seguramente me darán un premio –hizo una pausa y entonces su rostro se puso triste y serio–. No quiero vengarme ni nada parecido –dijo con sinceridad–. Odio la venganza. Me siento como si me estuviera vengando de Sadie en vez de vengarme de Zach –se apoyó contra la encimera, dándose por vencida.

Sabía que no podía hacer algo así. Sabía que no podía gastarse el dinero de los Harper en un diseño que a Sadie jamás le hubiera gustado. Su risa sonó como un sollozo.

—¿Katie? —Lindsay se levantó y rodeó la barra.

—Estoy bien —dijo Kaitlin, respirando hondo. Pero no era cierto. Estaba a punto de renunciar a su carrera y a su futuro por una familia que ni siquiera era la suya.

—¿No es genial saber que nos hemos comportado como idiotas? —dijo Dylan, apoyando la cabeza en las palmas de las manos y estirándose en la silla acolchada que estaba junto a la ventana del despacho de Zach. Éste estaba de pie, demasiado inquieto como para sentarse cuando su mente no hacía más que buscar una solución—. Quiero decir… A veces no se está seguro, pero otras veces, como en este caso, sabes con certeza que te has comportado como un absoluto imbécil —añadió.

—¿Estás hablando de mí o de ti? —Zach cruzó los brazos sobre el pecho. Su mirada estaba perdida en el horizonte, más allá de la costa de Jersey.

—Estoy hablando de los dos.

—¿Y qué tendría que haber hecho de forma diferente? —dijo Zach, volviéndose.

—No lo sé —dijo Dylan, sonriendo al verle enfadado—. A lo mejor no deberías haber fingido que estabais casados.

—Estoy casado.

—Pero creo que no por mucho tiempo.

—No va a divorciarse de mí —dijo Zach, sacudiendo la cabeza—. Ésa es su baza.

—Engatusarla para que modificara el proyecto es

una cosa, pero tú no eres un bastardo sin corazón, Zach. ¿Por qué jugaste así con sus emociones?

Zach sintió un arrebato de ira. Lo que había hecho con ella no era asunto de Dylan.

–¿Y qué me dices de ti? –le preguntó, desviando la pregunta–. Te acostaste con Lindsay.

–Eso fue un simple flirteo.

–¿Y qué crees que fue lo mío?

–No sé, Zach. Dímelo tú –dijo Dylan, incorporándose y mirando el paquete de documentos que estaba sobre la mesa.

–Eso no es nada –dijo Zach.

–Has puesto a nueve detectives privados en el caso.

–¿Y? –él quería algo rápido, así que cuantos más, mejor.

–¿De qué te ha servido?

–Se supone que no tenía que servirme a mí.

En realidad era para ella, para ponerle una sonrisa en el rostro y borrar para siempre esa cara de tristeza que se apoderaba de ella cuando hablaban de la familia Harper, de su familia. Pero tanto esfuerzo no había servido para nada. A pesar de todos los investigadores que había contratado, todo lo que había conseguido averiguar sobre el pasado de Kaitlin se reducía a una vieja fotografía de un periódico en la que aparecían sus abuelos y su madre cuando era niña. La casa de la familia había sido pasto de las llamas. Sus abuelos habían muerto en el incendio y su madre se había quedado sin nada con dieciséis años, dos años antes de que ella naciera.

La foto, dos nombres y una tumba… Eso era todo lo que había desenterrado.

–¿Sigues pensando en dárselo?

144

–Sí –dijo Zach, encogiéndose de hombros, fingiendo que no era para tanto–. A lo mejor se lo envío.

–¿Enviárselo?

–Sí.

–¿No quieres verla en persona?

–¿Qué? ¿Qué voy a decirle? ¿Voy a presentarme en su casa para que vuelva a ponerse furiosa y me cante las cuarenta?

Lo cierto era que se moría por volver a verla, aunque sólo fuera para soportar sus gritos de rabia. Pero, ¿qué sentido tenía? La había traicionado, una y otra vez.

–Deberías decirle que vendiste el barco.

–Ya. Por supuesto.

No había tenido elección. Gracias a la venta de uno de sus barcos había conseguido setenta y cinco millones de dólares, más o menos lo que necesitaría para llevar a cabo el lujoso proyecto de Kaitlin. A esas alturas ella ya debía de estar trabajando a toda máquina en sus diseños iniciales, y la única forma de darle lo que quería era concederle carta blanca.

–¿Crees que una vieja foto y un montón de dinero supondrán alguna diferencia?

–Tienes que intentarlo, Zach.

–No. No tengo que hacerlo.

–Estás enamorado de ella.

–No. No lo estoy.

–Tú… Maldita hijo de… –dijo Dylan, soltando un fría risotada y poniéndose en pie.

–No estoy enamorado de Kaitlin.

Kaitlin le gustaba y, sí. Se hubiera quedado con ella algún tiempo más. Se hubiera despertado a su lado cada día durante todo el tiempo que ella hubiera querido, e incluso había llegado a imaginar cómo hubiera sido tenerla a su lado mucho tiempo. Pero eso no eran más que fantasías. No tenían nada que ver con el mundo real. En el mundo real eran enemigos. Ella quería recuperar su carrera y él quería mantener intacta su empresa. Nada se podía hacer ya excepto seguir adelante.

–Te vi la cara cuando ella se fue. Te conozco de toda la vida, Zach.

–Tú no sabes nada –Zach le dio la espalda.

–¿Vas a mentirme a mí? ¿Ése es tu próximo gran plan?

–No tengo ningún plan.

–Bueno, pues mejor será que se te ocurra uno, o vas a perderla para siempre.

Aquellas palabras se le clavaron en el corazón.

No amaba a Kaitlin. No podía amarla. Hacerlo sería un completo desastre.

Tragó en seco.

–¿Y qué pasa contigo?

–Yo ya tengo un plan –dijo Dylan, fingiendo estar decidido y satisfecho–. Aún no sé si estoy enamorado de Lindsay o no, pero todavía no estoy dispuesto a dejarla ir.

–Así es como empieza todo –dijo Zach.

–¿Y esto lo sabes porque…? –dijo Dylan, levantando las cejas.

–¿Cuál es tu plan?

–Voy a secuestrarla. Ella quería un pirata, así que tendrá a un pirata. ¿Me dejas el yate?

–No puedes secuestrarla.

–Ya verás.

Zach vio auténtica determinación en los ojos de su

amigo y, durante una fracción de segundo, deseó poder hacer lo mismo con Kaitlin.

Tres margaritas más tarde, Kaitlin se echó un poco de agua fría en la cara en el pequeño cuarto de baño de su apartamento. Lindsay y ella llevaban más de media hora riéndose sin parar y ya casi no podía contener las lágrimas. Que Zach la hubiera engañado como a una tonta no parecía tener importancia. Se había enamorado de él de pies a cabeza y, por mucho que tratara de engañarse a sí misma, no podía evitar echar de menos al hombre que había conocido en Serenity Island. Se secó la cara, se peinó un poco el cabello y trató de recomponer sus emociones. Quería beber hasta perder la consciencia, pero ya era hora de dejar de regodearse en la miseria. Su carrera en Nueva York había terminado.

Por lo menos aún tenía las maletas hechas.

Una lágrima solitaria se deslizó por su mejilla. Se la secó con impaciencia y salió del cuarto de baño con paso decidido. Pasó por delante del dormitorio y siguió hacia el salón.

Al llegar a la puerta se detuvo en seco.

Zach estaba allí, impresionante y sexy.

Kaitlin se quedó de piedra, boquiabierta. Estaba demasiado sorprendida como para ponerse furiosa, demasiado aturdida como para llorar…

–Hola, Kaitlin.

–¿Eh? –le dijo ella, algo confusa todavía.

–Vine a disculparme.

–¿Dónde está Lindsay? –preguntó, mirando a su alrededor–. ¿Cómo has…?

147

–Lindsay se fue con Dylan.

Kaitlin sacudió un poco la cabeza para ver si era una alucinación. Pero no. Él realmente estaba allí.

–¿Y por qué iba a hacer eso?

–Él la secuestró. Creo que no la verás durante unos días.

–No puede hacer eso.

–Eso le dije yo, pero creo que a esos dos no les importan mucho las reglas.

–Lindsay es abogada.

Zach pensó en ello un momento.

–Sí –admitió–. A lo mejor Dylan tiene algún problema que otro cuando la traiga de vuelta.

–¿Es una broma? –preguntó Kaitlin, pensando que Lindsay podía salir de su escondite en cualquier momento.

En lugar de contestar, Zach dio un paso adelante.

El corazón de Kaitlin se aceleró.

–Se fue en mi yate –dijo él, todavía avanzando hacia ella y taladrándola con la mirada.

–¿Entonces eres cómplice de un secuestro? –exclamó Kaitlin. Todavía no podía creerse que estuviera allí.

–Dylan me dijo que como ella quería un pirata, le iba a dar uno.

–¿Es por eso que estás aquí? ¿Para ayudar a Dylan?

–No.

–¿Por qué entonces?

–Porque tengo algo para ti.

–Espero que sea un cheque importante –le dijo. Él todavía no tenía por qué saber que había abandonado el proyecto.

–En realidad, sí lo es.

–Bien –dijo ella, asintiendo con la cabeza, fingiendo indiferencia.

–Setenta y cinco millones.

Kaitlin necesitó unos segundos para asimilarlo.

–¿Qué? –exclamó, dando un paso atrás.

–Vendí un barco.

–¿Qué?

–Te estoy dando setenta y cinco millones de dólares para el proyecto.

Kaitlin parpadeó varias veces.

–Pero ésa no es la verdadera razón por la que estoy aquí.

De repente una chispa de esperanza la iluminó por dentro, pero ella no se dejó engañar. No podía confiar en él. Había aprendido la lección, por las malas, una y otra vez.

–He venido a darte esto. No es mucho –dijo él, entregándole un sobre.

Mirándole con ojos incrédulos, Kaitlin levantó la solapa del sobre y sacó una vieja fotografía. En ella aparecía una pareja de unos veintitantos años con una niña rubia, en la playa. La reseña decía…

Los turistas disfrutan de las celebraciones del Cuatro de Julio.

Kaitlin no entendía nada.

–Phillipe y Aimee Saville –dijo Zach suavemente y Kaitlin sintió que se le paraba el corazón–. Fue todo lo que pude conseguir. Hubo un incendio en su casa en el año 1983. Tus abuelos murieron, pero los detectives encontraron esa foto en los archivos de un periódico de Nueva Jersey. La niña pequeña es tu madre.

Kaitlin se quedó sin palabras.

¿Sus abuelos? ¿Zach había encontrado a sus abuelos? ¿Los había buscado? Casi de forma involuntaria, sus dedos apretaron la foto con fuerza, y entonces perdió un poco el equilibrio.

Zach le puso una mano en el hombro para ayudarla a mantenerse en pie.

—Me he tomado tres margaritas —le dijo ella, avergonzada.

—Ahora entiendo por qué Lindsay se fue como si nada.

—¿Cómo? ¿Dónde? —dijo Kaitlin, totalmente confundida.

¿Por qué había hecho algo así?

—Contraté a unos cuantos investigadores. Empezaron a buscar la semana pasada. Cuando me lo dijiste, no pude soportar el dolor que había en tus ojos —le dijo, apretándole el hombro.

Kaitlin sintió un nudo en la garganta. Su pecho ardía de emoción.

—¿Y cómo voy a odiarte ahora? —le dijo con un hilo de voz.

Él respiró hondo y cerró los ojos un instante.

—No vas a odiarme —le dijo, apartándole el pelo de la frente.

Su mano se quedó allí, tocándole el cabello, desencadenando un cosquilleo que la hacía estremecer. Pero no podía confiar en él. No confiaba en él.

Él deslizó la mano hasta su mejilla, le sujetó el rostro y la miró a los ojos. Kaitlin vio una expresión en ellos que era fácil de reconocer, fácil de amar.

Iba a besarla, tal y como había hecho muchas veces. Sus labios se acercaron más y ella se humedeció los suyos propios, preparándose para un momento exquisito.

—No tienes que odiarme —susurró él—. Tienes que amarme —se detuvo a un milímetro de ella, apenas rozándole los labios—. Porque yo te quiero, Katie. Te quiero muchísimo —y entonces la besó, con dulzura y pasión, estrechándola entre sus brazos.

Ella se aferró a él, se acomodó contra él. La alegría más genuina la embargaba en ese momento.

Después de un largo minuto, se separaron por fin.

—Haz todos los cambios que quieras —le dijo él—. Venderé media flota si es necesario. Pero no vuelvas a dejarme. Nunca.

—He dejado el proyecto —le dijo ella.

—¿Qué? —dijo él, retrocediendo—. ¿Por qué?

—A Sadie no le hubiera gustado.

—Sadie no importa. El pasado no importa. Sólo importa el futuro, Kaitlin. Y tú eres el futuro. Eres mi futuro.

Kaitlin sintió una ola de felicidad con sólo imaginar lo que le deparaba la vida al lado de Zach; un hombre tan tierno y dulce.

—Has encontrado a mis abuelos —le dijo con la voz temblorosa.

—Sí. Sé que están enterrados en Nueva Jersey.

—¿Sabes dónde fueron enterrados?

—Sí.

—¿Te he dicho que te quiero? —le dijo ella, sin poder contener las lágrimas.

—No. No lo has hecho. Y ya empezaba a preocuparme.

—Bueno, pues sí te quiero.

—Menos mal —él respiró hondo y la abrazó con más fuerza—. Le dije a Dylan que me diera una hora. Si las cosas no iban bien, también te iba a secuestrar.

–No harías tal cosa.

–Sí que lo haría. De una forma u otra, tú y yo vamos a empezar una nueva generación de pequeños piratas Harper.

Kaitlin se rió.

–Sadie estaría encantada.

–Sí. Y seguramente esté disfrutando del éxito de su plan. De hecho, casi la oigo reírse desde aquí.

Kaitlin volvió a mirar la foto de sus abuelos. Su abuelo era alto, su abuela tenía el cabello rizado y claro, y su madre parecía tan feliz con un cubo y una pequeña pala de plástico…

–No me puedo creer que hayas hecho esto.

–Podemos ir a ver sus tumbas. Le cambié el yate a Dylan por un helicóptero. Nos está esperando en el helipuerto más cercano.

Kaitlin lo miró, asombrada. Y entonces lo abrazó con todo su ser.

–Mejor vamos dentro de un rato, ¿te parece?

Él respiró hondo, le quitó la foto de la mano y la dejó sobre una mesa. Sus ojos se oscurecieron y se inclinó para besarla de nuevo.

–Mejor dentro de un rato –repitió él, tomándola en brazos y llevándosela al dormitorio.

Epílogo

Después de un secuestro que duró algo más de un mes, la boda de Dylan y Lindsay se celebró en Serenity Island, en el jardín de la casa de los Gilby, junto a la piscina. La novia estaba radiante y el novio no cabía en sí de felicidad. Toda la *jet set* de Nueva York estaba allí y, según la tía Ginny, aquélla era la fiesta más grande que se había celebrado en la isla desde los años cuarenta. Después del consabido brindis, cortaron una tarta de cinco pisos y entonces empezó el baile. Zach se llevó a Kaitlin a un lado.

–No podemos irnos ahora –dijo ella, corriendo sobre sus altísimos tacones. El vaporoso traje de dama de honor flotaba a su alrededor.

–Volveremos en unos minutos –le dijo él, abriendo la puerta del garaje.

–Zach –dijo ella, protestando.

–¿Qué?

–¿Estás loco?

–Loco por ti –dijo él, volviéndose rápidamente para darle un beso en la punta de la nariz.

–No es broma –dijo ella, tratando de sonar seria, sin conseguirlo.

Desde aquella tarde en el apartamento, y tras visitar la tumba de sus abuelos, estaba embriagada de amor.

–Yo no me estoy riendo –le dijo él, apoyado en el lado del pasajero del carrito de golf–. Sube.

–Ni hablar –dijo ella, cruzándose de brazos. No iba a abandonar a Lindsay el día de su boda.

–Muy bien. Como quieras –la levantó en el aire y la sentó en el asiento.

–¡Oye! –exclamó ella, arreglándose el vestido.

–Hay algo que quiero enseñarte –subió por el lado del conductor y arrancó.

–No me puedo creer que me estés secuestrando –dijo ella, quejándose.

–Es la sangre de pirata.

–No puedes hacerme desaparecer en mitad de una boda –se alisó la falda del traje y levantó la barbilla.

Zach esbozó una sonrisa pícara y la llevó hasta la propiedad de los Harper. Al entrar en los jardines del palacio, Kaitlin se relajó un poco. Aquel lugar se había convertido en su sitio favorito, con su historia maravillosa y todos los recuerdos agradables que guardaba.

Zach paró delante de la capilla, bajó del vehículo y fue a ayudarla.

Ella sacudió la cabeza, confundida.

–¿Es esto lo que querías enseñarme? –le preguntó. Había estado en esos jardines unas cien veces.

–Paciencia.

–Tendré paciencia después de la recepción. En serio, Zach. Tenemos que volver.

Él la agarró de la mano y la condujo hasta los peldaños que llevaban al interior de la capilla.

–¿Qué estamos haciendo? –le preguntó ella, sin saber qué hacer.

Una sonrisa conspiratoria se dibujó en los labios de Zach. Metió la mano en el bolsillo de la chaqueta del esmoquin y sacó algo.

Kaitlin miró con atención. Era un anillo antiguo, de oro, con un zafiro en el centro, rodeado de diamantes.

–No sé cuántos años tiene –dijo Zach–. Pero creo que pudo pertenecer a Lyndall.

–¿Lo robó? –preguntó Kaitlin, levantando la vista.

–Esperemos que no –los ojos de Zach brillaron y entonces la tomó de la mano, dando un paso adelante–. ¿Te casarás conmigo, Katie?

–Sí. Ya lo he hecho –dijo ella, sin entender nada todavía.

–Lo sé –dijo él, sonriente–. Pero creo que la primera vez no fue como debía ser –miró hacia la vieja capilla–. Es una tradición que los Harper se casen aquí.

–¿Quieres que…? –dijo Kaitlin, sintiendo un nudo de emoción.

–Eso es. Cásate conmigo, Kaitlin. Aquí y ahora. Ámame de verdad cuando pronuncies los votos y prométele a mi familia que te quedarás a mi lado para siempre.

–Oh, Zach –dijo ella, sintiendo el picor de las lágrimas.

En ese momento se abrió la puerta y un sacerdote salió a recibirlos.

–Por aquí, por favor –les dijo, volviendo a entrar en la pequeña iglesia.

Sujetando su mano, Zach la llevó hasta el altar que Lyndall había construido para su propia boda, la primera boda que se había celebrado en la isla.

De repente se oyeron unos pasos detrás y Kaitlin se volvió.

Eran Lindsay y Dylan, todavía vestidos para su propia boda.

–Oh, no –exclamó Kaitlin en voz baja.

–Insistieron mucho –le susurró Zach.

Cuando se detuvieron frente al altar, uno de los empleados del castillo le dio un ramo de flores a Kaitlin. Rosas blancas. Del jardín de Sadie. Aquello no podía ser más perfecto.

Lindsay y Dylan tomaron posiciones y Zach rodeó a Kaitlin con el brazo para decirle algo al oído.

–Te quiero mucho, Katie –le dijo con un hilo de voz.

–Y yo te quiero a ti –susurró ella, con el corazón lleno de gozo.

–Entonces pongamos este anillo en tu dedo –le dijo él, acariciándole la mejilla y secándole las lágrimas.

DESEO

BARBARA DUNLOP

VIVIENDO AL LÍMITE

Después de perder aquel avión, Erin O'Connell, compradora de diamantes, creyó que había perdido para siempre sus posibilidades de ascenso… pero quizá no fuera así. Necesitaba tomar un vuelo a la idílica isla de Blue Hearth para hablar con el propietario de una mina, así que la incombustible Erin tendría que convencer a Striker Reeves de que pusiera en marcha su hidroavión y se preparase para la acción…, para todo tipo de acción.

N.º 536

LEGALMENTE CASADOS

El multimillonario Zach Harper no podía permitir que una extraña se llevara la mitad de su fortuna, aunque fuera su esposa. Jamás hubiera podido imaginar que una alocada boda en Las Vegas llegara a convertirse en una pesadilla. Sin embargo, el testamento de su abuela había sellado con fuego un lazo difícil de deshacer: su futuro estaba ligado al de Kaitlin Saville para siempre.

Zach creía que podía deshacerse de ella ofreciéndole unos cuantos millones. Sin embargo, Kaitlin no quería dinero, quería una cosa que solo Zach podía darle… y Zach le juró que se lo daría.

ANNIE BURROWS

No confíes en un libertino

Se rumoreaba que lord Deben, que necesitaba un heredero y era el libertino más afamado e impenitente de Londres, se había olvidado de su predilección por las amantes casadas y estaba dedicando toda su atención a seducir a jóvenes inocentes y virtuosas. Sin embargo, si lord Deben creía que Henrietta Gibson iba a acudir al chasquido de sus dedos, estaba muy equivocado. Ella sabía perfectamente por qué tenía que eludir a caballeros de su reputación y que nunca jamás podría confiar en un libertino.

MARGUERITE KAYE

Corazón de hielo

No. 79

Al despertar en una cama desconocida, Henrietta Markham se encontró ante el hombre más sensual y misterioso que había visto nunca. Lo último que recordaba era haber sido atacada por un ladrón…, sin embargo, le pareció mucho más peligroso que su salvador fuera el célebre conde de Pentland.

Desde el fracaso estrepitoso de su matrimonio, por las venas de Rafe Saint Alban fluía hielo. Pero, al conocer a la impetuosa y atractiva Henrietta, su sangre comenzó a calentarse hasta alcanzar el punto de ebullición.

¿Podría la inocencia de Henrietta doblegar a un consumado libertino como él?

¡YA EN TU PUNTO DE VENTA!

JULIA™

MARIE FERRARELLA

EL DESTINO EN SUS MANOS

Para un hombre como Kullen Manetti las mujeres nunca habían significado nada. Sin embargo, eso iba a cambiar muy pronto. Un antiguo amor estaba a punto de irrumpir en su vida para ponerlo todo de cabeza.

Lilli McCall se había marchado por una razón, un secreto que nunca le había revelado... No obstante, ¿cómo hubiera podido imaginar entonces que necesitaría su ayuda para no perder lo que más quería en la vida, su pequeño hijo?

MEDICINA DE AMOR

La decoradora Kennon Cassidy tenía muy claro lo que quería de la vida y, tras otra terrible ruptura, el romance no entraba en sus planes. Aun así, cuando aceptó transformar la nueva casa de un médico viudo, no pudo evitar quedar cautivada por sus dos alegres niñas, y por el estoico hombre que se escondía tras ellas.

N.º 466

EL HOMBRE DE SUS SUEÑOS

Brandon Slade era un escritor famoso, el hijo de una leyenda de Broadway. ¿Cómo había podido Isabelle, con lo sensata que era, enamorarse de él? Era irrelevante lo bien que le hiciera sentir cuando estaban juntos, ella sabía que estaba fuera de su alcance.

Brandon había guardado su corazón bajo llave, pero Isabelle le hacía querer arriesgarse de nuevo...

BIANCA

TRISH MOREY

PRISIONERA EN EL PARAÍSO

El implacable Daniel Caruana haría cualquier cosa para evitar que su hermana se casara con su rival. Daba la casualidad de que quien organizaba la boda era la hermana del novio. En persona, a pesar de que vestía de forma muy convencional, Sophie Turner era muy tentadora. Ojo por ojo, hermana por hermana...

Daniel lograría tener a Sophie exactamente donde quería que estuviera: ¡con él en su isla privada y voluntariamente en su cama! Pero cuando se dio cuenta de que el amor verdadero sí que existía, no iba a ser sólo su hermana quien iba a estar en apuros...

VIDAS ENTRELAZADAS

El mundo cuidadosamente ordenado de Dominic Pirelli se hundió cuando una desconocida lo llamó por teléfono y le dio una noticia pasmosa: por una confusión de la clínica de fertilización in vitro, ella estaba embarazada del bebé que Dominic y su difunta esposa soñaban con tener.

N.º 471

Aunque desconfiaba de sus motivos, Dominic decidió mantener cerca a Angelina Cameron. Tras llevarla a su lujosa mansión, empezó a sentir admiración por la fortaleza de Angie mientras su cuerpo iba cambiando con la nueva vida que llevaba en su interior. Pero cuando naciera el niño, ¿quién tendría la custodia del heredero de Pirelli?

¡YA EN TU PUNTO DE VENTA!

BIANCA.

DESEO

*Cuando un momento impulsivo
lleva a otro*

UN REENCUENTRO INESPERADO

JOSS WOOD

N.° 222

Aunque han pasado nueve años desde que el matrimonio de Finn Murphy terminó, su atracción por la marchante de arte Beah Jenkinson nunca había disminuido. Cuando las obligaciones laborales los juntaron en un hotel londinense, Finn esperaba que una aventura casual satisficiese sus anhelos. Sin embargo, lo que comenzó como una simple chispa en Londres, pronto se convertiría en una llama incontrolable cuando ambos fueron a Boston con el fin de organizar la boda de sus mejores amigos.